Sur l'auteur

Grand journaliste, passionné d'histoire et observateur engagé des métamorphoses politiques, Laurent Joffrin est l'auteur de nombreux livres. En 2021, il a relevé le défi de continuer à faire vivre les personnages inventés par Jean-François Parot et leurs aventures, à la suite du décès de leur créateur trois ans plus tôt.

Les enquêtes de Nicolas Le Floch,
commissaire au Châtelet

De Jean-François Parot
aux Éditions 10/18

L'ÉNIGME DES BLANC-MANTEAUX, n° 3260
L'HOMME AU VENTRE DE PLOMB, n° 3261
LE FANTÔME DE LA RUE ROYALE, n° 3491
L'AFFAIRE NICOLAS LE FLOCH, n° 3602
LE CRIME DE L'HÔTEL SAINT-FLORENTIN, n° 3750
LE SANG DES FARINES, n° 3960
LE CADAVRE ANGLAIS, n° 4169
LE NOYÉ DU GRAND CANAL, n° 4369
L'HONNEUR DE SARTINE, n° 4505
L'ENQUÊTE RUSSE, n° 4624
L'ANNÉE DU VOLCAN, n° 4780
LA PYRAMIDE DE GLACE, n° 4970
L'INCONNU DU PONT NOTRE-DAME, n° 5119
LE PRINCE DE COCHINCHINE, n° 5392

Du même auteur
aux Éditions 10/18

LE CADAVRE DU PALAIS-ROYAL, n° 5810

LAURENT JOFFRIN

LE CADAVRE DU PALAIS-ROYAL

Les enquêtes de Nicolas Le Floch,
commissaire au Châtelet

10
18

BUCHET CHASTEL

ISBN 978-2-264-08011-0
Dépôt légal : octobre 2022

AVERTISSEMENT DE L'ÉDITEUR

Avec la parution, en l'an 2000, de *L'Énigme des Blancs-Manteaux* et de *L'Homme au ventre de plomb*, Jean-François Parot, diplomate, historien et écrivain, démarrait brillamment la célèbre série *Les Enquêtes de Nicolas Le Floch*. *Le Prince de Cochinchine* est le dernier des quatorze volumes écrits par l'auteur avant sa disparition en mai 2018.

Jean-François Parot souhaitait que son héros traverse la Révolution française.

En accord avec son héritier, dans ce nouvel opus, Laurent Joffrin a accepté le défi de continuer l'aventure des héros créés par Jean-François Parot.

LISTE DES PERSONNAGES

NICOLAS LE FLOCH : marquis de Ranreuil, commissaire de police au Châtelet
PIERRE BOURDEAU : commissaire de police
AIMÉ DE NOBLECOURT : ancien procureur
RABOUINE : mouche
GUILLAUME DE SEMACGUS : chirurgien de la marine
AWA : gouvernante de Guillaume de Semacgus
CHARLES HENRI SANSON : bourreau de Paris
LA PAULET : tenancière de maison galante
SARTINE : ancien lieutenant de police et ancien ministre
ANTOINE BEAUVILLIERS : restaurateur du Palais-Royal
LAURE DE FITZ-JAMES : princesse de Chimay, dame d'honneur de Marie-Antoinette
SÉVERIN HÉRON : homme de sac et de corde
MARQUIS DE FAVRAS : chevalier de l'ordre de Saint-Louis
GENSAC : chevalier, ancien officier des mousquetaires
LOUIS XVI : roi de France
MARIE-ANTOINETTE : la reine, son épouse
MONSIEUR, COMTE DE PROVENCE : frère puîné du roi et futur Louis XVIII
DUC D'ORLÉANS : cousin de Louis XVI
MARQUIS DE LA FAYETTE : chef de la garde nationale

PIERRE CHODERLOS DE LACLOS : militaire, écrivain et proche du duc
MIRABEAU : journaliste et homme politique
MARAT : journaliste et homme politique
GEORGES D'ANTON : homme politique et grand orateur. Son nom sera également orthographié « Danton »

I

BRANDONS

« Aux vertus qu'on exige dans un domestique, Votre Excellence connaît-elle beaucoup de maîtres qui fussent dignes d'être valets ? »

Beaumarchais

Samedi 26 septembre 1789

À l'entrée de la rue Dauphine, la voiture s'arrêta net. Tiré de sa rêverie, Nicolas se pencha par la portière dont il avait laissé la vitre ouverte pour chasser l'odeur de sueur et de vieux cuir qui empestait la caisse. Le cocher avait serré les rênes qu'il tenait court pour retenir son cheval soufflant et frémissant. Devant eux, un ramas de populace[1] barrait la rue, agglutiné autour d'une boulangerie qui exhalait un parfum de levure et de pain chaud. Sur le pas de l'échoppe, un gros homme au visage blanc de peur et de farine tenait tête à plusieurs femmes qui le menaçaient du poing.

— J'ai fini ma fournée de onze heures, criait-il

d'une voix étranglée, il faut revenir à une heure, il y aura du pain.

— Nous attendons depuis ce matin, rétorqua l'une des femmes, tu nous affames !

— J'ai cuit soixante pains, la mère, ils sont tous partis en un instant. Je ne peux me presser plus. Laissez-moi redescendre au four, vous aurez vos miches.

— Et si tu les cachais, ces miches, pour les revendre plus cher ?

Le ton montait sans cesse dans un brouhaha aigu. Nicolas prit son mal en patience tandis que le cocher tentait de se faire jour en poussant doucement son cheval. Rien n'y faisait, la foule s'enflait des curieux du quartier, les cris fusaient et, au milieu du vacarme, on entendait les mots « tricheur » et « accapareur ».

Loin devant l'attroupement, Nicolas mirait le Pont-Neuf qu'il devait franchir pour atteindre le Grand Châtelet. La longue arche était noire de monde et dorée par la lumière de septembre, tandis qu'un léger vent portait dans cette rue droite les odeurs des quais envasés, du pain sorti du four et du crottin qui jonchait la chaussée. Il resta sur ses gardes : il connaissait ces émotions populaires nées de la disette. Très vite, en ces temps de rareté, les incidents se changeaient en émeutes.

Pour autant, il était presque arrivé et s'irritait de son retard, qui lui ferait manquer son entrevue avec Bourdeau. Depuis Versailles, il se triturait l'esprit. Pourquoi son ancien adjoint l'avait-il mandé en urgence ? Les affaires de Paris ne le concernaient plus, il n'était plus commissaire au Châtelet. Il était revenu de la terre de Ranreuil à l'appel du roi Louis XVI, qui craignait pour la sécurité de sa famille et comptait sur son expérience pour prévenir les mauvais coups.

Depuis la prise de la Bastille, la Cour avait peur de la Ville. On redoutait les complots, les émeutes et les assassinats, les énergumènes chauffés à blanc par les folliculaires. Jadis, Nicolas avait veillé sur le roi Louis XV, au moment de sa disgrâce, après le coup de poignard de Damiens. Monté sur le trône, le dauphin, devenu Louis XVI, s'en souvenait et voulait un policier sûr auprès de lui, rompu aux intrigues et aux enquêtes, qui soit une main ferme, un cœur fidèle et une tête politique, mais étranger aux manœuvres qui entouraient la Couronne.

Accouru à Versailles, Nicolas était depuis juillet le cerbère de la famille royale, chargé de débusquer les menaces et de les prévenir. Bourdeau savait bien tout cela. S'il l'avait appelé à Paris, c'est qu'il avait ses raisons, qui ne pouvaient être futiles. Quelque chose de grave s'était produit, que son ancien adjoint ne pouvait écrire dans une lettre. Alors Nicolas avait commandé une voiture dès le matin, pour rejoindre son ami qui l'affranchirait de visu.

Sur la route de Versailles à Paris, au mitan du bois de Meudon, une sourde mélancolie l'avait peu à peu étreint. Ainsi, à plus de cinquante ans, il courait encore pour protéger la Couronne qu'il avait servie depuis ses vingt ans. Ces années de service revenaient par bribes à son esprit. Jeune homme, il s'était cru roturier, ayant sa fortune à faire, trop heureux de rejoindre cette police royale à l'éclatant prestige, servant un chef qu'il admirait, Sartine, lieutenant général, puis ministre de la Marine, sans doute le dignitaire le plus lucide du royaume. Il avait commencé de gravir les échelons à force d'enquêtes dangereuses et d'énigmes résolues. Puis le secret de sa naissance s'était soudain révélé. Nicolas, Breton sans quartiers, élevé par le chanoine

Le Floch, était au vrai le fils du marquis de Ranreuil, seigneur respecté et prospère, longtemps son parrain, qui le reconnut peu avant sa mort. Ainsi il tenait par son sang à la société brillante qui dominait la France. Il avait même un lointain cousinage avec la lignée du grand roi Louis XIV.

Policier chamarré, hobereau sur sa terre de Bretagne, que pouvait-il espérer de mieux ? Sa nouvelle vie s'offrait à lui, paisible, méritée par tant d'efforts et de dangers. Les images s'en pressaient dans sa tête. La longue plage blanche de Guérande, où il aimait s'abandonner à l'eau vive dans le soleil du matin ; son galop de retour dans les dunes et les landes, suivi par son chien Pluton, fouetté par le vent d'ouest et les branches basses du parc ; le café fumant et les grosses tartines de beurre salé sur la table inégale de la cuisine du château ; le réveil babillant de son petit-fils, l'autre Nicolas, qui courait vers lui comme vers un refuge ; la maisonnée bientôt attablée autour de lui en cour familiale, aimante et respectueuse ; les projets du jour, une partie de pêche désordonnée et joyeuse ou bien une chasse minutieusement préparée, avec force jappements, hennissements et cris de vénerie. Une routine chaleureuse, harmonieuse, où chacun se sentait à sa place, éminente ou subalterne, content de son sort et tourné vers le bienveillant ordonnateur de ce petit monde tout d'équilibre et de respect. C'est-à-dire vers lui, Nicolas Le Floch, marquis de Ranreuil, qui tenait debout le fragile édifice hérité d'une immémoriale tradition et qui était – il se flattait de le penser – l'écrin du bonheur.

Pourtant, interrompue par l'arrêt de la voiture dans la lumière d'automne, sa rêverie était sombre. Un an plus tôt, à moitié surpris et néanmoins heurté, il avait perçu l'indice du prochain séisme. Un beau matin, se rendant à la messe en famille, il avait découvert le banc des Ranreuil brûlé comme une vieille branche jetée au feu, là où sa lignée s'asseyait, de toute éternité, au premier rang des fidèles de la petite église. Une main incendiaire avait voulu, par cet attentat mineur et sacrilège à la fois, signifier aux Ranreuil que leur préséance, finalement, ne reposait sur rien, sinon une convention désuète, que ni leur foi ni leurs travaux ne justifiaient. Incident secondaire – on eut vite fait de réparer le banc – qui pourtant exprimait une ire primordiale. Il en avait aussitôt compris le sens : le monde paysan, courbé sous l'antique domination, la trouvait désormais trop lourde.

Intuition vite confirmée. Prisonnier de ses embarras financiers, le roi s'était résolu à convoquer des États généraux, selon le rite commencé par Philippe le Bel. L'ancienne liberté féodale autorisait les sujets du royaume à écrire – ou à faire écrire – leurs demandes et leurs plaintes dans des feuilles volantes bientôt réunies en listes de récriminations obséquieuses. Ces cahiers de doléances, Nicolas, commis à Rennes pour présider aux cérémonies, les avait lus avec fièvre, pour y trouver la confirmation des réflexions qu'il se faisait, sans oser les formuler, pendant ses enquêtes dans les arcanes du royaume.

Les sujets du roi Louis XVI, au travers des écrits recueillis par les curés de village et les bourgeois des villes, protestaient de leur respect pour la Couronne, mais fustigeaient tout autant la douleur des corvées, la morsure de la taille et des aides, l'humiliation du droit de chasse qu'on leur interdisait. Somme toute, en filigrane, ils rejetaient le dédain en cascade qui organisait la France de 1788. On en appelait au souverain, qu'on jugeait mal conseillé, ou mal marié avec l'« Autrichienne ». Il saurait, on n'en doutait point, entendre ces appels d'un peuple fidèle mais sourdement rebelle.

Ce trône, tant révéré, aujourd'hui vacillait. Nicolas connaissait ces fissures. Elles craquaient comme les varangues d'un vaisseau dans la tempête. Les États généraux avaient sombré dans cette salle des Menus-Plaisirs soudain changée en antichambre d'un monde nouveau, où les avocats et les bourgeois tenaient tête aux ministres du roi. Limier infatigable, Nicolas connaissait toutes les tares de la société, toutes les failles du régime, tout ce mépris des grands pour les petits, leur morgue envers les manants et les bourgeois, qui vivaient dans un royaume puissant et riche, et qui, pourtant, chaque jour de leur vie, étaient humiliés. Depuis le 14 juillet, ils prenaient leur revanche.

Ainsi, à l'automne de son âge, Nicolas voyait l'ancien monde qui l'avait choyé, et qu'il aimait tant, trembler sur ses bases. Il le pressentait, il le redoutait : cet ordre qu'il avait défendu ne savait pas se défendre. Trop de hauteur chez les excellences, trop d'humiliation pour les sans-grade, trop d'insouciance, trop de légèreté vaniteuse au sommet. Nicolas Le Floch, ancien commissaire du Châtelet, marquis de Ranreuil, ne croyait plus guère à son bon droit. Il était le soldat fidèle d'une cause infidèle. Une vie pour rien ? Souvent, dans ses heures de nostalgie, la question le taraudait. Il serait solide dans sa loyauté. Mais à l'intérieur, il n'était que lézardes. Quand il considérait le bambin courant sans but dans les couloirs du château, Nicolas le jeune, héritier de cette altière lignée, il devinait au-dessus de lui les nuages qui s'amoncelaient sur sa destinée, en principe réglée d'avance par la grâce de sa naissance, en fait menacée par un orage sans exemple. Grand-père encore vert, il avait le sentiment de marcher au bord d'un gouffre, où pouvait s'engloutir tout ce qu'il avait aimé, défendu et respecté, à commencer par l'enfançon innocent que le monde futur pouvait soudain, au détour d'une convulsion, déclarer coupable.

La foule ne désarmait pas. Blanchi sous le harnois policier, Nicolas connaissait ces émeutes qui naissaient aux portes des boulangeries en temps de disette. Ceux qui vendaient l'aliment premier des Parisiens étaient vite soupçonnés de le dissimuler pour en faire meilleur argent. En ces temps de ravitaillement parcimonieux, ils étaient les boucs émissaires désignés. L'affaire pouvait durer. N'y tenant plus, Nicolas descendit de sa caisse immobilisée et fendit la foule agressive. Comme des regards furieux se tournaient vers lui, il plongea sa main dans sa poche et étreignit la crosse du pistolet qu'il emportait toujours par prudence.

— Je suis commissaire du roi ! cria-t-il. Que se passe-t-il, à la fin ?

— Le sieur Robert dit qu'il n'a plus de pain, expliqua la grosse femme, rouge de colère. C'est qu'il le cache !

— Il vous dit qu'il a cuit sa dernière fournée. Revenez plus tard.

— Et de quoi te mêles-tu, rétorqua-t-elle, on voit que tu as bien déjeuné, monseigneur. Tu n'as point de marmaille à nourrir !

Resté mince comme un jeune homme, Nicolas pointa son doigt sur le ventre rebondi de la matrone en pétard.

— Regarde-moi, la mère, qui de nous deux mange le plus ?

Les badauds éclatèrent de rire et Nicolas put se faufiler jusqu'à la devanture. Il se mit à parlementer d'un ton d'autorité.

— Sieur Robert, as-tu du pain ?

— Non, commissaire, j'en fais le serment ici même. J'en aurai mais je n'en ai plus pour l'heure.

Sentant que tout allait dégénérer, Nicolas le persuada de laisser entrer quelques femmes qui pourraient vérifier ses dires. Robert accepta, rassuré par la présence du commissaire. Le petit groupe pénétra dans la boutique où régnait une chaleur de fourneau. Les rayons étaient vides, les mitrons effrayés écartaient les bras en signe d'impuissance. Tout allait rentrer dans l'ordre, les femmes se calmaient peu à peu. Mais soudain, derrière le comptoir, la meneuse dénicha un pain de douze livres. Elle s'en empara d'un geste sec et sortit, triomphale, brandissant la miche comme un trophée. Robert cria que c'était une réserve pour nourrir les mitrons. Une clameur hostile noya ses paroles.

— La preuve est là, cria un quidam fiévreux, c'est un accapareur !

Cette fois, Nicolas sortit son pistolet et le pointa sur les mécontents, menaçant d'abattre celui qui s'avancerait. La foule hésita ; le pistolet pivotait de cible en cible, droit et menaçant ; il fallait en sortir. On commença de palabrer. Après maintes répliques, on décida de se rendre au district[2] pour soumettre le cas aux officiers en charge. Nicolas revint à sa voiture en poussant devant lui Robert, qui tremblait comme une feuille. Le cocher put repartir, escorté d'une meute agitée. Ils franchirent le Pont-Neuf, obliquèrent à droite sur le quai de la Mégisserie et arrivèrent dans cet étrange arroi sur la place de Grève.

Robert descendit pour entrer à l'Hôtel de Ville où siégeait la garde nationale qui remplaçait la police royale depuis le 14 juillet. Quand soudain un excité bouscula Nicolas, prit Robert au collet, et vociféra : « Les accapareurs à la lanterne ! » Comme par un fait exprès, la place de Grève salvatrice était aussi l'endroit où l'on pendait les condamnés. La vindicte se propagea comme un incendie. On se mit à hurler des insultes, à frapper Robert du pied et du poing. Un émeutier coupa les rênes de la voiture, un autre monta à l'étage, ouvrit la fenêtre qui surplombait la lanterne vissée dans la pierre, dont le fer horizontal pointait comme la poutre d'un gibet.

On allait jeter la longue lanière par-dessus la lanterne et la nouer autour du cou de Robert, quand retentit la détonation d'un mousquet. Nicolas tourna la tête et vit Bourdeau sabre au clair, qui emmenait au pas de charge une dizaine de gardes nationaux fusil au poing. La foule s'écarta, Robert fut délivré et la troupe, fusils en bataille, fit entrer Nicolas, l'accusé et son accusatrice dans l'Hôtel de Ville.

— Justice sera faite ! cria Bourdeau à la foule. Le district va délibérer. Rentrez chez vous. Le pain arrive, vous l'aurez dans une heure.

À contrecœur, intimidée par les mousquets, l'émeute se dispersa et chacun rebroussa chemin en maugréant vers le Pont-Neuf, sous l'œil de quelques prostituées goguenardes qui faisaient le pied de grue sur le quai.

Nicolas prit son ami par l'épaule.

— Mon cher Bourdeau, tu m'as tiré d'un mauvais pas. Ces drôles allaient nous écharper.

— L'air de Paris est à l'orage, dit le policier. Le pain est cher, il est rare, le peuple gronde.

Ce changement d'atmosphère, Nicolas l'avait vu

dès la barrière de Vaugirard. De farouches gardes nationaux avaient remplacé à l'octroi les habituels pandores du roi. Il avait fallu montrer patte blanche, exhiber les ordres du palais, dont Nicolas avait senti qu'ils suscitaient autant de méfiance que d'obéissance. Dans les rues encombrées de badauds, de saute-ruisseau, de vendeuses des quatre-saisons, de fiacres et de charrettes, de menuisiers travaillant devant leur boutique, il avait remarqué ces vendeurs de journaux qui criaient aux passants les nouvelles de Versailles. On achetait fébrilement ces feuilles incendiaires écloses depuis le printemps, qu'on lisait arrêté sur la chaussée boueuse ou qu'on commentait par petits groupes bavards.

À Versailles, dans la salle des Menus-Plaisirs, à une encablure du château, les députés formés en Assemblée nationale édictaient loi sur loi qui renversait en courtes phrases l'ordre séculaire. Les droits féodaux et les privilèges fiscaux avaient succombé en grappes au soir du 4 août. Mounier, Mirabeau et quelques autres avaient lancé dans l'univers cette Déclaration des droits de l'homme qui portait au pinacle les gens de peu, tandis que la noblesse était réduite au silence par la peur de l'émeute.

Nicolas connaissait, d'une ancienne enquête, le gouverneur de Launay, un brave homme sans finesse qui avait gauchement résisté aux assaillants de la Bastille. Traîné comme venait de l'être le boulanger Robert vers la place de Grève pour se mettre sous la protection de l'Hôtel de Ville, Launay avait été occis par la foule à coups de sabre et dépecé par un aide-cuisinier. Sa tête coupée avait été promenée dans Paris jusqu'au jardin du Palais-Royal avec celle de Flesselles, le prévôt des marchands.

Depuis ce jour, la cour de Versailles, apeurée, tourbillonnait en résolutions contradictoires. Le plus jeune frère du roi, le comte d'Artois[3], avait émigré dès le 16 juillet avec sa famille et ses gens, suivi par le prince de Condé et la fine fleur de la haute noblesse. Marie-Antoinette et le parti aristocratique prônaient la manière forte, tandis que le ministre Necker revenu aux affaires temporisait. Le roi réprouvait les coups inouïs de l'Assemblée mais répugnait à verser le sang. Il résistait aux députés à l'aide d'arguties juridiques qui n'avaient d'autre effet que de retarder l'inévitable et d'exaspérer l'Assemblée. Dans un ultime effort pour arrêter le torrent des événements, Louis XVI avait appelé à lui le régiment de Flandre, qu'il jugeait plus sûr que la troupe ordinaire.

À Paris, La Fayette depuis juillet commandait la garde nationale qui s'efforçait de maintenir l'ordre, pendant que les soldats fidèles au roi prenaient leurs quartiers dans les cours du château. C'est au milieu de cette tempête, ballotté par les hésitations royales, que Nicolas avait reçu la missive de Bourdeau, qui l'avait tant intrigué. Il était maintenant à pied d'œuvre, secoué par ce début d'émeute frumentaire, tournant vers son ami des regards interrogatifs.

Bourdeau avisa Robert, qui s'était assis dans l'antichambre de la salle du district, l'œil hagard et les mains tremblantes.

— Sieur Robert, tu vas attendre ici une heure, tu rejoindras ton échoppe et tu feras ta fournée. Je détache dix gardes pour t'accompagner. Ils se mettront en faction devant la boutique. Une fois le pain cuit et distribué, le calme reviendra.

— Merci, commissaire, je crains pour ma famille.

— Tu seras protégé. Nous avons l'expérience des

temps de disette. La farine arrive, elle est acheminée tous les jours. Tout va rentrer dans l'ordre.

À moitié rassuré, Robert se rencogna et joignit les mains pour une prière discrète. Bourdeau entraîna Nicolas à l'extérieur.

— Nicolas, dit-il en sortant sur la place, l'incident a aiguisé mon appétit. J'avais prévu un dîner[4] rue du Pied-de-Bœuf. Allons-y, si tu le veux bien.

— Mon cher, s'exclama Nicolas, rien ne me ferait plus plaisir. J'ai voyagé depuis matines le ventre creux, seulement tenu par une brioche et une tasse de café au lait. Marchons. Je vois avec délice que tu as pris une belle assurance de commissaire après tant d'années comme adjoint.

— J'étais à excellente école, répondit Bourdeau, qui avait épaulé fidèlement le commissaire Le Floch pendant ses longues années au Grand Châtelet.

— Voilà qui est fort aimable. Mais allons au fait. Pourquoi, mon cher, m'as-tu fait venir d'un ton si pressant ?

— Parce qu'il s'agit d'une affaire embrouillée et sans doute hautement politique. Mais viens, nous parlerons autour d'un pichet et d'un plat de tripes qui te dédommageront du voyage.

Il avançait sa lourde carcasse prestement, avec une démarche d'autorité, traversant la place pour enfourner la rue de la Coutellerie. Un puissant fumet de viande et d'abats les saisit à l'approche du Grand Châtelet. Ils contournèrent la forteresse aux murs aveugles qui dominait la Seine pour trouver la place de la Grande-Boucherie, entourée d'échoppes sanguinolentes où travaillaient les bouchers aux grands couteaux rougis. Poussant une lourde grille, ils entrèrent dans la rue du

Pied-de-Bœuf pour gagner une salle basse aux voûtes de pierre, bruyante et odorante.

— Nous voici revenus aux temps de jeunesse, dit Nicolas en s'asseyant sur un tabouret qu'il tira de sous une table de bois encore constellée de miettes et de sauce. Ainsi, tu es commissaire du roi, ce qui récompense de sûrs services et un zèle aigu.

— Commissaire du roi, je ne sais plus, observa Bourdeau. Commissaire du district, à coup sûr. La police de Sa Majesté s'est dispersée, le lieutenant de police s'est évaporé après le 14 juillet. Je suis sous les ordres de la garde nationale, elle-même dirigée par la Commune de Paris, qui a confié la tranquillité publique à M. de La Fayette.

— Cette organisation byzantine veut tout dire, jeta Nicolas. Elle sent fort son anarchie. L'ordre social s'écroule, on en a vu la preuve tout à l'heure sur la place de Grève.

Bourdeau répondit par une moue. Il avait toujours souligné auprès de Nicolas les failles de l'ancien monde. Il était un policier exact et fidèle, mais aussi un sujet lucide qui réprouvait l'arbitraire royal, les lettres de cachet, la corruption des inspecteurs, l'usage barbare de la question ordinaire et extraordinaire dans les caves du Grand Châtelet, que Louis XVI venait d'abolir. Toutes remontrances que Nicolas connaissait et ne parvenait pas à réfuter, trop familier des charpentes vermoulues qui soutenaient l'édifice de la monarchie. Il était marquis de Ranreuil depuis que sa bâtardise avait été effacée par le testament de son père et se reliait donc, par sa famille, à la société à ordres qui lui commandait fidélité à la Couronne. Ce qui ne l'empêchait pas d'en éprouver chaque jour les faiblesses. Bourdeau, à l'inverse, en tenait de toute évidence pour les idées nouvelles d'égalité. Nicolas pressentit un instant que cette divergence pourrait altérer leur amitié, puis il chassa cette idée qui lui déplaisait.

À peine assis, le tavernier s'était empressé auprès d'eux, un pichet de vin de Chinon à la main. Bourdeau et lui étaient pays, de la vallée de la Loire.

— Il est de l'année, dit-il d'un air satisfait, vous m'en direz quelques nouvelles. Je vous apporte des saucisses plates pour vous mettre en bouche.

— Les tripes sont prêtes ? demanda Bourdeau qui était passé plus tôt pour s'assurer du plat.

— Bien sûr, commissaire. Coupées en carré par de blanches mains. De la belle panse, onctueuse et odorante à souhait, bouillie avec son pied de veau, cuite dans une marmite avec ses carottes, son poireau, ses oignons, son clou de girofle et ses gousses d'ail, avec un verre de vin blanc et un soupçon de calvados ! La Cour n'en mange pas de meilleures. Dans un quart d'heure le festin commence…

Tout sourire, Bourdeau versa le vin et Nicolas avala sans attendre deux saucisses suintantes de graisse.

— Alors, dit-il, quelle est cette affaire si embrouillée qu'elle demande ma présence ? Tu es de taille, Bourdeau, pourquoi mander quelqu'un d'autre ?

— Parce que ce crime de rôdeur pourrait être un crime d'État.

— Mais quel crime ?

II
DÉTAILS

> « Nous ne cherchons jamais les choses mais la recherche des choses. »
>
> *François de La Rochefoucauld*

Bourdeau se servit un deuxième verre et commença son histoire. L'avant-veille, le 24 septembre, un enlèvement s'était déroulé au Palais-Royal. Vers trois heures de la nuit, au moment où les joueurs et les filles commençaient à regagner leurs pénates, un couple sortait du jardin par la galerie de Valois. C'était un homme bien mis quoique d'un maintien discret, et une jeune femme svelte en costume de chasse portant un loup sur le visage. Au moment où ils mettaient le pied sur la chaussée de la rue de Valois, sans doute en quête d'un fiacre, cinq sbires eux aussi masqués les ont entourés, ceinturés et menacés de leur pistolet. Aussitôt une berline jaune s'est avancée, tirée par quatre chevaux. L'homme a tenté de fuir, la femme s'est débattue en criant. Mais ils n'étaient pas de force. Les agresseurs les ont ressaisis, mis leurs mains sur leurs bouches et les ont enfournés violemment dans la berline, qui est partie sous les coups de fouet du cocher. Les témoins ont entendu des cris à l'intérieur de la caisse, mais ils n'ont rien distingué tant la berline était preste. Les spadassins sont partis en courant, la berline a disparu du côté de la rue Saint-Honoré.

— Sait-on qui sont ces deux personnes ? demanda Nicolas en se servant lui aussi du vin de Chinon.

— Non, dit Bourdeau, nous avons leur description mais point leur qualité ni leur nom.

Les deux commissaires se turent pendant que le tavernier posait sur la table un plat fumant d'où sortait le fort parfum des tripes. Chacun se servit le temps qu'il s'éloigne. Puis Bourdeau reprit son récit.

L'affaire a été rapportée aussitôt à la police, qui à cette heure n'en pouvait mais. Le lendemain matin, un quidam s'est présenté au district du VIIe, à l'Hôtel de Ville, là où Bourdeau venait de laisser le boulanger Robert en prières. L'homme rentrait chez lui par le quai des Célestins. Il a vu la même berline jaune s'arrêter au bord de l'eau et deux hommes en sortir portant un corps inerte, qu'ils ont jeté sans cérémonie dans la Seine. Puis la berline est repartie vers l'est.

— Êtes-vous allé au filet de Saint-Cloud ? questionna Nicolas, qui avait souvent récupéré des cadavres portés par le courant et pris dans les rets du filet toujours tendu sous le pont de Saint-Cloud.

— Bien sûr, acquiesça Bourdeau.

— Alors ?

Le corps jeté dans la Seine y était, avec les mêmes habits. Mais la police n'avait pu l'identifier : ses poches étaient vides de tout papier et de tout objet, son visage était horriblement écrasé par des coups. Son chapeau et sa redingote manquaient, et avec eux les marques de fabrique qui auraient pu aiguiller la police.

— Diable, fit Nicolas, l'affaire se corse. Et ce cadavre, où est-il ?

— Ici, dans la basse-fosse du Grand Châtelet. Nous l'y avons ramené et j'ai convoqué pour cinq heures un ami que vous connaissez bien.

— Sanson ? Il est toujours en poste ?

— Plus que jamais, nous le verrons ensemble autour de la table de dissection.

— Voilà un gage de sûreté. Donc, nous ne savons rien à cette heure.

— Si, nous savons quelque chose, jeta Bourdeau avec un œil qui clignait.

Il s'attaqua derechef à son assiette de tripes agrémentées d'un demi-pied de mouton et poursuivit son histoire.

Les inspecteurs avaient entamé une enquête de voisinage autour du Palais-Royal. Coup de chance, ils étaient tombés sur un porte-falot qui avait vu passer la berline dans la rue de Valois. Ces porte-falots formaient un métier très particulier et très utile. Ils hantaient les sorties des théâtres, des cabarets et des salles de jeu, et offraient de raccompagner chez eux les clients qui en sortaient, éclairés par une lanterne qu'ils tenaient au bout d'une perche pour les prémunir contre les malandrins qui attaquaient les passants dans les rues sombres. Souvent, moyennant une protection, ils étaient autant de mouches occasionnelles dont la police usait en abondance.

— Mais qu'a-t-il vu, sinon passer une berline jaune ?

— Rien d'autre. Mais il a entendu…

— Entendu quoi ?

— Un tintement sur la chaussée au moment où la berline passait.

Ce tintement était celui d'une bague tombée là, que le porte-falot a vu luire sur le pavé dans le halo de sa lanterne. Il l'a ramassée et portée au district. Avec un sourire, Bourdeau mit sa main à sa poche et en sortit la bague qu'il tendit à Nicolas. C'était un bijou de vermeil surmonté d'une chasse qui enserrait un ovale d'or gravé. Nicolas prit la bague et tenta de déchiffrer l'inscription. Mais on voyait mal dans la taverne enfumée. Sur l'invitation de Bourdeau qui souriait toujours d'un air entendu, il se leva et sortit au grand jour dans la rue du Pied-de-Bœuf. Portant la bague près de son œil, il lut trois lettres gravées sur l'or et entrelacées, formées en arabesques élégantes : M.A.R. Nicolas changea de couleur et se mit à trembler. Il connaissait bien ces initiales : Maria-Antonietta Regina. La reine Marie-Antoinette.

Le cœur en chamade, il revint s'asseoir, pâle et tourneboulé. Bourdeau dardait sur lui un regard ironique. Sur la table, les tripes entamées commençaient à refroidir. Nicolas réfléchissait comme l'éclair, la tête ailleurs, l'esprit battant la campagne. La reine ? Était-ce possible ? Marie-Antoinette aurait-elle été enlevée lors d'une de ces escapades nocturnes dont elle avait coutume ? Longtemps, elle avait aimé sortir au théâtre, courir les bals en loup, dîner chez un grand seigneur.

Puis il reprit ses esprits. La reine ne serait pas à Paris sans escorte, surtout en ce temps troublé, ni même sans que lui, Nicolas, chargé de sécurité personnelle, soit prévenu. Même en cas de sortie secrète, sa disparition, aussi bien, aurait mis en branle tout le château et on l'aurait évidemment averti, lui qui veillait sur les souverains. Non, c'était une autre jeune femme, aventurée dans Paris pour d'énigmatiques raisons, peut-être pour le jeu dont le Palais-Royal était le centre parisien, ou pour une autre virée, plus licencieuse. Une grande dame à coup sûr, jeune et délurée, assez indépendante pour quitter Versailles en goguette, ou bien pour quelque mission subreptice. Assez proche de la Couronne, en tout cas, pour porter une bague aux armes de la reine. À moins qu'il ne s'agisse d'une voleuse de la Cour, une femme de chambre, une soubrette, qui aurait dérobé la bague. Mais alors pourquoi l'aurait-on enlevée ? Et pourquoi aurait-elle jeté le fruit de son larcin, qui pouvait aussitôt la désigner comme une malhonnête ? Le mystère prenait une profondeur vertigineuse.

Passant près des deux commissaires, le tavernier s'arrêta, les mains sur les hanches.

— Faut-il que vous ayez des choses graves à vous dire. Mes tripes refroidissent !

Nicolas sourit et prit sa fourchette qu'il piqua dans un carré de viande dégouttant de sauce, tout en protestant de la qualité du plat. Il regarda Bourdeau toujours espiègle.

— Ce ne peut être la reine, mon ami, dit-il. Je l'aurais su.

— Bien sûr, ce n'est pas la reine. L'armée du roi serait partout. Nous avons vite compris la chose. Ce peut être une voleuse qui a dérobé le bijou. Mais alors pourquoi le jeter dehors ?

— Non, nous arrivons au même endroit : c'est une dame de la Cour, ou quelqu'un d'assez proche de Marie-Antoinette pour avoir une bague à ses armes. Mais nous ne savons si elle était à Paris d'elle-même ou en mission. C'est pourquoi tu m'as appelé.

— Tout juste, Nicolas, je te reconnais bien là. Tu as suivi le même chemin que nous, mais plus vite.

Un silence s'installa. Il fallait faire honneur aux tripes et, surtout, mesurer les implications de ce qu'ils avaient découvert. Bourdeau servit deux autres verres et demanda un nouveau pichet. Nicolas était retombé dans ses supputations. Cette jeune femme avait du sang-froid et du caractère. D'abord elle s'était débattue assez pour que les malfaiteurs dussent la ressaisir et la jeter de force dans la voiture. Une fois enlevée, elle avait continué de crier, malgré la menace des pistolets. Puis, à peine quelques secondes plus tard, elle avait eu assez de présence d'esprit pour se défaire de la bague et la jeter dans la rue, peut-être par une fenêtre mal fermée, ou bien par un interstice quelconque qu'elle avait repéré. Le moins qu'on puisse dire, c'est que l'effroi de l'agression ne l'avait pas laissée inerte. Malgré la peur, malgré la violence des sbires, elle avait songé à laisser derrière elle un indice en espérant que la police en serait avertie. La conclusion s'imposait : ce n'était pas une dame d'atours quelconque, ni une marquise couvée dans les salons. Plutôt une habituée des missions et des intrigues, énergique et rouée.

Bourdeau, tout en dégustant ses tripes, avait observé pendant ce temps le visage de Nicolas, son regard, ses mimiques, son hésitation à manger, puis son ultime coup de fourchette, quand son siège fut fait.

— Donc elle était en mission, dit-il, comme si Nicolas avait déroulé son soliloque à haute voix.

— Oui, c'est sûr. Elle venait pour accomplir sa tâche.

Puis il regarda Bourdeau, stupéfait.

— Tu lis donc dans mes pensées !

— Non, mon ami. Mais l'analyse serrée des causes, chez un policier, conduit à un seul effet.

Nicolas sourit, se disant que, décidément, Bourdeau et lui étaient bien de la même engeance, celle des maniaques du détail et des raisonneurs. Puis une pensée un temps laissée de côté l'assaillit.

— Si nous n'avons pas la femme, nous avons l'homme. Il est vrai qu'il ne sera guère bavard…

Bourdeau tira sa montre de son gilet.

— Il est trois heures trente. Sanson nous attend au creux de sa basse-fosse dans une demi-heure. Il saura le faire parler.

— Mais avant, ces tripes m'ont mis en train. J'aime fouailler les cadavres le ventre bien calé. Notre tavernier préféré sert bien des tartes ?

Bourdeau leva la main et leur hôte vint pour débarrasser. Devançant leur demande, il annonça la suite : une tarte aux myrtilles encore chaude accompagnée d'un armagnac de dix ans d'âge, s'attirant les félicitations émues des deux convives.

— Je retrouve mes amis après une longue absence, dit-il, je me dois de les satisfaire.

— Et comment vont les affaires ? demanda Nicolas pour lui rendre son amabilité.

— Les miennes se portent bien. Au fond, les révolutions aiguisent l'appétit des Parisiens. Mais celles du royaume, c'est autre chose. L'Assemblée a raison de vouloir des réformes, mais elle a brisé votre police. J'ai vu passer les têtes de Launay et de Flesselles en route pour le Palais-Royal. Quel spectacle ! Je préfère les têtes de veau. Le pain manque, vous le savez. Nous gargotiers sommes toujours livrés. Mais le peuple a faim et les ventres vides n'ont pas de scrupule. M'est avis que nous aurons d'autres violences, sans vraie police pour les contenir.

— Vous soutenez donc la Couronne.

— Qu'ai-je dit là ! Vous me questionnez et je m'abandonne. Je ne suis d'aucun côté, sinon celui de ma cuisine. Oubliez, je vous prie, cette conversation. Après tout, je ne sais ce que pense la police. Elle était au roi, elle est à M. de La Fayette. Les bons sujets ne savent quel parti prendre. J'ai une cocarde à mon chapeau et une autre dans la poche, toujours prête à servir selon les circonstances. J'avais avant-hier Desmoulins à ma table et hier un colonel du régiment de Flandre. Je les ai servis avec le même zèle. Je n'ai que des amis, bleus ou blancs. C'est la couleur de leur argent qui compte. Dans ces temps, il arrive toujours un moment où la politique est l'ennemie du commerce. Tout cela n'augure rien de bon.

— L'Assemblée veut un impôt égal, observa Bourdeau qui avançait ses pions. Voilà qui devrait te plaire. Les nobles paieront désormais comme les bourgeois. N'est-ce pas justice ?

— Je crains surtout qu'on nous fasse payer plus. J'ai vu les chiffres de M. Necker dans une gazette. C'est un gouffre. Je sais compter. Patriotes ou aristocrates, ils sont à court de numéraire. On parle de Constitution, de droits de l'homme. Mais si l'on écoute bien, il n'est question que de nous tondre.

Les deux policiers éclatèrent de rire.

— Voilà un sage, dit Nicolas. Desmoulins devrait t'engager comme folliculaire. Au moins nous y verrions clair dans les affaires.

Il était cinq minutes avant quatre heures. Les deux policiers se levèrent et payèrent, pour se diriger vers le Grand Châtelet voisin.

Nicolas, comme toujours, frissonna quand ils franchirent la vaste voûte qui menait dans la forteresse policière, massive et noire en face du Pont-au-Change. Les mêmes exempts étaient en faction dans la haute entrée, les mêmes inspecteurs se croisaient dans la cour, les mêmes portes de geôle, épaisses et lourdes, seulement ajourées d'une petite grille, s'alignaient dans les couloirs de l'est. Nicolas connaissait encore leur surnom par cœur, les Chaînes, la Motte, les Boucheries, Barbarie ou Gloriette, les moins sinistres, et les autres, pestilentielles et obscures, le Puits, les Oubliettes, la Gourdaine… Sans parler des deux cachots les plus atroces, la Fosse, où l'on descendait les prisonniers par une poulie, dans un cône de pierre rempli d'eau à mi-jambe où l'on ne pouvait ni se coucher ni rester debout, et la Fin d'aise, où l'on pataugeait dans une tourbe d'excréments infestée de serpents. Dans ces deux-là, on survivait rarement plus d'un mois. Signe des temps, elles étaient condamnées, depuis que l'Assemblée avait stigmatisé les coutumes judiciaires de la monarchie.

Tous deux descendirent l'escalier de pierre glissante qui menait à la basse-fosse où l'on exposait les corps des noyés retrouvés dans la Seine et les cadavres des assassinés de la nuit. Une fétide odeur de décomposition montait des sous-sols.

— Peu de choses ont changé, au fond, dit Nicolas, la police reste la police et les geôles patriotiques sont les mêmes ou presque que les geôles monarchiques.

— Peu de choses mais l'essentiel : le pouvoir n'est plus ici mais à la Commune de Paris qu'on vient d'élire. Pour l'instant, nous sommes sur notre erre, nous gardons nos prérogatives. Mais bientôt les instructions ne viendront plus de Versailles mais de l'Hôtel de Ville.

— Alors agissons quand il en est encore temps…

Ils arrivaient à la grande morgue. C'est là, dans une salle basse et voûtée où restaient entreposés les tenailles, les scies et les brodequins de la question abolie par Louis XVI, qu'opérait Sanson, le plus aimable et subtil bourreau de Paris. Sur une longue table de pierre souillée de taches pourpres, un corps livide était allongé, nu et intact, à l'exception du visage sanguinolent. Sanson les attendait, droit comme un i devant la table de dissection, ses couteaux et ses ciseaux à portée de main. C'était un homme dans sa cinquantaine au visage avenant et la taille bien prise malgré les ans, pâle et souriant, qui parlait d'une voix douce.

— Bonsoir, monsieur le marquis, dit-il à Nicolas, il y a long bail que nous avons eu le plaisir de vous voir. Je vois que les enquêtes vous manquent.

— Service du roi, fit Nicolas, je reprends le harnois. Vous me semblez bien d'attaque. Je pressens qu'il vous faudra rester bien vif. Ces temps d'anarchie vont vous donner du travail, j'en mettrais ma terre en gage.

— Nous verrons, monsieur, c'est un fait que la politique pourrait bien me fournir plus que le crime ordinaire.

— Alors que dit ce brave noyé ?

— Nous allons en décider ensemble. Puis-je opérer ?

Ils s'approchèrent, concentrés et affairés. Bourdeau, comme à son habitude dans cette circonstance, sortit son tabac à priser. Sanson désigna d'abord le visage du mort, qui tenait plus de la bouillie sanglante que d'une figure humaine. L'aimable bourreau y promenait son couteau, pointant de la lame les parties qu'il commentait.

— Les chairs et les os, expliqua-t-il, ont été frappés à coups redoublés, avec un marteau ou un bâton lourd. On pourrait supposer un crime de haine, commis dans un déchaînement de violence. Mais je ne le crois pas. L'homme était déjà mort.

Sanson fit un pas de côté et mit son couteau sur une petite ouverture noire juste sous le sein gauche du cadavre. C'était le point d'entrée d'une balle de pistolet. Sanson ouvrit la poitrine à l'aide d'une scie décrochée du mur. Nicolas serra les dents en entendant le crissement de la lame sur les côtes. Sanson prit une tenaille, fouilla dans les chairs et sortit de la poitrine une petite sphère de métal couverte de sang. Il la posa délicatement dans un chiffon disposé sur la table. Puis il trancha avec un long coutelas dans les poumons. Il en sortit du sang, des humeurs mais point d'eau.

— La chose paraît claire, commenta Nicolas. L'homme a été tué d'un coup de pistolet au cœur. Il ne respirait plus quand on l'a jeté en Seine. On vient de le constater puisqu'il n'y a pas d'eau dans ses poumons.

— Je vois que vous n'avez pas perdu la main, dit Sanson. En effet, cette balle est la cause de la mort. Je ne sais si son visage a été martelé avant cela ou après. Je gagerais qu'on l'a défiguré à dessein, après le coup fait, pour empêcher toute identification.

Il s'écarta de la table et prit les vêtements du mort qu'on avait empilés sur une chaise. Il saisit le gilet, l'examina soigneusement et se tourna vers ses deux amis.

— Voyez, il y a des traces de poudre que l'eau n'a pas entièrement dissoutes.

Il revint vers la table et se mit en devoir de lacérer les restants de chair du visage.

— Il n'y a guère de sang dans ces lambeaux, dit-il, c'est peut-être l'eau qui l'a dilué. Ou bien ce manque de sang est-il dû à l'arrêt du cœur préalable. Je parierais volontiers pour cette deuxième éventualité.

La conclusion s'imposa aux trois hommes. Le cadavre avait parlé. Selon toute vraisemblance, l'homme s'était débattu dans la voiture. Sans doute débordés, les ravisseurs n'avaient trouvé d'autre moyen de l'immobiliser que de lui loger une balle dans le cœur. Ou alors ils avaient décidé de l'exécuter aussitôt pour ne garder que la femme. C'est ensuite qu'ils avaient martelé son visage pour le rendre méconnaissable, avant de le jeter du quai des Célestins. C'étaient en tout cas de fiers coquins qui ne reculaient pas devant l'horreur. Nicolas imagina la jeune femme enlevée assistant à ce spectacle barbare, ligotée dans la voiture. Il chassa cette image terrible et laissa son esprit supputer. Les cruelles opérations des ravisseurs les empêchaient de connaître l'identité du mort. Une idée lui vint.

— Vous n'avez rien trouvé dans ses vêtements, m'a dit Bourdeau.

— Non, rien, fit Sanson. Ni bourse, ni papiers, ni arme. Le chapeau et la redingote manquent. Les assassins les ont gardés, sans doute pour éviter qu'on trouve une marque de faiseur à l'intérieur. Nous avons seulement découvert quelques pièces de monnaie. Elles sont là, sur l'étagère.

Par acquit de conscience, Nicolas les prit et les étala sur la table. Il défit une chandelle de son bougeoir et l'approcha des pièces. Rien de particulier, sinon quelques sous, comme tout un chacun en porte sur lui. Mais un détail le fit sursauter. L'un des petits disques de métal se distinguait des autres. Nicolas le prit entre le pouce et l'index, et l'examina à la lueur de la flamme. Il s'exclama alors, d'un ton triomphant :

— Enfin ! Décidément le moindre détail compte. Nous avons une indication.

Il montra le petit trophée à Bourdeau. Ce n'était pas une pièce de la monnaie du roi, mais un jeton de laiton lisse, bordé d'un petit liseré aux fines rayures.

— Je connais ces jetons, dit Nicolas d'une voix joyeuse. L'examen est terminé. Merci, Sanson, vous avez été encore une fois d'une précieuse habileté. Mon cher Bourdeau, nous partons immédiatement. Nous avons une visite à honorer.

— Où cela ? demanda Bourdeau.

— Dans le jardin du duc d'Orléans.

III
JEUX

« D'âge en âge, on ne fait que changer de folie. »

Pierre-Claude Nivelle de La Chaussée

Sous un ciel pommelé, les deux hommes marchaient dans la rue Saint-Honoré, zigzaguant entre les flaques, les étals des marchands, les chaises des rempailleurs, les porteurs d'eau et les innombrables piétons qui rasaient les murs pour se garder des voitures. Au coin de la rue de l'Échelle, un crieur à la voix éraillée vendait *L'Ami du peuple*, la feuille incendiaire publiée par un dénommé Marat qui vitupérait la Cour à longueur de colonnes et dénonçait « les accapareurs » à qui il imputait la crise des subsistances. Nicolas acheta un exemplaire qu'il fourra dans sa poche pour le lire plus tard. Depuis juillet, il s'obligeait à compulser la littérature politique tous les jours pour ausculter l'opinion et tâcher de prévoir des coups qui pourraient atteindre la Couronne.

— Je suis pris en faute, avoua Bourdeau. Je n'avais pas vu ce jeton parmi les pièces.

— J'ai inspecté longtemps les jeux, dit Nicolas, j'étais en pays de connaissance.

— Vous avez donc reconnu la maison de jeu du Palais-Royal d'où vient ce jeton…

— Non, mais j'ai mon idée. Nous n'irons pas directement au Palais-Royal. Ces gens sont méfiants, ils protègent leur chalandise, ils feront semblant de ne rien savoir.

— Alors ?

— Alors il nous faut une introduction. Nous allons un peu plus loin, chez une bonne dame de nos amies, qui nous renseignera et nous évitera les impairs.

— Je vois, conclut Bourdeau. Nous allons rue du Faubourg-Saint-Honoré…

Ils poussèrent en effet leur marche, franchirent la rue Royale et s'arrêtèrent devant une grosse maison bourgeoise aux fenêtres aveuglées de rideaux, à l'enseigne du *Dauphin couronné*. Nicolas mania le heurtoir qui résonna à l'intérieur. À travers un grillage, le guichet s'ouvrit et deux yeux apparurent dans l'ouverture.

— Commissaire Le Floch ! dit une voix. Quelle surprise ! Voilà bien deux ans que vous n'êtes venu céans.

La porte s'ouvrit, les policiers pénétrèrent dans un corridor rougeâtre seulement éclairé par un bougeoir. Une jeune Antillaise au regard espiègle les accueillit et les conduisit à un vaste salon occupé par des chaises alignées et fermé par une scène de théâtre au rideau baissé. Nicolas, qui fréquentait là depuis de longues années, se souvint du petit boudoir tendu de jaune, aujourd'hui disparu et remplacé par cette salle de spectacle. C'est là, lors de l'une de ses premières enquêtes, qu'il avait manqué d'être estourbi par un spadassin qu'il avait dépêché au terme d'un combat à mort dans l'obscurité.

— Vous venez voir Mme Paulet, bien sûr...

— Tout juste, dit Nicolas en décochant un sourire à la jeune femme, qui répondit d'un regard ironique.

Dix ans plus tôt Nicolas, visiteur assidu, n'avait pas dédaigné les charmes de cet oiseau des îles à peine nubile.

— Elle est à l'étage, je la préviens. Vous devrez monter, elle ne bouge plus guère...

La jeune fille revint quelques minutes plus tard. Ils traversèrent la grande pièce entourée de petits salons où l'on pouvait se retirer pour des entrevues plus intimes. C'est là que les clients de l'établissement assistaient aux saynètes licencieuses qui les mettaient en forme pour choisir une fille.

— Il est encore tôt, dit-elle, nous ouvrons à six heures.

— La Paulet veille donc toujours sur ces ballets ? demanda Bourdeau.

— Oui, mais elle est immobile. Sa présence à l'étage suffit.

— C'est votre statue du commandeur, commenta Nicolas d'un ton sarcastique.

— Je ne sais si des commandeurs viennent ici, dit la jeune fille qui ne saisit pas l'allusion, suscitant un sourire sur le visage des deux policiers.

Ils montèrent les marches, arrivèrent à un couloir tendu de velours où l'on voyait, à droite et à gauche, une série de portes capitonnées. La jeune femme ouvrit la première et ils entrèrent dans une chambre dont la forte odeur les fit grimacer. C'était un mélange de parfums lourds et de potions d'apothicaire, qui montait à la tête et soulevait le cœur. Dans un lit à baldaquin, sous une longue perruque blonde, un visage cérusé et délabré les contemplait d'un regard curieux cerné de noir. Le front plissait, les joues pendaient en poches tremblotantes, le menton tombait en cascades de graisse, les mouches perçaient ici et là ce masque plâtré où la bouche rouge sang faisait comme une balafre. La Paulet, se dit Nicolas, était décidément l'image de la décrépitude, le symbole des ravages du temps. La voix seule gardait un semblant de jeunesse.

— Nicolas, dit-elle d'un ton rogue, vous vous décidez enfin à visiter votre vieille amie. D'ici peu, vous n'en aurez plus le loisir… Je suis clouée au lit, en partance pour le cercueil.

— J'étais dans ma province, s'excusa-t-il, avec ma famille. Et vous êtes plus solide que vous ne prétendez.

Il s'approcha du lit et posa sur la joue blanchâtre un baiser furtif.

— Comment vont les affaires, ma bonne ? demanda-t-il d'une voix douce.

— Je ne me plains pas. Au milieu des tempêtes, notre commerce continue comme devant. Les hommes ont toujours besoin de détente, qu'ils soient de la Cour ou de l'Assemblée. Ici, le Tiers et la noblesse sont unis. La Robe et l'Épée ont les mêmes vices, voyez-vous ? Nous avons même quelques abbés. Nous sommes un adjuvant de la concorde. Ici, point de veto, point de têtes coupées, point d'envolées patriotiques. On s'arrête à l'essentiel, le plaisir de vivre. Nos maisons devraient être saluées par les autorités : elles sont une assise de la société.

— Vous vous lancez dans la philosophie politique, dit Nicolas en riant. Vous devriez en faire un libelle, c'est la mode.

— Moquez-vous. J'aurais beaucoup à dire…

— Je n'en doute pas. Votre métier vous fait pénétrer au fond des âmes.

— C'est un fait, répliqua la Paulet en partant d'un gros rire, nos activités sont très pénétrantes. Mais je pressens que vous n'êtes pas venu seulement pour badiner avec votre vieille amie. La présence de Bourdeau est éloquente. Vous êtes en chasse.

Gracieuse, la jeune femme que Nicolas avait connue petite apporta un plateau de thé fumant agrémenté de madeleines luisantes et dorées, tout en jetant un regard en coin à Nicolas. Celui-ci conta à la Paulet l'attentat du Palais-Royal dont ils s'occupaient. Son récit achevé, il lui tendit le jeton trouvé dans la poche du défunt qu'ils venaient de disséquer. La Paulet le saisit entre le pouce et l'index, prit des bésicles sur la table de nuit et l'examina.

— Ces jetons se ressemblent, dit la Paulet. En tout cas, il ne vient pas du 113. On y joue à pièces d'or.

Le 113 était la première maison de jeu du Palais-Royal, la plus luxueuse et aussi la plus sulfureuse. On y pariait aux dés, aux cartes ou à la roulette. Au coin nord de l'aile Valois, donnant sur les colonnes d'entrée du jardin, elle était entourée d'une foule de courtisanes fardées. Ses chambres de l'étage abritaient d'autres jeux que le creps, le trente-et-un ou la roulette… La Paulet rapprocha encore le jeton de son visage, plissant les yeux.

— Vous avez de la chance, Nicolas. Je vois ici des initiales gravées « VP ». Les maisons de jeu marquent leurs jetons, pour décourager les escrocs qui auraient l'idée d'en fabriquer et de les présenter à l'échange contre du numéraire. C'est la maison de mon ami Victor Préneuf, un honnête commerçant.

Je les connais tous, nous sommes une corporation. Celui-là est un brave homme qui fait sa pelote sans estamper le pratique. Il officie dans une des boutiques près du café Corrazza, c'est à l'opposé du 113, dans les premiers numéros, du côté Montpensier.

— Fort bien, dit Nicolas. Parlera-t-il à la police ?

— Je ne sais. La discrétion est une base du métier. Nous avons des marquis, des fermiers généraux, des présidents à mortier, qui n'aiment pas la notoriété. Vous me dites que la femme enlevée est liée à la Cour. M'est avis que c'est une affaire politique. Le Palais-Royal est un nid d'intrigues. Tout ce dont les tenanciers ont horreur, cela trouble le commerce. Mais dites-lui que vous m'avez consultée, cela pourra l'amadouer.

— Il n'aura que d'avantages à aider la police, dit Bourdeau.

— Avantages dangereux, souligna la Paulet. Les clients aiment encore moins qu'on mêle la maréchaussée à leurs habitudes. De plus, cette police nous rançonne sans scrupule. Cela n'entretient pas la confiance. Nicolas est l'exception. Les autres commissaires s'engraissent à nos dépens, vous le savez bien ! J'ajoute que tous ces boutiquiers ont l'attache du duc d'Orléans, qui ramasse les loyers. Ils n'ignorent pas que le gros cousin est un acteur de la pièce qui se joue en ce moment. Cela incite à la prudence.

— Nous trouverons un moyen d'intéresser votre ami, précisa Nicolas.

— Pour sûr ! Je ne doute pas de vos talents en matière de chantage. Allez, vous avez ma bénédiction. Mais avant, prenez une autre de ces succulentes madeleines. Elles viennent justement de chez Beauvilliers, qui règne sur le jardin.

Beauvilliers était le plus raffiné restaurateur du Palais-Royal où se réunissaient tous les vices de Paris. Dix ans plus tôt, le duc d'Orléans, cousin du roi et propriétaire du lieu, avait lancé une vaste spéculation. Il habitait l'ancien Palais-Cardinal, devenu Palais-Royal par le don de Richelieu à Louis XIII, qui faisait face au Louvre sur la rue Saint-Honoré et donnait par-derrière sur un immense jardin rectangulaire. Le duc bâtisseur avait fait construire trois galeries d'arcades qui séparaient maintenant, de l'ancien parc, les rues de Valois, de Montpensier et de Beaujolais. Ces galeries abritaient quelque cent cinquante boutiques où l'on vendait tout ce qui pouvait contenter l'œil, la chair et l'esprit. Au sud, la « galerie de Bois » qui coupait le jardin, accueillait les imprimeurs et les libraires. À l'ouest et à l'est, les maisons de jeu, les maisons de plaisirs, les salles de marionnettes ou d'ombres chinoises, les marchands de meubles ou de tableaux, les pâtisseries et les cafés s'alignaient comme pour une revue des plaisirs et des arts. Il y avait même une maison discrète où ceux qui préféraient les hommes pouvaient se lier en sérénité : l'orchestre qui accompagnait leurs ébats était composé de musiciens aveugles, qui ne risquaient guère de reconnaître tel ou tel personnage public s'adonnant à ses penchants très privés.

Au nord, le restaurant Beauvilliers avait gagné ses galons de meilleure table de Paris. Ainsi la crème et la lie de la société parisienne affluaient au Palais-Royal dans un mélange capiteux, échangeant des idées et des extases, des femmes et des secrets, des intrigues et des louis d'or. Sybarite ambitieux, nanti d'une des premières fortunes du royaume, le duc d'Orléans passait ses journées en combinaisons et ses nuits en orgies, quand ce n'était pas l'inverse.

La politique avait élu domicile dans ce jardin des passions. C'est au bout de la galerie Montpensier, devant le café de Foy, que le folliculaire Camille Desmoulins, alarmé de l'afflux des troupes appelées par Louis XVI autour de Paris, montant sur une table le 12 juillet, avait ameuté les badauds pour dénoncer une imminente « Saint-Barthélemy des patriotes ». La foule en pleine émotion était partie du Palais-Royal pour chercher des armes aux Invalides et, le 14 juillet, jugeant qu'il en fallait d'autres, pour assiéger la Bastille. Toute de colère populaire, cette foule était revenue au soir, portant au bout d'une pique les têtes de Launay, le gouverneur de la Bastille et celle de Flesselles, le prévôt des marchands, comme on rapporte des trophées au quartier général d'une armée.

Nicolas et Bourdeau laissèrent la Paulet à son triste sort de maquerelle déclinante. Il était sept heures, le soleil enfin apparu tombait derrière la colline de Chaillot, nimbant d'une lueur fauve les hauts des maisons de la rue Saint-Honoré. Ils entrèrent dans le jardin du Palais-Royal par la rue de Richelieu, derrière le théâtre construit par le duc. Une foule disparate encombrait déjà les galeries et les allées de verdure rectiligne, autour du cirque curieusement enterré de quelques toises au centre du jardin.

Sur leur gauche les boutiques s'alignaient sous une longue arcade. Ils demandèrent après la maison de Victor Préneuf. C'était l'une des premières, au numéro 9. Ils entrèrent. Deux gaillards chargés de filtrer les clients – on les appelait « les bouledogues » – les arrêtèrent avec un visage sévère. Bourdeau montra son passeport de policier et parlementa. Autour, les joueurs étaient déjà nombreux, assis aux tables de creps, concentrés sur le jeu. Ils montèrent au premier où d'autres salles ouvraient l'une sur l'autre jusqu'à une porte de bois sculpté. L'un des bouledogues frappa. Il entendit un cri impatient et tira sur la poignée. Nicolas et Bourdeau pénétrèrent dans un bureau sombre encombré d'armoires et de classeurs. Derrière une table jonchée de papiers, un petit homme replet à la face rougeaude encadrée de favoris grisonnants leva les yeux.

— Victor Préneuf, dit Nicolas, nous sommes policiers. La Paulet nous a recommandés, nous enquêtons sur un enlèvement qui a eu lieu avant-hier soir, à la sortie du jardin, rue de Valois.

— La Paulet ? s'étonna Préneuf. Elle n'est pas morte ?

— Pas encore, répondit Bourdeau. Elle nous a fait ton éloge.

— Elle est trop bonne. Mais je ne sais rien. Les policiers du district m'ont déjà questionné. Ces deux quidams ont été enlevés rue de Valois, de l'autre côté du jardin, je le sais, mais je n'ai rien vu.

— Es-tu si sûr ? rétorqua Nicolas. Cherche dans ta mémoire. La jeune femme portait un loup et un costume de chasse. Quant à son compagnon, c'était un homme de qualité, avec redingote.

— Je n'ai remarqué personne de cette mine ce soir-là.

Nicolas lança alors le jeton sur la table où il roula un instant avant de s'arrêter sous le nez de Préneuf.

— Et ce jeton. Tu ne le connais pas non plus ? Il était dans la poche du mort.

Préneuf l'examina longuement puis jeta un regard apeuré sur les deux policiers.

— Oui, c'est un de mes jetons. Mais je ne me souviens pas de l'homme, ni de la femme.

— Cette mémoire défaillante risque de te coûter cher, l'avertit Bourdeau d'un ton menaçant. Les femmes sont rares dans vos établissements, tu l'as forcément remarquée. Nous allons fermer ton tripot et t'emmener au Châtelet. Là-bas, tu seras peut-être plus loquace.

Le tenancier les considéra longuement en silence, les mains prises d'un tremblement. Il regarda encore le jeton, puis les deux policiers.

— Bon, lâcha-t-il, si la Paulet se porte garante, je veux bien vous parler. Vous connaissez notre métier, si les pratiques savent que je prends langue avec la pousse[1], ils ne viendront plus.

— Cela restera entre nous, dit Nicolas avec une voix conciliante.

Fort de cette promesse, Préneuf raconta ce qu'il avait vu ce soir-là. Vers dix heures, la jeune femme était arrivée, portant un loup, élégante et preste dans son costume ajusté. Elle s'était attablée au creps mais tournait régulièrement ses yeux vers la porte. Vingt minutes plus tard, un homme mince et raide – sans doute un militaire, dit Préneuf – était entré à son tour, pour monter aussitôt à l'étage, après avoir jeté un regard à la jeune femme.

— Elle a attendu, puis elle est montée le rejoindre. En regagnant mon bureau, je les ai vus assis sur une banquette en pleine conversation. Ils parlaient doucement d'un air grave.

— Comment était-il ?

— Un visage régulier, bel homme, un long nez fin, une perruque blanche et courte, avec une écharpe de soie blanche nouée autour du cou, une redingote au col relevé, c'est tout ce dont je me souviens. En fait, je le connaissais.

— Tu le connaissais ? Alors quel est son nom ?

— Je ne sais pas, mais c'est un homme lié au duc.

— Au duc d'Orléans ?

— Oui, je l'ai vu maintes fois entrer au Palais ou bien en sortir. Je pense qu'il loge là. Il est souvent dans le jardin, à parler aux uns ou aux autres. Le jour où Desmoulins a lancé sa harangue, il était près de moi, dans l'assistance. Il y avait d'autres hommes avec lui, qui se sont ensuite mélangés à la foule. Il était encore là quand ils sont revenus de la Bastille, avec leurs horribles reliques.

Nicolas remercia mentalement la Paulet. Son confrère en savait décidément beaucoup. Ainsi une dame de la Cour et un proche d'Orléans avaient longuement parlé l'avant-veille au soir. Sachant que les deux maisons, celle du roi et celle de son cousin, étaient rivales depuis toujours, cela reniflait l'intrigue, les tractations secrètes, les conciliabules de l'ombre. En revanche, Préneuf ignorait tout de la femme au loup. Sinon qu'elle avait belle prestance et qu'on devinait sous son masque un joli minois. Il était ensuite rentré dans son bureau pour finir des comptes. Il ne l'avait pas vue sortir et il ne savait pas si ces deux-là étaient partis ensemble. Mais d'autres témoins avaient vu le couple marcher vers la rue de Valois. L'affaire devenait de plus en plus sérieuse : on avait enlevé deux personnes d'importance, l'une sans doute en mission pour la Cour, l'autre pour la faction Orléans. On avait tué l'homme, ce qui démontrait une détermination sauvage. Nicolas et Bourdeau se retrouvaient au cœur d'un complot de haute politique, ils n'en doutaient plus, avertis par leur flair policier et leur habitude des intrigues d'État.

Ils sortirent par la rue de Valois et s'arrêtèrent pour

gloser un instant. Nicolas réfléchissait intensément, cherchant à recoller les morceaux de l'énigme.

— Nous pourrions aller tout de suite chez le duc, proposa Bourdeau. Si un homme à lui a disparu, il nous instruira, ou l'un dc ses gens.

— Non, répondit Nicolas après un moment de réflexion, nous marchons en terrain miné. As-tu eu vent d'une démarche des gens d'Orléans pour signaler la disparition ?

— Non, je l'aurais dit, bien sûr.

— C'est que le duc ne veut pas attirer l'attention. Ses gens doivent enquêter de leur côté. L'affaire est délicate s'il en est. Nous ne savons de quoi il s'agit au juste. Nous risquons de jouer le rôle du chien dans un jeu de quilles. De toute manière, je travaille pour la Cour. Je dois l'avertir de prime abord. Nous irons voir le duc ensuite, si nécessaire. Je pars demain matin pour Versailles.

Bourdeau l'écoutait avec attention. Lui aussi supputait à grande vitesse.

— C'est ici qu'a eu lieu l'enlèvement, dit-il en jetant un regard alentour. La berline jaune est arrivée du haut de la rue de Valois, par ici, et elle est repartie par là, vers la Seine. Les témoins l'ont affirmé.

Il était sept heures passées, le soir tombait et les passants se pressaient pour rentrer chez eux. Quelques pratiques du jardin entraient en chemin inverse. Bourdeau pointa du doigt un porte-falot qui venait proposer ses services, en quête d'un client qui voudrait se faire raccompagner par les rues obscures précédé d'une lanterne.

— Ces porte-falots sont souvent de bonnes mouches, continua Bourdeau. La berline jaune ne pouvait pas passer inaperçue. Je vais les interroger.

L'un d'eux a peut-être vu la voiture passer. Ce serait une indication.

— Bourdeau, tu es infatigable, dit Nicolas, qui sentait la lassitude l'envahir. Je suis parti ce matin à cinq heures. Je te laisse poursuivre l'enquête. Nous saurons peut-être quelque chose grâce à ces braves porte-falots. Je dois rejoindre Versailles dès potron-minet. Ma nuit sera courte. Je te laisse sur la piste de la berline, je vais tâcher de savoir qui est cette jeune femme au loup. L'entourage de la reine la connaît, à coup sûr, ou bien celui du roi. Eux non plus n'ont rien dit, ce qui donne du crédit à une intrigue politique. Je dois rendre compte au gouvernement.

IV

LA REINE

« Où est l'amitié est la patrie. »

Voltaire

Au sortir du Palais-Royal qui s'animait avec le soir, il sentait une sourde torpeur l'envahir. La journée avait été longue et pleine de surprises. Venu sans rien prévoir à Paris, Nicolas n'avait guère où aller, sinon à deux pas, au pied de Saint-Eustache, dans son havre habituel de bonne chère et d'amitié. Sûr qu'il serait accueilli, même à l'improviste, il prit la rue de Valois puis la rue Coquillière et longea le carreau des Halles jonché de reliefs épars et de légumes tombés des caisses. Les vendeurs fermaient boutique au milieu des effluves de tomate et de chou-fleur. Des rires gras s'échappaient des estaminets bondés avec un fumet de grillades et de bouillon. La faim pointa au creux de son estomac.

Il contourna la masse obscure de l'église Saint-Eustache qui se dressait dans un ciel rougeoyant. Derrière le parvis commençait la rue Montmartre où habitait son vieux mentor Noblecourt. Il serait aise de le voir, pensait-il, lui qui correspondait sans cesse, donnant des nouvelles de Paris dans les missives élégantes expédiées vers la Bretagne.

L'ancien procureur au Parlement atteignait un âge canonique – il était né avant le siècle – mais gardait toute sa tête, comme en témoignait sa chronique épistolaire détaillant aussi bien la vie politique que l'humeur des rues et les disputes du populaire autour de la nouvelle assemblée insurgée à Versailles. Nicolas s'arrêta devant la haute demeure bombée où les balcons de fer forgé faisaient comme des rides sur un front soucieux. Au rez-de-chaussée, l'ancienne boulangerie, louée par Noblecourt pour arrondir son revenu, exhalait la même odeur rassurante de fournée. On y cuisait le pain jour et nuit, pressé par les mégères agressives qui s'agglutinaient dès l'aube pour nourrir leur maisonnée. Nicolas repensa à l'incident du matin rue Dauphine. La « soudure » de farine, qui faisait le pont entre deux moissons, arrivait mal des réserves disséminées autour de Paris ; les minotiers les retenaient en espérant des meilleurs cours. Le prix des miches avait grimpé : c'était le thermomètre de l'émotion populaire. Rompu à cette météorologie sociale, Nicolas voyait monter cette température dans l'anxiété. Ce prix avait atteint son pic le 14 juillet dernier, provoquant – il en était sûr – l'ébullition meurtrière. Tombé grâce aux livraisons décidées par le roi, ce chiffre remontait en flèche depuis le début de septembre, augurant de nouveaux orages.

Repris par sa diffuse inquiétude mais décidé à chasser ces nuages politiques pour un soir, il franchit la voûte de la porte cochère, monta au premier étage et frappa à la porte. La vieille Marion – il l'avait appris dans une missive affligée de Noblecourt – était passée de vie à trépas et Catherine, la cuisinière à l'accent germanique, était repartie dans son Alsace natale pour une paisible retraite. Toujours ce monde qui s'enfuyait autour de lui, comme une famille que le temps décimait…

La porte s'ouvrit, une jeune femme en bonnet blanc le considéra d'un air méfiant. Il se présenta, suscitant un regard dubitatif. La servante lui demanda de patienter pour prévenir le maître des lieux, tandis qu'un barbet en boule de poils surgissait et commençait à sauter en poussant des jappements de joie. C'était Cyrus, le chien de Noblecourt, qui lui faisait fête. Il se dit que les bêtes étaient décidément plus accueillantes que les hommes.

La jeune femme revint avec un air plus affable et le conduisit dans une grande chambre de lambris vert pâle rehaussés d'or. Près de la double fenêtre qui donnait sur la rue Montmartre, le vieux magistrat trônait dans un fauteuil à roulettes, avec tablette et oreillettes, dardant sur Nicolas un regard de joyeuse bienveillance. Noblecourt était un ami de feu son père, qui l'avait pris en parrainage lors de sa venue à Paris en 1761, quand il était argousin débutant. C'était un vieillard pétillant, vieux routier des affaires de police, expert en intrigues politiques et en humanité, qui dispensait à Nicolas ses conseils paternels. Cette fois Nicolas le trouva ratatiné et souffreteux, les joues ravinées de sillons noirâtres, courbé et rencogné dans son fauteuil à roulettes, le cheveu rare sous une calotte de taffetas, dodelinant et laborieux dans ses mouvements, la main tremblotante mais l'œil toujours espiègle.

— Quelle heureuse surprise, mon enfant. Vous êtes

donc à Paris, pour explorer de nouveau une affaire ténébreuse…

— Je viens sans apprêt vous présenter mes hommages, dit Nicolas. Et solliciter de votre bonté un asile pour la nuit.

— Votre chambre est prête, comme toujours, répondit le vieillard. Vous ne pouviez mieux faire, nous avons tant de choses à nous dire.

— J'en sais beaucoup par vos lettres, cher procureur.

— Oh si peu ! Ce sont celles d'un quidam qui garde l'œil ouvert.

— Oui mais quel œil !

Noblecourt sourit d'un air bonhomme et intima l'ordre à la servante de faire préparer un souper de retrouvailles. Il se souvenait que des poulardes bien grasses avaient été livrées le matin des Halles voisines et demanda qu'on les préparât avec tous les ingrédients nécessaires. Il y en avait pour une petite heure de travaux culinaires. Noblecourt fit venir pour l'attente une bouteille de vin de Bourgogne et les petits pains au fromage que son ami le boulanger avait cuits dans l'après-midi. Nicolas prit une chaise qu'il rangea devant le fauteuil, tandis que la jeune servante étendait un napperon sur la tablette de Noblecourt et posait devant lui une carafe emplie d'un rouge et profond breuvage.

— Quel mauvais vent vous amène à Paris ? Quelque crime horrible ou quelque complot maléfique ? dit le vieux magistrat, toujours gourmand de potins et d'histoires.

D'une main qui tremblait, il servit un verre de vin à son hôte et emplit le sien en tachant le napperon. Au pied du fauteuil, Cyrus tournait et sautait en gémissant, guignant des miettes des petits pains dont il avait senti le parfum.

Nicolas conta par le menu l'affaire qui l'avait fait venir de Versailles. Noblecourt l'écoutait avidement, ponctuant le récit de brèves exclamations.

— C'est une affaire de haute politique, déclara Noblecourt à la fin de l'histoire. Je ne sais de quoi il retourne, mais tous les ingrédients sont là, une dame de la Cour, des spadassins sans pitié, un rendez-vous secret, un agent du duc, vous avez déniché là un baril de poudre.

— Je m'en doute, convint Nicolas, mais je suis dans la nuit, néanmoins. Pourquoi cette accointance subreptice entre la Couronne et Orléans ? Pourquoi les assassins ont-ils tué l'homme et laissé la femme en vie ? C'est un nœud d'énigmes.

— Et personne ne s'est plaint, personne n'a rien signalé, ni à Versailles ni au Palais-Royal. Il y a là quelque secret inavouable. Mais raisonnons, si vous le voulez bien.

— Je suis tout ouïe, dit Nicolas.

Le vieux magistrat rassembla ses esprits, laissa un temps de silence, puis déroula ses idées.

— Depuis cette funeste émeute de la Bastille, expliqua-t-il, la Cour est aux abois. Le roi aurait dû disperser ces insolents du Tiers dès le mois de mai, quand ils se sont mis en tête de proclamer leur assemblée nationale. Il ne l'a pas fait par faiblesse, mais aussi parce qu'il avait besoin des États généraux pour trouver de l'argent. Les expédients de M. Necker ont fait long feu, mais ce ministre ondoyant s'est taillé une popularité qui l'a rendu intouchable. Il faut dire que le bon roi est accablé par la mort du dauphin, qui l'a laissé mélancolique et sans volonté. La reine est devenue le seul homme de la Cour.

Il prit un ton solennel :

— Ce qu'ont fait ces robins du Tiers et ces seigneurs égarés de la nuit du 4 août, les Noailles, les d'Aiguillon, les La Fayette, est une subversion générale de la société. Au début, ce n'étaient que des mots. Mais ces mots ont transporté le peuple et retenti dans l'univers. Jusqu'à aujourd'hui, l'ordre social tenait par les devoirs du manant et par l'honneur des grands. Les devoirs sont remplacés par des droits, c'est-à-dire par une licence ayant cours légal. L'honneur a été bafoué par le scandale, je pense à l'affaire du Collier, par le venin des philosophes, qui a corrompu les esprits brillants de la noblesse, et par la pleutrerie des plus grands seigneurs. Songez, Nicolas, que le comte d'Artois, le frère du roi, et les Condé, qui ont commandé l'armée royale, ont pris la poudre d'escampette deux jours après la prise de la Bastille. Ces familles soutenaient le trône depuis des siècles. Elles ont détalé au premier vacillement ! Les députés se sentent ainsi des ailes et ils peuvent s'appuyer sur la populace qui intimide la troupe par sa violence impunie.

L'œil mauvais de Noblecourt lançait des éclairs de colère et de mépris.

— Quant à Orléans, on aurait dû l'enfermer au fort de Joux. Ce dépravé s'imagine un destin politique. Nous venons par ici à votre affaire. Le Palais-Royal est l'état-major de l'émeute. Tout cela est payé par l'or du gros duc. Ces Orléans ont toujours jalousé les Bourbons, ils ont eu la régence après la mort de Louis XIV, ils veulent maintenant le trône. Ils pensent qu'une nouvelle commotion populaire pourrait faire sauter la couronne d'une tête à l'autre. Orléans se verrait en lieutenant général du royaume sous un roi affaibli, voire à sa place si Louis XVI venait à faillir. Faute de pouvoir être roi de France, il veut être roi de la canaille. En or ou en carton, il veut un sceptre.

La violence des propos de Noblecourt, d'ordinaire si sage et primesautier, fit mesurer à Nicolas le changement d'ère qui se déroulait depuis le printemps et qui menaçait de jeter bas tout l'ordre social dont l'ancien procureur était un fidèle, plein de droiture et d'orgueil.

— Si Orléans est un ennemi de la monarchie, pourquoi une émissaire de la Cour a-t-elle rencontré l'un de ses agents ?

— La reine est devenue la seule tête politique à Versailles. Elle cherche sans doute une sortie, un appui, un compromis. Peut-être veut-elle un accord avec le duc ou quelque chose de ce genre…

— Mais alors pourquoi a-t-on enlevé les deux messagers ? Et qui ?

— Je ne sais. La Couronne a beaucoup d'ennemis, même dans ses entours. Si vous voyez la reine demain, elle vous en dira plus…

— La Cour a vraiment besoin du duc d'Orléans ?

— Peut-être. Il est l'idole de la foule. Pour moi, il faudrait rameuter des troupes et rétablir l'autorité du roi, serait-ce à coups de mousquet. Mais Louis XVI n'aime pas le sang versé. Dans ce cas, il n'a qu'une solution : trouver un arrangement avec l'Assemblée. Je sais que M. de Mirabeau pense comme cela. Il l'écrit sans fard dans son *Courrier de Provence*. C'est aussi l'idée de Barnave ou de Bailly. Pour eux, le roi doit prendre la tête de la Révolution. Il doit sanctionner la Constitution, les décrets du 4 août qui dépouillent la noblesse, et devenir un roi à l'anglaise, qui laisse l'Assemblée gouverner. C'est une porte de sortie mais j'y vois la fin de la monarchie et de tout ce que nous avons connu, mon cher Nicolas. Mais enfin, Louis XVI garderait sa couronne, même s'il perd le pouvoir. Encore faut-il qu'il prenne un parti. La reine le presse d'user de la manière forte. Necker, l'Assemblée, Mirabeau, La Fayette, veulent composer. Ils veulent un roi soliveau. Dans ce cas, les bourgeois seront les maîtres. La loi de l'argent remplacera celle de l'honneur. Vous et moi serons relégués au musée des temps glorieux. Entre les deux issues, le roi balance. Mais au milieu, il n'y a que le vide, le désordre, l'anarchie, le règne des districts et de l'émeute parisienne.

Nicolas songea un moment aux fortes paroles de son ami, goûtant lentement le vin qui commençait à lui monter à la tête. Ainsi l'entrevue du Palais-Royal, se disait-il, à travers de basses intrigues, agitait des intérêts élevés. Mais qui avait voulu l'interrompre, allant jusqu'au crime ?

Noblecourt avait appelé la servante et maintenant elle voiturait le fauteuil vers la salle à manger où les attendait une table dressée de porcelaine de Limoges et de verres de cristal, qui reflétait en éclats la lumière des chandeliers. Noblecourt s'attabla et prit une deuxième carafe qui oscillait dans sa main, pour servir à Nicolas un verre de vin blanc.

— C'est un condrieux dont vous me direz des nouvelles, dit-il, il repose depuis douze ans dans ma cave. C'est le privilège des ancêtres de laisser aussi les vins vieillir…

Un gros homme en tablier entra, portant de ses deux bras écartés un large plat de viande blanche recouverte de sauce, qu'il posa sur la nappe entre les deux convives.

— Alors, comment est cette poularde, Ramatuelle ? demanda Noblecourt.

Nicolas se souvint que chez le vieux magistrat les domestiques prenaient souvent le nom du village dont ils venaient.

— Fondante à souhait, monsieur, elle est venue de Bresse hier au soir. Les truffes ont été achetées ce matin. J'ai poché la poularde, en laissant le fond refroidir pour la garder juteuse ; j'ai fait bateau avec le gésier que j'ai fourré de foie gras ; j'ai mouillé la viande du bouillon de cuisson de la poularde pour la sauce chaud-froid et j'ai lustré le tout d'une gelée au porto, sur un lit de mie de pain qui s'est étanché de tous ces effluves.

— Quelle entrée en matière ! dit Noblecourt.

— J'ai agi à brûle-pourpoint, murmura Ramatuelle d'un ton penaud, je ne peux me porter garant du résultat.

— En tout cas, ton exergue nous chauffe l'estomac. Tu servirais un brouet que nous le prendrions pour un nectar. Tu es un Démosthène de la chère. Au fond, ajouta-t-il pour Nicolas, la cuisine est comme l'amour. Les prémisses sont aussi importantes que la conclusion.

Nicolas médita un instant cette profonde parole, prononcée par un homme qui avait depuis longtemps déserté le front du libertinage et qui lui rappelait, par son allusion licencieuse, la douce Satin, si experte dans l'art d'émoustiller.

— Attaquons cette poularde, proposa Noblecourt en s'armant d'un couteau long et d'une fourchette. Et comment se passe votre vie de marquis de Ranreuil ?

Nicolas conta sa nouvelle existence de hobereau breton, au milieu de sa famille et de ses gens, ses chevauchées du petit matin, ses baignades sur la plage de Guérande, ses soirées devant l'âtre avec Nicolas, ce petit-fils qui lui donnait tant de bonheur.

— Et vous avez quitté tout cela pour voler au secours du bon roi. Vous êtes décidément un homme d'honneur. De ceux qui sont en voie de disparition.

Le repas se passa en aimables propos, arrosé de ce condrieux aux magiques nuances, prolongé par une fourme d'Ambert et des brioches venues de la boulangerie qui fondaient dans la bouche. D'un ton presque filial, Nicolas prodigua quelques conseils de modération à Noblecourt.

— Mon cher Nicolas, il me reste peu de temps, je ne me résous pas aux restrictions. Au fond, reprit Noblecourt tandis que la servante apportait les liqueurs, tout cela est affaire de force militaire. Le roi doit s'appuyer sur l'armée, faute de quoi il perdra sa couronne. Aujourd'hui, la force militaire est du côté de la garde nationale et de La Fayette. Ou bien, pire, des milices que les districts parisiens commencent à former. Il faut renverser l'équilibre.

— Cette armée n'est pas sûre, observa Nicolas, les soldats veulent maintenant élire leurs officiers et réécrire les règlements. C'est dire la décomposition qui nous menace.

— Je sais que Louis XVI appelle à lui le régiment de Flandre, qui est composé d'officiers dévoués et de soldats restés dans la discipline. Une fois protégé, Versailles sera inexpugnable et la Cour pourra reprendre la main. Et si cela ne suffit pas, le roi doit se retirer en province, au milieu de troupes fidèles. Alors il pourra reconquérir son royaume, comme Henri IV avant lui.

— Peut-il se rétablir en marchant sur dix mille cadavres ?

— L'histoire est tragique, mon cher. Si l'on recule devant le sang versé, la retraite ne s'arrêtera plus.

Les coups de onze heures retentirent au clocher de Saint-Eustache. Noblecourt vit que Nicolas tendait l'oreille. Il alla au-devant des désirs de son hôte.

— Il est tard, vous partez à Versailles aux aurores. Retirons-nous, cher enfant, il est temps. Peut-être reviendrez-vous bientôt, votre enquête vous ramènera à Paris et j'aurai le bonheur de vous recevoir à nouveau…

Dimanche 27 septembre 1789

Le lendemain, comme une aube grise se levait sur Paris, Nicolas descendit sur le parvis de Saint-Eustache et prit un fiacre qui fouetta vers Vaugirard et la route de Versailles. Il se demandait, ayant vu Noblecourt si faible et si empêché, s'il aurait le temps de le revoir avant la fin. Les yeux picotés de fatigue – il avait mal dormi, pour une courte nuit –, il se rencogna au fond de la voiture et médita les paroles de Noblecourt, tandis que le fiacre, par la rue Saint-Denis et le Pont-Neuf, traversait un Paris qui s'ébrouait de la nuit. Les raisonnements du vieux procureur recoupaient les siens. Il y avait bien trois grands acteurs dans ce drame : la Cour, l'Assemblée et la foule parisienne ; autrement dit, la noblesse, les bourgeois et le peuple ; le monde d'aujourd'hui et, si les choses tournaient mal, celui de demain et d'après-demain.

Nicolas suivait les rebondissements de la pièce dans les journaux qu'il faisait acheter dans les éventaires de Versailles, autour de la salle des Menus-Plaisirs où se trouvait l'Assemblée, et qu'il épluchait chaque matin. Mirabeau avait donné le départ de cette floraison avec son *Courrier de Provence* où il rendait compte des débats de l'Assemblée pour ses électeurs d'Aix-en-Provence. En principe, toute publication était soumise à la vétilleuse autorisation du roi et surveillée avec exactitude par la police du Grand Châtelet. Mais après le 14 juillet, la Cour fut bien incapable de faire respecter la loi. En août, Mirabeau avait fait écrire un paragraphe spécial dans la Déclaration, qui instaurait la liberté de la presse. La censure avait baissé pavillon. Ainsi naquirent dans l'anarchie toutes sortes de feuilles, en général favorables au Tiers, mais rejointes bientôt par une contre-littérature monarchiste suscitée et stipendiée par la Cour. La faim de nouvelles était telle que les tirages s'envolèrent, dépassant parfois les dix mille exemplaires : ces journaux imprimés à bas prix et vendus cher grâce à l'intensité de la demande étaient des entreprises rentables, ce qui multipliait les créations, faisant vivre les journalistes démolisseurs, arrondissant le pécule des députés graphomanes.

Camille Desmoulins, l'homme du 12 juillet, avait fait paraître sa feuille, le député Brissot son *Patriote français*, Gorsas son *Courrier de Paris*, imités par une théorie de folliculaires plus ou moins exaltés. Les premières semaines, il s'agissait de gloser autour des discussions de la nouvelle assemblée, dans des longs textes farcis de mots sonores – liberté, souveraineté, égalité… Mais très vite, on fustigea aussi les atermoiements de la Cour, les résistances de la noblesse ou du clergé, et l'on détailla avec force rhétorique les idées de droits de l'homme, de régénération du royaume et de réformes draconiennes qui travaillaient le Tiers. Certains cherchaient la modération, l'arrangement, comme la *Chronique de Paris*, de Millin et Noël, ou bien défendaient franchement le roi, comme la *Gazette de Paris* de Du Rozoi, ce qui mettait chaque matin un peu de baume au cœur de Nicolas.

Mais dans sa chambre du château éclairée par une simple lucarne où perçaient les rayons du soleil levant, le marquis de Ranreuil était aussitôt horrifié par les philippiques ordurières colportées par un certain Jean-Paul Marat, dans *L'Ami du peuple*, qui semblait avoir pris en haine Marie-Antoinette, bientôt redoublé par une feuille incendiaire, dirigée de surcroît par une femme, Louise de Kéralio, le *Mercure national*, ce qui rappela à Nicolas ses démêlés avec Olympe de Gouges, cette dramaturge aux mœurs libres qu'il avait croisée avec un mélange d'admiration et de répulsion. Il lisait enfin avec effroi les discours charpentés et implacables rapportés par ces gazettes avec maints éloges, dont l'auteur, il le pressentait, jaugeant sa force rhétorique, serait un ennemi redoutable, un certain Maximilien de Robespierre, nobliau comme lui, mais dédié avec une terrible ferveur à la cause d'une société égale.

Dans ce jeu politique à trois forces – cela transparaissait clairement des journaux –, il fallait prendre un parti. Le roi pouvait choisir la réaction, selon les vœux de Noblecourt, et se raidir derrière la puissance militaire, appuyé sur sa fidèle noblesse, ou ce qu'il en restait. Mais s'il reculait devant la manière forte, il n'avait d'autre choix que de prendre la tête de la Révolution pour la contenir. Ralliant le peuple grâce au prestige intact du principe monarchique, il pouvait alors contenir le flot de la réforme entre les digues de la tradition, pour sauver ce qui pouvait l'être.

De ses fréquents séjours à Versailles, Nicolas avait retiré l'idée que le bon Louis XVI, roi ouvert et plutôt débonnaire, mais attaché par toutes ses fibres à l'ordre ancien, n'aurait pas le caractère propre à cette mâle stratégie. Cédant à moitié, résistant le reste du temps, il demeurait au milieu du fleuve sans gagner une rive ou l'autre, c'est-à-dire qu'il se tenait à l'endroit où le courant était le plus fort et menaçait de l'emporter. Il laissait ainsi libre cours aux fanatiques des deux camps, et prêtait le flanc à tous les complots et à toutes les intrigues. Le dîner chez Noblecourt avait confirmé les intuitions de Nicolas : enquêtant sur l'enlèvement du Palais-Royal, il avait mis le pied, grâce à la sagacité de Bourdeau, sur l'une de ces fourmilières souterraines qui conspiraient contre Louis.

Dans la forêt de Saint-Germain, Nicolas encore épuisé de son équipée et de sa courte nuit s'endormit à poings fermés et ne s'éveilla qu'à l'arrivée du fiacre sur la place d'Armes du château. Descendant de sa voiture à numéro, un détail le fit sursauter. Plus loin sur la place, au tournant de la route de Paris qui débouchait devant le château, un cavalier en manteau noir avait arrêté son cheval et faisait mine d'observer la façade imposante. Il s'en souvenait maintenant, il avait vu un cavalier ainsi vêtu tirant sa monture sur le parvis de Saint-Eustache, sans y prêter plus d'attention. Ce pouvait être un simple hasard, les cavaliers enveloppés d'un manteau sombre étaient légion à Paris et à Versailles. Mais en policier consommé, il ne croyait guère aux coïncidences. Il se garda de tourner de nouveau la tête vers l'inconnu, mais grava sa silhouette dans sa mémoire. Était-il suivi ? Ce serait une confirmation de l'imbroglio qu'il pressentait autour de cet enlèvement. Seule une puissance supérieure pouvait connaître son enquête. Il se promit la vigilance et marcha vers le palais.

Franchissant la grille, la Grande Cour puis la porte gardée du côté de la chapelle, il fit une halte dans sa soupente de l'aile nord. Rafraîchi d'un linge parfumé, poudré, il descendit vers la galerie des Glaces pour demander audience à la reine. Le chambellan, marquis de Dreux-Brézé, celui-là même qui avait essuyé en mai la réplique cinglante de Mirabeau quand il avait intimé aux députés de se séparer sur ordre du roi, revint vite pour lui dire que Marie-Antoinette le recevrait un quart d'heure dans sa bibliothèque, avant d'aller dîner avec sa famille. Signe d'une inquiétude, se dit Nicolas : la souveraine était pressée de recevoir le fidèle gentilhomme qui veillait sur la sécurité du couple royal. Nicolas fit les cent pas dans la galerie au milieu des courtisans qu'il saluait d'un signe de tête. Les temps nouveaux avaient pénétré jusqu'à la galerie des Glaces. Parmi les atours chatoyants des habitués de la Cour et les livrées traditionnelles des domestiques du château, on remarquait les uniformes bleus portés par les gardes nationaux. Cette milice constituée après le 14 juillet par la municipalité de Paris, qui voulait prévenir les désordres, doublait maintenant la police. Louis XVI avait dû accueillir une centaine de ces miliciens à Versailles, recrutés dans la bourgeoisie, qui s'ajoutaient à sa garde personnelle, comme une garantie donnée par la Révolution à la royauté. La classe montante avait ainsi placé ses agents dans le sanctuaire de l'ordre ancien. Ils surveillaient la Couronne autant qu'ils la protégeaient…

S'arrêtant devant une haute fenêtre, Nicolas contempla, songeur, le parc, les fontaines et le Grand Canal éclairés d'une chaude lumière d'automne, ému comme à chaque occasion par la splendeur hiératique de cette symétrie de pierre et de verdure. L'entrevue serait brève : il repassa dans sa tête les principaux éléments récoltés à Paris, l'enlèvement de la rue de Valois, la bague qui orientait la recherche vers la reine, le cadavre défiguré, l'aveu de Préneuf qui désignait un agent du duc d'Orléans en liaison avec la cour de Versailles.

Après vingt minutes, le jeune maître de cérémonie le conduisit à travers les appartements de la reine jusqu'à la bibliothèque, qui formait une pièce étroite tapissée de livres, éclairée par une seule fenêtre où Marie-Antoinette trônait avec grâce dans un fauteuil de velours. Nicolas s'inclina en avalant son chapeau[1] qui vint balayer le plancher de marqueterie. D'une main blanche et fine, la reine lui désigna la chaise dorée qui lui faisait face.

— Je suis aise de vous voir, monsieur le marquis, le roi et moi-même comptons sur votre zèle pour nous protéger. Vous serez toujours le bienvenu. Dreux-Brézé m'a tenu votre message. Ainsi vous venez de Paris pour me conter une affaire qui me touche. Je vous écoute…

Nicolas résuma les faits à sa souveraine qui le laissa parler sans perdre son impavide maintien. La reine gardait sa figure douce et altière, ses yeux bleus mobiles et attentifs, sa peau diaphane et sa taille déliée dans une longue robe vif-argent. Depuis peu, elle avait abandonné ses coiffures à étages qui faisaient hausser le regard, au profit d'une chevelure simple et grisonnante qui la vieillissait, relevée de rubans et tombant en boucles sur sa nuque dénudée. Elle resta de marbre en écoutant le récit, mais Nicolas, l'observant en parlant, vit un éclair de détresse passer dans son regard d'azur, quand il évoqua le détail de la baguc gravée aux lettres M.A.R.

— Voilà qui est bien propre à m'inquiéter, répliqua Marie-Antoinette quand il se tut. Cette jeune femme est à coup sûr Laure de Fitz-James, princesse de Chimay, qui est une tendre amie et l'une de mes dames d'honneur. Je sais qu'elle est partie pour Paris il y a deux jours et je n'ai point eu de nouvelles depuis. Je ne m'en étais pas souciée, elle devait revenir ce soir. La voilà donc prise dans une horrible affaire…

— Horrible, en effet, Majesté. Les spadassins n'ont pas hésité à tuer, puis à marteler le visage de la victime de la plus effrayante façon.

— Vous me dites que cet homme assassiné serait lié à notre cousin le duc d'Orléans ?

— Il nous semble, Majesté. C'est ce que dit ce Préneuf, qui tient maison de jeu au Palais-Royal.

— Voilà une étrange accointance, dit Marie-Antoinette d'un air songeur.

La souveraine semblait ainsi découvrir l'escapade de sa dame d'honneur à Paris et tout ignorer des raisons de la rencontre au Palais-Royal. Mais Nicolas, rompu aux interrogatoires, serait-il celui d'une reine, perçut dans le ton de Marie-Antoinette un air d'incertitude qui signale le mensonge impromptu.

— Majesté, reprit-il avec précaution, mes fonctions de commissaire et de gardien de Vos Altesses m'obligent à vous poser quelques questions…

Marie-Antoinette opina gracieusement pour prier Nicolas de faire son métier, sans que l'étiquette y fît obstacle.

— Serait-il possible, Majesté, que Mme de Fitz-James ait été chargée par quelque excellence de la Cour d'une mission particulière à Paris ? J'en ai fait la conjecture, comme vous pouvez l'imaginer. La situation politique peut exiger, à bon droit, des pourparlers secrets avec tel ou tel des adversaires de la Cour…

— Certes, monsieur le marquis, tout est possible en ces temps troublés. Mme de Fitz-James est une forte femme, pleine de ressources et d'énergie. Il est possible qu'elle ait pris une initiative de son propre chef. Mais je n'en ai point l'idée. Notre cousin Orléans ne cherche qu'à nous nuire en entretenant des ambitions extravagantes. Que lui dirais-je ? Quant aux boutiquiers et aux avocats de l'Assemblée, c'est une valetaille que nous aurions dû disperser depuis longtemps. La monarchie est en jeu, monsieur le marquis. Il faut rester debout et mépriser les intrigues. C'est le seul parti à prendre.

Encore une fois, Nicolas crut sentir une incertitude, un frémissement, derrière cette martiale réponse qui ne sonnait pas très juste. Marie-Antoinette dut deviner à son visage qu'il restait dubitatif. Elle reprit aussitôt la parole pour esquiver toute interrogation.

— Mais je suppose que vous suivez quelque piste, mon cher. Vous avez tant de fois montré votre sagacité et votre courage. N'hésitez pas à questionner ici les gens du palais, vous avez blanc-seing pour le faire. Et s'il vous faut quelque renfort, le roi et moi vous les accordons d'emblée.

— Nous sommes sur les traces de la berline où votre amie a été prisonnière. Vous connaissez à Paris cette confrérie des porte-falots, qui sont nos précieux auxiliaires. Nous comptons sur eux pour nous éclairer, dans tous les sens du terme…

— Cela me semble en effet judicieux. Je tremble pour la princesse. Mais je table aussi sur votre zèle, que je sais sans limite. Soyez assez aimable pour m'informer de vos démarches, au fur et à mesure. Je vivrai dans l'angoisse tant que je n'aurai pas de meilleures nouvelles de mon amie. Pour l'heure, je dois rejoindre le roi pour notre dîner.

Elle se leva soudain pour signifier la fin de l'entretien. Il était une heure et Marie-Antoinette avait pris pour coutume de dîner en petit cercle familial, répugnant toujours autant aux charges de représentation. Nicolas reprit son chapeau pour une nouvelle révérence, dispensée en marchant à reculons. La reine sortit de la bibliothèque de sa démarche aérienne en le gratifiant d'un petit geste amical de la main.

Nicolas reprit le chemin de sa soupente à travers les salons dorés et les couloirs de marbre, l'esprit occupé et le regard aigu. La reine avait-elle menti, ne serait-ce que par omission ? Il le craignait mais n'en avait aucune certitude. Revenu dans sa chambre, il soupesa les hypothèses, allongé sur son lit. L'ignorance de la reine en était une, mais son instinct le faisait pencher pour un secret qu'il fallait conserver pour de hautes raisons politiques. Dans ce cas, Marie-Antoinette aurait dépêché à Paris Laure de Fitz-James, dame de confiance et fort décidée, pour entreprendre une négociation souterraine. Le roi le savait-il ? Sans doute pas, se dit Nicolas, sinon la reine n'aurait pas ainsi tenu sa langue.

Il supputa de la sorte une heure durant, explorant les ramifications tortueuses de sa théorie, sans résultat tangible. Qu'il y eût ou non tractations secrètes, cela ne disait pas grand-chose sur l'identité des ravisseurs, sinon qu'ils étaient eux-mêmes impliqués dans le jeu politique. Auquel cas ils pouvaient être aussi bien liés à quelque faction nobiliaire, ou bien aux révolutionnaires de l'Assemblée. L'enquête restait nimbée de ténèbres.

Trois coups à sa porte interrompirent sa méditation. C'était un valet obséquieux qui venait de la part de la reine. Il tendit à Nicolas un médaillon où l'on voyait une miniature.

— Sa Majesté vous fait tenir ce portrait de Mme de Fitz-James, dit-il, elle juge qu'il vous sera utile.

Nicolas remercia et ferma la porte. Il s'approcha de la lucarne pour mieux voir la miniature. Il découvrit un visage délicat et régulier, percé de deux yeux au regard décidé, porté par un cou blanc et fin. Une bien jolie personne, se dit-il, surtout s'il s'avère qu'elle est une femme de missions dangereuses. Le médaillon lui donna une idée. Aussitôt il prit son manteau et quitta sa chambre d'un pas rapide.

V

MIRABEAU

> « Pour improviser un discours, il faut le connaître par cœur. »
>
> *Proverbe latin*

Preste et affairé, Nicolas descendait la pente aux pavés ronds qui menait de la cour de Marbre à la grille du château. Le vent d'automne soufflait sous un ciel de nuages déchirés, les feuilles mortes voletaient alentour et les arbres se coloraient de brun et de rouge, diffusant sur Versailles un air de noble mélancolie.

Nicolas franchit la grille et se dirigea sur la gauche de la place d'Armes, à l'opposé des Petites Écuries, vers le dépôt des fiacres où une théorie de voitures grises à numéro jaune attendaient le pratique à la queue leu leu. Retrouvant ses réflexes de métier, il devinait que Laure de Fitz-James, engagée dans une entreprise secrète, n'avait sans doute pas eu recours aux voitures du palais, préférant le service d'un fiacre anonyme pour se rendre à Paris. Il montra son passeport de police à un employé qui le conduisit au fond d'une cour encombrée de chevaux où flottait l'odeur du crottin. Fumant ou buvant, des petits groupes de cochers bruyants attendaient devant les ateliers qu'on réparât leur véhicule. Dans un bureau exigu, le chef du dépôt le reçut avec une affabilité circonspecte, ajustant son lorgnon sur son nez luisant. Depuis bientôt un siècle, les fiacres de Paris et de son voisinage étaient organisés par la compagnie Perreau qui possédait quelque deux mille voitures, même si certains députés physiocrates de l'Assemblée nouvelle parlaient de mettre fin à ce monopole et laisser l'activité se déployer librement. La police était étroitement impliquée dans ce métier vieux comme Paris : il fallait traiter des accidents innombrables qui survenaient dans des rues bondées, surveiller les tarifs que la compagnie cherchait toujours à augmenter en dépit des édits royaux, repérer par l'enquête les écarts des cochers, qui formaient l'une des corporations les plus revêches du royaume et qui goûtaient fort de garder la recette pour eux, au grand dam de leur propriétaire.

Le chef de dépôt écouta la requête de Nicolas et obtempéra de bonne grâce. À sa demande, les cochers oisifs défilèrent dans le bureau, questionnés sur leurs courses récentes, penchés sur le médaillon qui figurait la jeune femme et que leur tendait Nicolas. Au bout d'une heure, un postillon acariâtre, gros homme enveloppé d'une vaste cape de laine, reconnut la princesse, qu'il avait chargée deux jours plus tôt et conduite à Paris. Aussitôt, Nicolas réquisitionna la voiture malgré les grognements de son conducteur. Il prit place dans la caisse et donna l'ordre au cocher de refaire exactement le trajet qu'il avait suivi pour voiturer Laure de Fitz-James.

Dès la sortie du dépôt, une surprise le cueillit.

À peine avait-elle tourné à gauche sur la route de Paris que la voiture s'arrêta. Nicolas passa la tête à la fenêtre et interpella le phaéton.

— Que se passe-t-il, pourquoi cet arrêt ?

— Monseigneur, la belle marquise est d'abord allée ici, à la salle des Menus-Plaisirs. Elle est restée une heure.

Nicolas reprit sa place sur le siège de vieux cuir, saisi de curiosité. Ainsi Laure de Fitz-James avait fait un détour par les Menus-Plaisirs, là où se réunissait l'Assemblée qui défiait la monarchie. Nouvelle découverte… Le fiacre avait fait halte devant une grande porte de pierre derrière laquelle se dressait l'imposant bâtiment où l'on entreposait habituellement les décors des spectacles du palais et qu'on avait aménagé au printemps dernier pour recevoir les États généraux.

Nicolas sauta sur la chaussée, dit au cocher d'attendre et avisa un garde national en faction devant l'entrée. Il parlementa, montrant le portrait prêté par la reine. Le garde en appela un autre, puis un troisième. Celui-là reconnut la jeune femme, « une bien plaisante donzelle », qu'il avait fait attendre devant sa guérite. Un quart d'heure plus tard, un député s'était présenté et avait entraîné Laure de Fitz-James à l'intérieur. Quel député ? Le garde ne pouvait pas se tromper. L'hôte de la jeune femme était l'orateur le plus connu de l'Assemblée, dont la voix de stentor dominait les débats : le comte de Mirabeau.

Éberlué, Nicolas réfléchit un instant. Ainsi Laure de Fitz-James avait aussi entretenu Mirabeau, l'ennemi de la reine, le héraut de l'Assemblée. Nous étions décidément dans la haute politique… Puis il questionna de nouveau les gardes groupés autour de lui. Les députés étaient-ils en séance ? Ils l'étaient. Mirabeau y était-il aussi ? Oui, on avait vu sa corpulente silhouette sanglée d'une redingote écarlate passer au milieu d'une troupe de représentants tout de noir vêtus. Fort de sa qualité de commissaire, Nicolas se fit conduire jusqu'à la petite entrée des Menus-Plaisirs où passaient les visiteurs – celle-là même qu'on avait réservée en mai aux députés du Tiers et dont l'étroitesse les avait tant humiliés, les forçant à patienter en grappe sous la pluie. Ayant une nouvelle fois montré patte blanche, il alla s'asseoir en haut d'une tribune dédiée au public.

Il dominait ainsi une vaste salle soutenue d'une double colonnade monumentale, sous un plafond d'or et de caissons percé d'une verrière bombée, d'où tombait un jour incertain. Ce décor était fait de bois et de stuc, mais il ne laissait pas d'impressionner. Des bas-reliefs retraçaient les grands moments de l'histoire du royaume, une rangée de statues alignait la longue succession des rois de France, des tentures pourpres et violettes tombaient majestueusement le long des murs. Depuis août, la disposition rectangulaire des États généraux – la noblesse et le clergé sur les grands côtés, le Tiers amassé sur le petit côté, mal assis sur des bancs incommodes – avait laissé place à des gradins de bois égalitaires construits en demi-cercle, où les députés se mêlaient sans considération de leur ordre d'origine. Telle est la philosophie de l'égalité, pensa Nicolas avec un sourire intérieur : auparavant, la moitié des députés étaient mal assis, désormais ils le sont tous… Le président et ses assesseurs occupaient une longue table recouverte de velours rouge qui fermait l'hémicycle, près de la tribune où se succédaient les orateurs.

Ces Menus-Plaisirs aux vastes conceptions reflétaient, dans l'arrangement même de la salle, l'ambiguïté inédite de cette période où le vieux et le neuf s'affrontaient dans un confus corps-à-corps. Plus nombreux grâce au « doublement du Tiers » accordé par Louis XVI pour les États généraux, les bourgeois et les avocats frottés de Voltaire et de Rousseau régnaient sur les débats. Au fond de la salle, le trône du roi, vide mais plein de reproches, surplombait toujours le président de séance, sous un dais majestueux imité du sacre de Reims qui rappelait la calme persistance de l'ordre ancien derrière les agitations de la nouveauté. Sur les gradins des députés, les austères tenues roturières voisinaient avec les chasubles du clergé et les redingotes multicolores de la noblesse. L'Assemblée se grisait des grands mots de liberté et d'égalité, édictés en formules frappées. Mais l'écho de ces paroles roulait sous des fresques constellées de fleurs de lys, d'anges à trompette et de couronnes dorées. On tramait l'abaissement de la monarchie au milieu de sa pompe et de ses ors.

Nicolas saisit vite la teneur des débats : on parlait des décrets de l'Assemblée – l'abolition des privilèges, la Déclaration – que la Couronne rechignait à promulguer. Il n'en percevait pourtant que des bribes, sans plus, dans cette salle immense qui résonnait des conversations des députés, des pas des huissiers, des interpellations de banc à banc, des cris lancés des tribunes par un public remuant et passionné. Derrière les colonnades, dans les balcons qui entouraient l'Assemblée, un peuple disparate suivait les débats avec ferveur, bourgeois bedonnants, artisans aux mains calleuses, rentiers inquiets, folliculaires fiévreux, jeunes gens bien mis, grisettes en bonnet ou mégères à la voix grasseyante, conspuant les uns, applaudissant les autres, criant fort contre la Cour et les aristocrates, contre « Madame et Monsieur Veto » ou contre les députés qui voulaient terminer la Révolution. Depuis deux semaines, les modérés fidèles du roi avaient pris l'habitude de se regrouper à droite du président de séance, les « amis de la Constitution » à gauche. Les mots de « droite » et de « gauche » commençaient même à fleurir dans les gazettes, tour à tour loués ou lapidés.

Ces mille et quelques hommes, transfigurés par l'ampleur de leur rôle, avaient abattu l'arbitraire royal, libéré la presse, jeté à la face du monde la Déclaration des droits, aboli les privilèges de la noblesse et du clergé, et entamé la rédaction d'une constitution pour le royaume. Nicolas de son gradin haut perché les voyait comme une troupe compacte de santons attentifs. Mais quoi qu'il en eût, se disait-il, c'était une assemblée de géants, dont on parlerait encore des siècles après leur mort. Une atmosphère de fièvre régnait sur la discussion, qui portait sur la sanction royale que les rebelles attendaient dans l'impatience et la crainte. Pour amadouer la Cour, l'Assemblée avait transigé. Elle avait décidé d'un « veto suspensif », qui permettait au roi de refuser telle ou telle loi pendant deux ans. Elle attendait en retour l'approbation de ses décrets. Mais Louis XVI avait répondu par une lettre farcie d'arguties techniques, parfois justes et souvent dilatoires. Étonnés depuis le printemps de leur propre audace, les législateurs soupçonnaient le souverain de les égarer pour gagner des jours, le temps de rassembler à Versailles des troupes fidèles qui ne manqueraient pas de disperser les impudents par « la force des baïonnettes », selon le mot de Mirabeau.

À la tribune, l'orateur, dont la voix trop faible était couverte par le brouhaha, dénonçait avec force gesticulations le « complot de la Cour » contre les patriotes, dans un discours heurté dont on devinait le sens plus qu'on ne le saisissait. Puis il conclut. Le président le remercia pour passer la parole au tribun suivant. Nicolas ne perçut pas son nom, mais il vit un député haut et massif s'avancer vers la tribune, avec ses grosses jambes en culotte et bas de soie, son torse rebondi enserré dans une redingote rouge portant une tête énorme coiffée d'une perruque ourlée de boucles grises : c'était Mirabeau.

Le député d'Aix empoigna la tribune, se campa les pieds écartés et fit face à l'Assemblée, levant sa figure léonine. Ce n'était pas un visage, c'était un mufle. Des yeux globuleux, un nez busqué et proéminent, une moue amère, une peau grêlée de petite vérole, des sourcils froncés jusqu'à la caricature : le dieu de la laideur prenait la parole, tel le fils de Méduse et d'Hercule. Nicolas connaissait Mirabeau sans l'avoir rencontré. Il avait eu naguère des relations avec un certain Donatien, marquis de Sade, enfermé au donjon de Vincennes pour de coupables écarts, soupçonné d'avoir violenté une ou deux soubrettes dans des tourments qui disaient toute sa perversion. Nicolas avait jeté un coup d'œil sur la fiche de police de son voisin de cellule, qu'on disait tout aussi dépravé. C'était un autre aristocrate déchu, perdu de jeu, de dettes et de vice, qui s'était enfui en Hollande avec la femme d'un autre et ne cessait de narguer l'autorité royale par des pamphlets séditieux sur les lettres de cachet, la liberté d'imprimer ou l'émancipation des juifs. Étrangeté supplémentaire : c'est son père, pourtant sensible aux idées philosophiques – on l'avait surnommé « l'ami des hommes » – qui avait supplié le roi d'enfermer son fils qu'il ne pouvait souffrir et qui déshonorait le nom même de Mirabeau.

Ainsi ce gibier de forteresse, par un détour diabolique, s'était retrouvé représentant du peuple, soudain projeté sur le devant de la scène révolutionnaire. Nicolas comprit vite la raison de cette insigne fortune. Sa voix, qui oscillait entre la contrebasse et le violoncelle, dominait l'Assemblée comme un aquilon. Le silence s'était soudain imposé aux Menus-Plaisirs et tous, Assemblée et public, écoutaient ses périodes romaines, comme fascinés par le verbe de ce Cicéron de la canaille. Mirabeau déployait un art consommé de la rhétorique. Il commença par rappeler son attachement à l'institution monarchique, son combat pour une Révolution canalisée, son plaidoyer vibrant pour le veto royal qui garantirait un indispensable équilibre entre la souveraineté de la nation et la sagesse du monarque. Il loua en phrases généreuses la longanimité de l'Assemblée qui avait consenti au roi, par compromis, le loisir de récuser pour deux ans les mesures votées par les députés. Ce n'était que le tremplin de sa philippique, qu'il asséna en une envolée chargée de menaces. Les finasseries de la Cour, proclama-t-il, étaient hautement suspectes et attisaient le feu parisien. Alors que la représentation nationale avait formulé un entre-deux honorable, propre à décourager les excès, les atermoiements de Louis XVI, mal conseillé, trompé par la faction aristocratique, incitaient de jour en jour le peuple en colère à de nouveaux errements, qui dépasseraient en violence, prédisait-il, les sanglants débordements du 14 juillet. Double avertissement à la Cour et à l'Assemblée, toutes deux horrifiées à l'avance par des émotions populaires qui atteindraient autant la bourgeoisie constitutionnelle que la noblesse privilégiée. Ainsi, en agitant le spectre de nouvelles émeutes, Mirabeau se donnait les gants de vouloir les prévenir, tout en les flattant par une insistante évocation. Machiavélique prétérition, ponctuée d'une objurgation finale au monarque qui déchaîna les tribunes et souleva l'Assemblée d'une ovation debout.

Presque malgré lui, tandis que le président levait la séance, Nicolas compara cette torrentielle éloquence avec la terne tirade que Louis XVI avait servie en mai, à l'ouverture des États généraux. Avec un pincement au cœur, il se dit que, décidément, la Révolution faisait tourner la table du destin, qu'un nouveau type d'hommes émergeait, anciens parias à la fois raisonneurs et exaltés, la tête tournée de projets grandioses, bourrés d'énergie, qui se préparaient à balayer un monde en décomposition.

Puis il revint à son affaire. Mirabeau se dirigeait vers la sortie, pérorant au milieu d'un groupe de députés qui le félicitaient, tandis que la salle se vidait peu à peu. Nicolas dévala les marches pour se placer sur son chemin. Quand le député arriva à sa hauteur, il s'avança sans hâte mais fermement. Il avait préparé son apostrophe.

— Monsieur le député, je suis le marquis de Ranreuil, commis à la sûreté du roi. Je dois vous parler.

— Monsieur le marquis, rétorqua Mirabeau avec humeur, vous tombez mal à propos, j'ai à faire, et cela ne saurait attendre.

— C'est à propos de Mme de Fitz-James.

Mirabeau le considéra d'un œil inquiet, puis fit l'étonné.

— Je ne connais pas cette personne. Mais revenez un autre jour pour me la présenter !

— Vous avez passé une heure avec elle il y a trois jours, j'ai un témoin. Et je ne puis vous la présenter : elle a été enlevée au Palais-Royal après vous avoir vu.

Mirabeau s'arrêta, laissant les autres députés s'éloigner. En silence, il considéra encore Nicolas.

— Ah çà, monsieur, êtes-vous de la police ?

— Si fait, monsieur le comte. Nicolas Le Floch, commissaire au Châtelet.

Mirabeau hésita, puis se décida. Il prit Nicolas par le bras.

— Suivez-moi, nous parlerons chez moi. Cette affaire exige le secret.

Ils sortirent sans mot dire. Mirabeau cheminait en réfléchissant. Puis il questionna Nicolas sur ses fonctions exactes, hochant la tête à chaque précision, peu à peu rassuré sur leur entretien. Entrant dans Versailles, ils marchèrent jusqu'à une maison de maître cachée dans un jardin. Ils traversèrent un vestibule, montèrent à l'étage et pénétrèrent dans une mansarde encombrée de dossiers et de livres empilés sans ordre sur les tables et les chaises.

— C'est ma plantation où je cultive mes discours, déclara Mirabeau, et voici l'un de mes esclaves.

Un petit homme gris et chauve était penché sur une épaisse liasse de papiers qu'il compulsait avec méthode.

— J'ai retrouvé les traités de Locke que vous réclamiez, dit-il. Il y a là matière à nourrir un beau discours.

— Mon cher Clavière, je vous libère pour une heure. Je dois parler à ce gentilhomme d'une affaire qui doit rester entre nous. Merci de votre ouvrage, vous le reprendrez un peu plus tard. Reposez-vous.

Clavière disparut par l'escalier, manifestement content d'échapper à son labeur.

— Clavière m'aide pour la confection de mes discours. Je ne peux traiter sans concours des matières essentielles que nous discutons. Mais je comprends que vous êtes proche de la Couronne. Au fond vous tombez bien. Vous êtes un homme de discrétion, vous pourrez tenir mes vues au roi ou à ses ministres. Ce sont les seules propres à la sauver. Mais mandez-moi d'abord votre affaire.

Nicolas conta toute la trame de ces deux jours, devant un Mirabeau de plus en plus soucieux. À la fin du récit, le tribun reprit la parole.

— Vous avez été complet et sans détours, commissaire, je le serai aussi. Cette jeune personne, fort séduisante au demeurant, est une tête politique, autant qu'une amazone. Elle était missionnée par la Couronne, c'est du moins ce que j'ai compris par son emploi dans la suite de la reine. Elle voulait savoir s'il y avait dans l'Assemblée une faction suffisante pour passer un accord honnête avec la monarchie, où le roi garderait en partie ses prérogatives, quitte à en concéder une portion à l'Assemblée. Elle n'a pas voulu s'engager plus et je devine qu'elle ne le pouvait pas. Je vois bien que le roi et la reine sont dans un labyrinthe, à l'entrée de plusieurs couloirs. La reine penche pour l'affrontement, d'accord avec sa noblesse. Toutes les nouveautés de cet été la révulsent. Mais elle veut éclairer les autres voies. On la croyait écervelée, elle a beaucoup appris de sa longue fréquentation des conseils. Le discours que m'a tenu cette Mme de Fitz-James était plein de nuances et de justesse. Elle ne pouvait s'y lancer sans l'accord de Marie-Antoinette.

Au fond, le roi n'a qu'un seul homme auprès de lui, c'est sa femme.

— Et que lui avez-vous répondu ?

— Que moi et ceux qui me suivent détiennent la seule clé qui ouvre la porte du salut.

Mirabeau, que la modestie n'étouffait point, dévoila pour Nicolas les arêtes de son raisonnement. Le pouvoir sans bornes, expliqua-t-il, n'est plus de saison. Il faut se rallier à la manière anglaise : un roi qui maintient l'essentiel, une assemblée qui gouverne. Hors de ce partage point de salut, prévenait Mirabeau, sinon une épouvantable guerre civile que le raidissement de la Cour ne manquera pas de susciter. Cette issue, il était le seul, lui Mirabeau, à la distinguer et à pouvoir y entraîner les députés. Le roi devait se persuader de ce projet et mettre tout son prestige à son service. En un mot, il devait prendre la tête de la Révolution pour la fixer aux principes qui l'ont commencée. Tout le reste ne sera que chaos, misère et folie. Puis, dardant un regard inquisiteur sur Nicolas :

— Mais vous me dites que cette messagère a rencontré un sbire d'Orléans, qui a été enlevé avec elle et assassiné ?

— Oui, un de ses agents connus, un ancien militaire manifestement.

— C'est donc Laclos ! C'est le premier faiseur du duc ; il gouverne ses basses œuvres. Voilà une triste nouvelle, même si ce drôle m'a toujours semblé un intrigant de bas étage. Mais c'est un auteur. Ses *Liaisons dangereuses* m'ont enchanté. Et je crois m'y connaître.

Nicolas se souvint que Mirabeau avait lui-même publié un recueil de lettres libertines d'une insolente crudité, qu'il avait fallu interdire.

— Mais qui peut avoir commis ce crime, demanda Nicolas, pour quelle ténébreuse combinaison ?

— Je ne suis pas policier, moi ! C'est votre affaire. Elle est au vrai d'importance. On a estourbi ce pauvre Laclos, le plus proche du duc d'Orléans. Il y faut des intérêts supérieurs et des spadassins fanatiques ou stipendiés à prix d'or. Réfléchissons : ces assassins sont des ennemis du duc, ou bien de la monarchie. Ils ont voulu empêcher une jonction qui leur serait nuisible. Je ne vois que deux factions suspectes : les exagérés des districts, qui veulent creuser le fossé avec la monarchie et pousser leurs idées de Révolution sans frein ; mais il leur faudrait une organisation de première force, je doute qu'ils l'aient constituée. Ou bien quelque coterie aristocratique qui veut maintenir les souverains sur la voie de l'affrontement avec nous, pour triompher dans une guerre civile. Voilà mes idées. Je ne sais si elles vous sont utiles.

— Monsieur le comte, vous me brossez l'arrière-plan du crime. Cela m'est précieux. Il me revient de vérifier tout cela par l'enquête.

— Faites, monsieur, faites. Mais n'oubliez pas ma supplique. Vous devez rapporter à la reine mes offres, qui doivent rester strictement entre nous. Je vous le répète : je suis le seul qui puisse sauver ce qui mérite de l'être. Ma messagère a disparu. Il vous revient de porter mon message.

Nicolas promit de parler aux souverains. Puis il prit congé, saluant Mirabeau avec déférence. Revenu au fiacre qui patientait devant l'entrée des Menus-Plaisirs, il fit fouetter vers Paris. Il était plus de quatre heures. Il serait à Paris dans la nuit. Il s'adossa en biais à la paroi du fiacre et étendit ses jambes bottées sur la banquette de cuir. Croisant les bras, il tenta de clarifier le monceau d'informations qu'il venait de récolter.

Ainsi Mme de Fitz-James, sans doute dépêchée par la reine, avait vu successivement Mirabeau, que Marie-Antoinette détestait mais que sa position à l'Assemblée rendait incontournable, puis Choderlos de Laclos, l'homme de confiance du duc d'Orléans, lequel l'avait payé de sa vie. En tout état de cause, l'issue était désormais policière : il fallait à tout prix retrouver cette berline jaune. Il connaissait à présent le décor de la pièce. Bourdeau et lui devaient maintenant mettre la main sur ses acteurs, qui les conduiraient aux auteurs de l'intrigue, c'est-à-dire aux auteurs de crime.

VI
QUIPROQUO

« L'erreur agite, la vérité repose. »

Joseph Joubert

Un paysage noyé d'ombre défilait dans la fenêtre du fiacre, dispensant cette ambiance de menace propre aux voyages en forêt. Nicolas songeait, rencogné sur sa banquette de cuir. Le ciel s'était dégagé et la lune était haute, découpant d'une lumière blême la forme fantastique des arbres entre lesquels ils avançaient au trot du cheval. Le cocher l'avait attendu devant les Menus-Plaisirs, maugréant qu'il perdait son temps. Ils étaient maintenant sur la route de Paris, traversant la forêt de Meudon déserte, sur la chaussée qui faisait tressauter les roues de la voiture.

Une bizarrerie le tracassait. Laure de Fitz-James avait été vue dans le tripot de Préneuf vers neuf heures du soir, en conversation avec Laclos, mais l'enlèvement était survenu bien plus tard, passé minuit. Le conciliabule avait-il duré trois ou quatre heures ? Cela semblait invraisemblable. Alors comment expliquer ce long délai entre les deux scènes avérées ? Qu'avaient fait ces deux émissaires de haut vol dans l'intervalle ? Nicolas se torturait l'esprit, maintenu éveillé malgré sa lassitude par l'exploration des conjectures qui s'offraient à lui.

Soudain, au milieu de sa méditation, le visage de Laure de Fitz-James s'imposa. Qui était cette jeune femme intrépide et belle, lancée par la reine dans les arcanes de la tractation politique, dont un médaillon romanesque dépeignait le plaisant minois ? Ce mystère l'attirait, cette figure le fascinait. Il se sentait comme un chevalier des contes de fées qui vole au secours d'une princesse prisonnière. Étrange sentiment, qui le ramenait à ses vieux démons. Il avait trouvé son havre dans la vie de famille, au cœur de la terre de Ranreuil, et se croyait voué à cette paisible existence de hobereau débonnaire après tant de dangers et de tribulations. L'appel du roi l'avait tiré de cette retraite raffinée. Sa fidélité à la Couronne en était le mobile, mais aussi cet instinct du chasseur qu'il avait retrouvé avec un plaisir ambigu, partagé entre son penchant pour l'action et ses anciennes résolutions de chef de famille. Il était comme un vieux soldat qui décroche encore une fois son fusil alors qu'il s'est promis de ne plus combattre. Le marquis breton redevenait commissaire, se demandant avec un soupçon d'angoisse s'il n'avait pas, cette fois, accepté la mission de trop, dans un mélange de lassitude et d'excitation. Et voilà qu'une miniature réveillait en lui le goût des intrigues amoureuses, dont il se pensait affranchi par l'âge. Devait-il plonger de nouveau dans l'imbroglio où se mêlent la police et la politique, la fidélité et la sensualité ? Pour l'heure il devait faire son métier de défenseur de la Couronne, dénouer les fils du complot, retrouver la princesse de Chimay. Mais n'était-ce pas, au bout du compte, l'inutile péripétie qui viendrait ruiner un aboutissement honorable et confortable, si longtemps espéré ?

Le bruit d'un galop le fit sursauter. Cela venait de l'arrière du fiacre et non du tranquille destrier qui tirait l'équipage. Il jeta un coup d'œil à travers la lucarne percée dans la paroi de la voiture. À dix toises, deux cavaliers en manteau noir faisaient force coups de talon pour le rattraper. L'un d'eux, plus rapide, apparut sur la gauche à travers la fenêtre vitrée. Dans un rayon de lune, Nicolas vit briller le canon d'un pistolet braqué sur lui. Il se jeta en arrière, plaqué sur le dossier de cuir. Le coup partit et manqua sa cible, fracassant les deux vitres du fiacre. Aussitôt, Nicolas, dans un réflexe, tira son arme de sa poche et riposta à travers le verre brisé. Un cri de douleur l'avertit qu'il avait fait mouche. Le cavalier s'était affaissé sur sa selle, portant sa main libre à son épaule. La voiture accéléra soudain, sous les coups de fouet du cocher qui cherchait à échapper à l'attaque, rejetant Nicolas en arrière. Le second cavalier piqua des deux pour monter lui aussi à la hauteur de la voiture. Nicolas se blottit derrière la fenêtre de droite, prêt à bondir. Quand le museau du cheval pointa dans l'encadrement, il empoigna la bride et la tira violemment vers lui. Dévié, le cheval heurta le fiacre et fit un écart pour s'en détourner. Le cavalier privé de sa bride perdit l'équilibre et tomba lourdement sur le sol. À travers la lucarne, Nicolas vit les montures des assaillants cesser leur galop et s'arrêter au bord de la chaussée. Il se pencha au-dehors et cria au cocher de continuer sans désemparer. Injonction inutile : courbé en avant, le postillon fustigeait frénétiquement son cheval lancé au grand galop.

Dix minutes plus tard, ils arrivaient à l'octroi de Vaugirard où deux gardes étaient sur le pas de la porte, intrigués par cet équipage bruyant lancé à pleine vitesse. Le fiacre s'arrêta. Nicolas descendit, tandis que le cocher tournait vers lui un visage effrayé.

— Monseigneur, je ne sais qui vous en veut, mais voilà de fiers coquins qui ne reculent devant rien.

— Merci, cocher, sans ta promptitude, nous étions dépêchés sans cérémonie.

— Voilà mon métier, monseigneur, voiturer des loustics qu'on veut estourbir, et moi avec. Tout cela pour quelques misérables sols.

Nicolas comprit l'allusion, qui démontrait une deuxième fois le sang-froid du postillon. Voilà un homme de décision, pensa-t-il, qui ne perd de vue ni la sûreté de ses clients, ni son intérêt sonnant et trébuchant. Il tira de sa bourse trois pièces d'or qu'il tendit à son sauveur. Après avoir expliqué l'incident aux deux gardes, montré ses passeports de commissaire, il reprit son chemin, pâle et frémissant, conduit par le postillon valeureux.

Ainsi il avait affaire à un ennemi redoutable, assez puissant pour connaître son enquête et missionner des assassins contre lui, lesquels n'étaient arrêtés par aucun scrupule. Il ne doutait pas non plus que ces deux spadassins le suivaient en fait depuis la veille. Fallait-il que l'enjeu soit élevé, pour déployer tant d'efforts à rompre le travail des limiers… Encore tremblant de l'incident, Nicolas se tordait le cou pour surveiller ses arrières, tout en cherchant en vain à comprendre l'intrigue où il était plongé jusqu'au cou. Ils arrivèrent devant Saint-Eustache et se séparèrent avec un dernier salut.

Lundi 28 septembre 1789

Après une courte nuit, passée dans la chambre toujours libre de Noblecourt, Nicolas descendit à la cuisine, retrouvant le café en grains dans son pot et posant une cafetière d'étain sur le foyer qu'il relança à coups de soufflet. Le procureur dormait encore, dans une maisonnée silencieuse. Il restait sur la table quelques petits pains qu'il trempa dans son café pour les avaler goulûment, en homme qui a sauté son souper. La servante au bonnet blanc le vit partir vers le Châtelet sans mot dire, soucieux et concentré. Une file d'attente s'était déjà formée devant la boulangerie, pour attendre les miches de la première fournée. Plus loin, les marchands des Halles recevaient leur cargaison de légumes venus des campagnes sur les bateaux qui s'agglutinaient au pied du Pont-Neuf. La ville s'animait, on entendait les premiers coups de marteau des menuisiers, les fiacres qui voituraient les bourgeois vers leur boutique ou leur atelier, les crieurs de journaux qui annonçaient le discours de Mirabeau prononcé la veille.

Arrivé au Châtelet, il trouva Bourdeau qui écrivait un rapport en agitant sa plume d'oie. Il lui conta sa mésaventure, que le commissaire écouta gravement, et résuma les propos de Marie-Antoinette et de Mirabeau. Puis il lui demanda des nouvelles des porte-falots lancés sur la piste de la berline jaune. Ceux-ci avaient fait passer le mot toute la journée précédente, ils devaient rendre compte vers midi.

— Alors allons au Palais-Royal, lança Nicolas. Je voudrais bien savoir pourquoi les gens du duc n'ont rien dit de la disparition de Laclos, qui a pourtant dû les alarmer.

— La reine n'a rien dit de celle de Mme de Fitz-James, remarqua Bourdeau.

— Quel est donc ce secret qui conduit les puissants à passer un crime sous silence ? Il vaut plus que la vie d'un homme, assurément.

Ils refirent le trajet vers le Palais-Royal à travers la halle des bouchers, laissant derrière eux les berges boueuses de la Seine où déambulaient les portefaix qui déchargeaient les bateaux et les courtisanes déjà à l'affût de la clientèle. À la grille du palais, sur la rue Saint-Honoré, ils se firent connaître et demandèrent à voir le secrétaire du duc ou son chambellan. Ils attendirent un moment dans une antichambre aux colonnes de marbre, éclairée par de hautes fenêtres qui donnaient sur le jardin encore désert et dont la lumière se reflétait dans de grands trumeaux sertis de bois doré. La magnificence des lieux rappela à Nicolas la puissance du duc d'Orléans, dont il connaissait, par des anciennes enquêtes, les penchants libertins invétérés et l'ambition politique. Le chef de la branche cadette de la famille royale avait mis son immense fortune – quoique grevée par des emprunts colossaux – au service de la chicane politique. Lié aux parlements qui menaient l'opposition au roi, désormais élu aux États généraux et acoquiné avec les députés rebelles, il stipendiait les feuilles séditieuses, favorisait les histrions comme Desmoulins, plaçait ses hommes de main dans les cortèges populaires, attisant le feu dont il espérait son ascension vers le pouvoir.

Une porte s'ouvrit. Un gentilhomme en redingote

argentée entra d'un pas raide, le chapeau à la main, le buste droit et le regard indifférent. Son col en dentelle serré dans une écharpe de soie blanche remontait haut sous son menton, accentuant l'apparence guindée du personnage, dont le visage fermé aux traits durs respirait la méfiance.

— Messieurs de la police, lâcha leur hôte d'un ton glacial, je ne m'explique pas ce qui vous conduit en ces lieux et j'ai beaucoup à faire. Mais je suis disposé à vous répondre.

Impatienté par cette condescendance, Nicolas résolut de ne rien ménager.

— Monsieur, nous voudrions savoir pourquoi vous n'avez pas signalé à la police la disparition du sieur Choderlos de Laclos, qui a été assassiné il y a trois jours. Vous en aviez le devoir élémentaire.

L'homme fixa Nicolas d'un regard stupéfait. Curieusement, il esquissa un sourire vite réprimé.

— Assassiné, dites-vous ?

— Oui, et de la plus horrible façon, à deux pas d'ici.

— À deux pas d'ici ? Et en quelles circonstances ?

— Il a été enlevé rue de Valois, occis dans une berline et jeté à la Seine.

— Jeté à la Seine ? Voilà qui n'est pas commun, continua-t-il avec un air d'ironie froide.

— Oui, et son visage a été martelé pour le rendre méconnaissable.

— Martelé ? Méconnaissable ? Je comprends mieux. Donc la police possède son corps et l'a identifié sans coup férir… Voilà une prouesse policière.

— Monsieur, l'heure n'est pas au sarcasme. Choderlos de Laclos habite ici, il travaille pour le duc au plus près. Vous ne pouviez ignorer son absence. Vous aviez le devoir de rapporter sa disparition.

— C'est un fait que j'ai négligé d'avertir la police.

— Ah ! Donc, vous étiez dans la connaissance de cette absence.

— Eh bien non, monsieur le fin commissaire ! La réalité de cette absence, comme vous dites, se heurte à un détail que vous négligez.

— Ah oui ? Et lequel, je vous prie ?

— Choderlos de Laclos, c'est moi.

Un silence se fit. Nicolas resta interdit, puis tourna vers Bourdeau un regard de détresse. Il reprit :

— C'est vous ? Comment cela ?

— Vous me demandez comment ? Par le simple fait que ma mère et mon père, à ma naissance, m'ont gratifié du nom de Pierre Choderlos de Laclos, que je me suis employé à honorer depuis par ma carrière militaire et par quelques écrits qui ont eu leur petit succès, grinça-t-il dans un rictus.

Un nouveau silence s'installa, tandis que Laclos considérait les deux commissaires d'un air hilare. Bourdeau vint au secours de Nicolas.

— Il y a donc, euh… méprise, bredouilla-t-il.

— Je n'osais le suggérer.

— Mais… mais… Néanmoins, n'était-ce pas vous qui avez rencontré dans la maison de jeu du bonhomme Préneuf la princesse de Chimay, Laure de Fitz-James ?

Laclos changea de visage. Il lança un regard de méfiance aux deux policiers, de toute évidence troublé, se demandant s'il devait ou non entrer dans leur jeu.

— Je ne saurais vous répondre. En quoi mes rencontres sont-elles du ressort de la police ?

Nicolas reprit la parole, retrouvant sa contenance.

— Nous vous présentons nos excuses pour ce malentendu, monsieur de Laclos. Mais je crains que cela soit au premier chef de notre ressort. Mme de Fitz-James a été enlevée ce soir-là avec celui que nous avons pris pour vous et qui a été tué. Elle n'a pas paru depuis. Nous pensons qu'elle était mandatée par la reine Marie-Antoinette pour vous parler. Nous supposons, avec beaucoup d'indices, que la Couronne a voulu prendre langue avec la maison d'Orléans pour examiner de concert la situation du royaume et, peut-être, pour trouver un arrangement politique entre les deux familles. Nous voyons dans cette mission le mobile de son enlèvement, qui est sans doute l'œuvre, non de malandrins de hasard, mais d'ennemis puissants attachés à une intrigue bien définie. Des ennemis de la monarchie, mais peut-être aussi des ennemis de votre maître le duc.

Laclos resta coi, la mine soucieuse, le regard dans le vide. Nicolas le sentit ébranlé. Après un long silence, il interrogea les policiers sur l'enquête et ses ramifications politiques, sur leur mission et la fonction que Nicolas remplissait auprès de la Couronne. Son ton avait changé et il laissa paraître un soupçon de bienveillance envers deux limiers qui faisaient leur métier. Nicolas répondit sans détours, cherchant à gagner la confiance de Laclos. Celui-ci réfléchit encore sans mot dire, triturant le chapeau qu'il tenait toujours à la main. Puis il se décida.

— Messieurs, je comprends. Je vois que vous cherchez honnêtement à connaître la vérité et je suis fâché du sort fait à Laure de Fitz-James, qui m'a paru une émissaire de bonne foi. Sans parler de ce pauvre homme assassiné. Ces criminels sont à coup sûr nos ennemis, il faut les débusquer et les prévenir. Je suis prêt à vous aider. Mais avant, c'est mon devoir de renseigner mon maître, le duc d'Orléans. C'est aussi après lui qu'on en a dans cette affaire, je ne saurais le maintenir dans l'ignorance de ces faits. Laissez-moi une heure, je vous retrouverai ensuite.

— Fort bien, monsieur, reprit Nicolas, qui comprenait aussi que Laclos avait besoin du blanc-seing du duc pour les affranchir. Mais nous devons prendre attache avec nos mouches à midi. Voulez-vous nous voir ensuite ?

— Certes, cela me sied. Au fond, je suis heureux d'être revenu du trépas vers la vie, jeta Laclos d'un ton enjoué qui suscita le sourire des policiers. Mais nous aurons besoin d'un peu de temps. Voulez-vous me rejoindre chez Beauvilliers, au fond du jardin ? J'y dîne habituellement et j'y ai ma table. Nous deviserons autour du repas, si cela vous agrée.

— Voilà un interrogatoire qui s'annonce fort courtois, dit Nicolas en souriant.

Ils prirent congé de Laclos et revinrent vers le Châtelet par la rue Saint-Honoré, marris de leur méprise, mais contents du changement de pied du mort soudain ressuscité qui se montrait somme toute fort civil. Il faudrait seulement rester vigilant : Laclos voulait les amadouer, ce qui n'était pas forcément gage de franchise. Mais enfin, ils y gagneraient un repas chez Beauvilliers, un de ces « restaurants » qui avaient éclos dans la ville depuis quelques années, tenus par des cuisiniers consommés, et qu'ils savaient être la meilleure table de Paris.

Dans le bureau de Bourdeau, trois personnages pittoresques les attendaient en manteau de pluie et pantalon, la trogne rouge et les cheveux en bataille. Ils avaient posé dans un coin de la pièce les perches emmanchées d'une lanterne à l'huile de colza qui était leur outil de travail : c'étaient les porte-falots. Les autorités, depuis

Louis XIV et le lieutenant de police La Reynie, avaient placé des lanternes en hauteur dans les rues de Paris, éteintes et illuminées chaque jour par les « allumeurs de réverbères ». Mais les malandrins, souvent, s'ingéniaient à casser ces lampes pour agir à leur guise dans l'obscurité, même si ce forfait d'apparence mineur était puni d'une peine de galère. Ainsi, malgré les progrès de l'éclairage public, le métier de porte-falot survivait tant bien que mal. À l'entrée des deux commissaires, un drille jovial et buriné par une vie passée dans les frimas de la ville les interpella :

— La police est comme toujours dans l'obscurité, elle doit se reposer sur nous pour éclairer ses recherches !

— Tout juste, répliqua Nicolas sur le même ton gouailleur, vous êtes nos yeux dans la nuit.

— Nous avons à vous dire, messire commissaire, reprit le porte-falot, mais toute peine mérite salaire. Cette fois, nos efforts doivent être payés à leur juste mesure.

— Vous ai-je déjà manqué ? rétorqua Bourdeau, qui avait négocié la veille les modalités de la recherche.

— Certes non. Mais nous avons cette fois pêché du gros.

— Montrez-nous, dit Nicolas, nous ne serons pas avares.

L'homme conta ce qu'ils avaient reconstitué. Le premier porte-falot avait aperçu de loin la berline arrêtée sur le quai des Célestins, sans distinguer ce qu'on y tramait. Mais cela, la police le savait déjà. Plus instructif était le témoignage du deuxième, qui prit la parole en expliquant qu'il avait vu la berline filer grand train au pied de la Bastille où il attendait le chaland et s'enfoncer dans la rue Saint-Antoine, rare spectacle à cette heure de la nuit. Le troisième prit le relais :

— J'avions reconduit un maître artisan de la rue du Faubourg-Saint-Antoine qui s'était perdu d'eau-de-vie dans une taverne de Bercy. Et voilà-t-y que cette grosse caisse passe en trombe en m'éclaboussant. Je me suis retourné pour lui crier son fait, quand je l'ai vue s'enfourner dans l'impasse des Vieux-Récollets, rapport au couvent qui s'y logeait. La chose m'a fouetté la curiosité. Je suis allé passer une tête au coin de l'impasse. Elle était vide. La berline avait disparu comme dans un conte de sorcières. M'est avis qu'on l'attendait pour lui ouvrir une porte. Je jouerais ma bourse à l'écarté qu'elle est toujours dans ce parage.

Bourdeau jeta un regard éloquent à Nicolas. Il reprit :

— Voilà une chance précieuse et du bon travail. Nous irons dans cette impasse tout à l'heure. Messieurs, vous avez mérité de la justice du roi.

— Nous avons surtout mérité de sa reconnaissance, précisa le premier porte-falot. Les bons comptes font les bons amis. Sans nos lampes, vous seriez encore dans la nuit.

Ces deux fortes maximes alignées sans apprêt firent rire les deux policiers.

— Vous êtes les vrais philosophes des Lumières, dit Bourdeau, cela nous oblige.

Il ouvrit un tiroir et sortit d'une boîte fermée à clé six louis d'or qu'il tendit aux porte-falots. Ceux-ci se levèrent aussitôt et reprirent leur perche. En sortant du bureau, le même drille à la parole facile leur lança en guise d'adieu :

— Vous jouez à la régulière, messeigneurs, nous

bouchers se mettaient à cuire la viande pour la disposer sur des tables où apparaissaient des bouteilles de vin, les tavernes confectionnaient des « plats restaurants » roboratifs et souvent excellents, mais dont le raffinement était exclu. Puis l'adjectif était devenu nom. Les « restaurants » désignèrent non plus les plats mais les lieux où l'on pouvait manger et boire à loisir. Beauvilliers fut le premier commensal de l'aristocratie à se lancer dans ce nouveau commerce : il apportait au métier un art supérieur, éprouvé par mille repas de prestige auprès du frère du roi et qu'il avait transporté dans son établissement pour des pratiques fortunés prêts à payer à prix d'or la qualité dispensée dans les châteaux et les maisons de maître. Disposant de ses propres fournisseurs, muni d'une cave gorgée de bouteilles suprêmes, aidé de marmitons diligents, il offrait jour après jour la même science culinaire qu'il avait si longtemps réservée aux grands du royaume, seulement dégagé du « service à la française » où les plats étaient disposés ensemble sur de vastes tables, remplacé par un service « à l'assiette », où les plats commandés arrivaient l'un après l'autre.

Laclos les héla d'un geste. Il affectait toujours ce maintien roide que Nicolas avait pris en grippe dès le premier contact. Mais il s'efforçait à l'amabilité.

— Messieurs, commença-t-il, je suis à vous. Goûtez d'abord ce nectar venu des collines de Bourgogne. J'ai ici mes habitudes, Beauvilliers me sert tous les jours un repas différent, qu'il compose à sa guise ; vous serez, malheureusement, soumis à cette discipline. Mais je vous assure que vous ne le regretterez pas.

— Nous sommes à votre disposition, répondit Nicolas, qui comprit au passage que le prix du repas ne serait pas à sa charge, ce qui soulageait sa bourse.

Ils levèrent leur verre où le nectar en question laissait voir une teinte pourpre du plus bel apprêt. Courtoisement, Nicolas entama l'interrogatoire.

— Vous avez donc parlé longuement avec Mme de Fitz-James…

— Oui, plus d'une heure. Je l'ai ensuite laissée là, elle s'est assise à une table de creps, semblant passionnée du jeu.

Nicolas nota qu'un trou béant restait dans l'emploi du temps de la princesse, qui serait enlevée deux heures plus tard. Restée chez Préneuf, elle avait sans nul doute vu quelqu'un d'autre, peut-être l'homme qui serait ensuite assassiné.

— Mais quel était l'objet de l'entrevue ?

— Ma foi, il était fort simple. C'était une ambassade de conciliation. Vous savez que ces deux familles sont rivales, qu'elles se mènent depuis des siècles une guerre incessante. La Régence a aiguisé cette zizanie. Philippe d'Orléans a fait casser le testament de Louis XIV qui l'écartait du trône pour saisir le pouvoir pendant l'enfance de Louis XV. La vérité oblige à dire qu'il a réparé par sa sagesse les grandes fautes du Roi-Soleil. Il a ramené la paix et assaini les finances grâce au système de M. Law.

— Qui a conduit à la banqueroute… coupa Nicolas, un peu piqué par cette version de l'histoire qui incriminait un roi dont il se flattait d'avoir un peu de sang dans les veines.

— La banqueroute de la Compagnie de Law a lésé de riches bourgeois, non le royaume, qui a pu honorer ses dettes grâce au papier-monnaie et fouetté l'activité matérielle, amenant une rare prospérité. Le Régent, dans sa sagacité, a légué à Louis XV le cardinal de Fleury, tout aussi avisé. Puis d'autres ministres sont venus et les erreurs avec eux, dont cette guerre avec l'Angleterre, si funeste, et cet infâme traité de Paris, qui nous a fait perdre les Indes et la Nouvelle-France[2].

Nicolas commençait à bouillir d'impatience, entendant dénigrer les hommes qu'il avait servis avec zèle, à commencer par Sartine, son maître et protecteur, très hostile à la puissance britannique, tout comme ses amis Choiseul ou de Broglie.

— Il y aurait beaucoup à dire sur votre récit, monsieur de Laclos.

Laclos jeta un regard surpris à Nicolas, étonné de voir un policier lui disputer son interprétation, ignorant tout des attaches du marquis de Ranreuil, que ses fonctions spéciales avaient familiarisé avec la haute politique.

— C'est mon opinion sur le règne des Bourbons, concéda-t-il. Mais laissons cela, c'est passé révolu. À tort ou à raison, nos deux derniers rois en ont conçu une méfiance redoublée envers leurs cousins. Puis ces temps ont changé. Les États généraux mués en Assemblée révoltée menacent la monarchie elle-même. La reine, qui a adopté une tête politique avec les ans, s'en rend compte, même si cette circonstance la révulse. La Couronne, parlant par la voix de cette charmante émissaire, voulait explorer les voies d'un arrangement. Il faut dire que mon maître le duc a compris avant le roi la tournure des événements dans le royaume. Il a vécu en Angleterre, exilé. Il a étudié les ressorts de cette monarchie qui compose avec son Parlement et qui admet l'*habeas corpus* et le règne de la loi. Il est persuadé – et moi avec lui – qu'il n'y a d'autre issue, dans ce siècle de nouveautés, qu'un partage de ce calibre pour notre monarchie. Le duc Philippe est le symbole de cette réforme. J'ai donc tenu à

Mme de Fitz-James que l'arrangement en question passait par une coalition d'intérêts. Seul le duc, populaire et rompu aux affaires, nommé lieutenant général du royaume, serait à même de contenir l'ambition des bourgeois et la vindicte d'un peuple affamé. Il faut adopter cette constitution émanée du Tiers, qui ménage la Couronne, et gouverner en intelligence avec l'Assemblée. Ou alors il faut prendre le parti de ces grands arrogants et régner avec la troupe, qui défendra l'ancien ordre des choses avec des mousquets et des baïonnettes. Mais ce serait la guerre civile. Tout cela pour des privilèges antiques qui ont fait leur temps et qui insupportent le Tiers, lequel comprend les neuf dixièmes des Français. Nous vivons tous, messieurs, sous une cascade de mépris. Moi-même, qui ne suis pas roturier, pourtant, j'ai été entravé sans cesse dans ma carrière militaire. J'étais bon artilleur et apte au commandement. Il me manquait quelques quartiers : on m'a maintenu dans des grades subalternes, enfermé dans des garnisons mornes. C'est pourquoi j'ai quitté l'armée et trouvé cet emploi au Palais-Royal, qui me sied et me procure un revenu suffisant. Je suis un bon officier, digne des hautes charges : je dois pour tenir mon train de vie me changer en commis d'un puissant. Ces mœurs ne sont plus de saison. Les talents doivent commander, plus que la naissance, c'est la loi future. Le duc a saisi tout cela et il en tient pour l'égalité.

Nicolas le coupa avec un sourire.

— Cette égalité règne aussi la nuit dans les soupers fins très mélangés que votre maître organise à tout propos…

— Le duc mène sa vie comme il l'entend, c'est son affaire. Mais croyez-vous que les souverains ou les grands se privassent des mêmes plaisirs ? Votre ancien maître Louis XV, me semble-t-il, ne dédaignait pas les escapades dans certains pavillons de Versailles…

— Certes. Nous ne jugeons point. Nous nous occupons de police et non de morale. Que vous a-t-on répliqué ?

— Mme de Fitz-James m'a écouté, posé les questions nécessaires, sans bien sûr apporter de réponse formelle.

Ils furent interrompus par Beauvilliers lui-même, qui venait rendre ses hommages à son hôte habituel. C'était un homme mince et sec, en gilet de soie et perruque poudrée à la façon d'un gentilhomme, aux manières urbaines et déférentes.

— Je vous salue, messeigneurs. Pierre, je n'ai pas l'honneur de connaître vos hôtes, dit-il à Laclos, mais comme vous, ils sont ici chez eux…

Beauvilliers avait cette réputation, en sus de son excellence culinaire, de posséder une mémoire d'éléphant, d'appeler par leur nom tous ceux qui entraient chez lui, aussitôt flattés, et de pouvoir reconnaître un hôte venu quinze ans auparavant.

— Ces messieurs sont commissaires au Châtelet. J'ose espérer que rien dans votre restaurant ne contrevient aux édits royaux…

Ils rirent. Nicolas se présenta et introduisit Bourdeau, notant par-devers lui, par réflexe professionnel, que Beauvilliers avait habilement, sous une courtoise injonction, pénétré l'identité des invités de Laclos, ce que les taverniers, par discrétion, s'abstenaient en général de faire. Puis il se dit que cet écart pouvait être dû à l'intimité du restaurateur et de son fidèle client.

— Mon cher Beauvilliers, reprit Laclos, chaque dîner chez vous est une œuvre pleine de surprises. Quelle est celle d'aujourd'hui ?

— Monseigneur, vous avez devant vous trois verres d'un vin de Chambertin, qui vient en droite ligne d'une vigne de Bourgogne où j'ai des attaches, vieilli depuis dix années.

— Sublime, en effet, dit Laclos.

— Pour commencer, j'ai prévu de recourir à ma première spécialité, un léger soufflé aux truffes.

— À la bonne heure, commenta Laclos, j'en étais privé depuis une semaine. Mais racontez pour nos hôtes cette invention. La recette vous en est venue de ce Pilâtre de Rozier, qui s'y connaît en légèreté.

— Si fait, monseigneur. En 1783, j'ai vu passer au-dessus de Paris cette machine volante qu'on a appelée une montgolfière. Pilâtre travaillait comme moi au service du comte de Provence, dont il dirigeait le cabinet de sciences. Cette idée d'un air chauffé qui gonfle une enveloppe fermée pour la faire voler m'a donné celle d'un plat qui serait également aérien. J'ai fait mes expériences de physique dans la cuisine du comte et j'ai fini par trouver le bon expédient.

— Qui est ?

— Qui est fort complexe, monseigneur. Il y faut une livre de pommes de M. Parmentier, des œufs, du lait et du beurre. On y ajoute deux truffes, cela est d'abord simple. Mais on doit ensuite se tenir à la plus grande minutie : les pommes de terre sont cuites en premier lieu et passées au tamis pour en faire une fine purée, les jaunes d'œuf et les truffes hachées menu, mélangés, sont incorporés avec grâce sur un feu doux, les blancs sont battus en neige à part et mêlés précautionneusement sur une plaque, le tout doit cuire vingt minutes au four, mesurées au sablier, pas une seconde de plus, sinon le soufflé retombe. On sert et on mange de suite, sans balancer une minute.

Nicolas se souvenait des anciennes recettes de Catherine, la gouvernante du procureur Noblecourt aujourd'hui chargée d'ans et retirée en Alsace. C'était une maîtresse cuisinière, mais l'exactitude à la seconde décrite par Beauvilliers changeait la nature de l'art, devenu pour ainsi dire une science positive. Voyant tout ce savoir dépensé pour une simple entrée, il comprenait qu'il y avait entre ses repas familiers et ceux de Beauvilliers la distance entre un rigodon et une symphonie. C'était l'avers d'un monde de privilèges : sans le statut élevé des grands, point de découvertes de ce genre, l'art de manger eût stagné dans la simplicité populaire. Dans les restaurants, ces prouesses à la Lucullus s'ouvraient à tout un chacun, s'il avait une bourse bien pleine. Nicolas y vit une leçon politique : à table aussi, grâce à ces « restaurants », le monde des nobles devenait celui des bourgeois. Profonde allégorie des bouleversements en cours. La Révolution n'était pas seulement affaire de lois et de discours : elle ébranlait tous les aspects de la vie.

— Nous patienterons donc vingt minutes, pas une seconde de plus, jeta Laclos en souriant.

— Je vous laisse avec ce chambertin, j'y ajouterai seulement quelques petits pâtés de foie d'oie pour vous faire supporter l'attente.

— Voilà qui met en appétit, reprit Bourdeau tandis que Beauvilliers s'éloignait. Mais, continua-t-il, monsieur de Laclos, vos années de morne garnison vous ont rendu aussi grand service. Sans elles, point d'écrits, point de roman, point de ces *Liaisons dangereuses* qui vous ont valu grande gloire.

— Vous les avez donc lues ? répondit Laclos dans un accès de fausse modestie.

— Comme tout honnête homme de ce siècle, ajouta aimablement Bourdeau, vous avez touché des milliers d'amateurs, jusqu'en Angleterre. Avec cette application supplémentaire : la police s'occupe aussi de censure. Nous sommes donc de grands lecteurs, y compris des ouvrages interdits au commun.

— Le mien est passé au travers du filet, j'en suis fort aise. J'y avais paré, d'ailleurs, en punissant mes personnages à la fin du roman. Ainsi la morale courante était sauve. J'avais consacré trois cents pages au vice, j'en ai ménagé dix pour la vertu... Ainsi les censeurs étaient satisfaits.

— Ce fut peut-être une erreur, reprit Nicolas. Votre description des mœurs dans la haute société est propre à exciter tous les ressentiments. Valmont et Merteuil, vos héros à l'âme si noire, sont d'une classe censée tenir la société debout. Ils ne cessent d'en miner les bases par leurs intrigues cruelles et leur mépris des victimes. Sans parler de leur indifférence hautaine pour les préceptes de la religion.

— J'y ai vu au contraire un message utile au royaume, se risqua Bourdeau, la nécessité de la réforme, l'aspiration à l'égalité, en excusant par un sourire la contradiction qu'il portait contre Nicolas.

Celui-ci l'interrompit :

— Mon ami Bourdeau a la tête farcie d'idées nouvelles. Il grinche depuis toujours contre les us de notre société. C'est un Figaro de la police. Il déteste ceux qui se sont seulement donné « la peine de naître ».

— Il n'a pas tort, répliqua Laclos. Depuis la Régence, la noblesse n'a pas tenu son rang. J'en ai fait le sujet de mes *Liaisons* ; c'était à dessein. Si elles ont connu cette notoriété, ce n'est pas seulement parce que j'y peins la corruption des mœurs et les écarts des libertins. L'innocence y est outragée, celle de Cécile Volanges ou de la présidente de Tourvel. Mais elle l'est encore plus dans la réalité du siècle. Mes lecteurs ont reconnu ce qu'ils voient tous les jours autour d'eux.

Les soufflés portés par Beauvilliers éclipsèrent ces dissertations littéraires. Dans trois pots de porcelaine, la pâte dorée et parfumée de truffe était gonflée comme des petites montgolfières et prenait l'aspect de ballons croustillants débordant en volutes bombées. Le silence se fit pendant que les convives, conformément aux instructions reçues, crevaient aussitôt de leur fourchette ces enveloppes prometteuses. Un fumet exquis s'en échappait et, à l'intérieur, la solidité fragile de la croûte était compensée par le velouté jaune et soyeux de la purée montée en sauce onctueuse, relevée par le goût des truffes. Nicolas découvrait ce monde de raffinement qui le transportait dans une région du goût inconnue et envoûtante. Le cuisinier était resté debout auprès de la table pour contempler l'effet de son art, et peut-être aussi, se dit Nicolas décidément méfiant, pour surprendre quelques bribes d'une conversation qui l'intriguait.

Sentant l'heure tourner, Nicolas reprit le questionnement policier, après un compliment sincère pour Beauvilliers, qui, percevant que son insistance prolongeait le silence, finit par retourner à ses fourneaux.

— Vous n'avez donc pas l'idée de ce qu'a fait Mme de Fitz-James après votre départ ? Ni qui elle a pu rencontrer.

— Pas la moindre. Je suis retourné au Palais où je devais recevoir quelques invités tardifs du duc.

— Ou quelques sémillantes invitées ? Toujours ces soupers fins…

— Certes. Mais rassurez-vous, je suis ensuite monté me coucher. J'ai conservé de mes années militaires un horaire régulier et une certaine pruderie. Je suis artilleur, le duc est un marin, qui s'est illustré à la bataille d'Ouessant. Il est habitué à avoir une femme dans chaque port.

— Avez-vous un soupçon sur ceux qui ont perpétré l'enlèvement et l'assassinat ?

Beauvilliers reparut, portant cette fois trois assiettes cachées par des couvercles d'argent en forme de cloche. Il posa les plats devant chaque convive, se pencha sur la table et souleva d'un geste unique les deux dômes d'argent réservés à Bourdeau et Nicolas. Un fumet de gibier adouci par l'odeur rassurante du beurre fondu s'en échappa, titillant cruellement les papilles des deux invités. Beauvilliers découvrit de même l'assiette de Laclos et se lança dans une tirade solennelle :

— Voici des suprêmes de faisan Beauvilliers, agrémentés de rognons de coq frits à la Villeroi, avec lame de truffe et fumet de gibier. J'ai levé et paré les suprêmes à la poêle légèrement rôtis au beurre fondu, sans les laisser dorer trop, avec sel et paprika. Ils reposent chacun sur un lit de mousseline de gibier cuite dans un moule adéquat en forme de côtelette, la farce à mousseline provenant des cuisses des faisans ici présents. J'ai disposé en cercle, comme messeigneurs peuvent voir, les suprêmes arrangés comme les sentinelles d'une forteresse qui protègent, pour peu de temps, les rognons de coq à la Villeroi coiffés d'une lame de truffe. J'ai enfin nappé et saucé le tout, en espérant que vous exercerez sur cette préparation votre légendaire indulgence.

— Notre légendaire exigence, rétorqua Laclos, dont je pressens qu'elle ne sera pas déçue.

Ce numéro de théâtre a un avantage, se dit Nicolas, il permet peut-être à Beauvilliers de reparaître au milieu d'une conversation qui l'intéresse. Il chassa ces soupçons quelque peu maniaques mais attendit que le Vatel du Palais-Royal fût retourné à ses casseroles, tandis que les trois convives s'attaquaient avec ardeur aux suprêmes si mâlement annoncés.

— Avez-vous, disais-je, quelque soupçon sur les commanditaires du crime ?

Laclos, concentré sur les faisans, réitéra son ignorance. Il ne pouvait guère, confessait-il, qu'avancer des conjectures.

— J'y vois la main possible des exagérés des deux bords, les uns ou les autres, dit-il. Mais c'est pure spéculation. Qui voudrait empêcher la conjonction des Bourbons et des Orléans, si cela est le mobile du crime ? Les exaltés qui se réunissent au Club breton, qui veulent précipiter la Révolution et combattent tout arrangement intermédiaire. Ou bien certaines factions aristocratiques, que révulsent ces changements, et qui souhaitent presser l'affrontement entre la Cour et le peuple, parce qu'ils croient en sortir vainqueurs. Ce que je sais, c'est que le manque de pain fait chauffer sans cesse la bouilloire populaire. Je le sens ici, au Palais-Royal. Dans les attroupements qui se forment de nouveau, j'entends la musique martiale du 14 juillet. Paris est au bord de l'explosion. L'autre jour encore, un nommé Saint-Huruge a tenté d'entraîner la foule sur Versailles. Il a échoué. Mais un autre peut réussir.

— Pardonnez-moi, monsieur de Laclos, coupa Nicolas, mais le duc et ses amis, dont vous, participent de cette émotion permanente, par les pamphlets qu'ils stipendient, par les agents qu'ils introduisent dans la populace.

— Nous voulons savoir. Nous voulons être au cœur de la mêlée pour l'orienter et la canaliser.

— Ou pour la déclencher.

— C'est la Cour qui peut la déclencher, par sa maladresse. Le pain manque, monsieur de Ranreuil, vous le savez mieux que moi, vous qui avez connu les effets de la disette, vous qui avez vu la guerre des farines sous le défunt Louis XV. Une fois lâché, le fauve populaire est imprévisible et sans pitié. Ce dîner a aussi un but, je vous l'avoue ; le duc souhaite, faute d'avoir pu le faire par le truchement de Mme de Fitz-James, passer par vous, policiers de haute volée, notre message à Marie-Antoinette et au roi : transigez, Sire, il en va de votre couronne et peut-être de votre vie. Le duc s'offre en intercesseur. Saisissez cette perche, qui seule peut vous sauver ! Sinon la voix du peuple se fera entendre. Elle sera moins civile que la mienne.

C'était la deuxième fois en deux jours qu'un protagoniste de la crise adjurait la monarchie au compromis, Mirabeau la veille, Laclos et le duc aujourd'hui. Il fallait décidément voir le roi... Le dîner s'acheva par des tartelettes aux poires et aux pommes, relevées d'un calvados répandu en nappe sur les fines tranches de fruits caramélisées. L'enquête policière, pensa Nicolas en buvant son café, n'a pas avancé beaucoup, sinon qu'on était sûr maintenant que le cadavre repêché dans la Seine était celui d'un autre correspondant de Mme de Fitz-James, dont il manquait l'identité. L'investigation politique s'était en revanche éclaircie, après les explications de Mirabeau et celles de Laclos. La Cour hésitait entre affrontement et conciliation.

Mirabeau d'un côté, le duc d'Orléans de l'autre s'offraient en sauveurs, chacun guignant une place éminente qui satisferait son ambition politique. Tout cela était clair mais ne conduisait pas aux criminels. Il était temps de revenir au métier dans sa pureté : retrouver la berline jaune et, peut-être, la geôle de la princesse qui attendait son chevalier.

VIII

PRISON

« L'audace croît à l'expérience. »

Pline le Jeune

Rabouine déambulait dans la rue du Faubourg-Saint-Antoine encombrée de passants affairés, entre les devantures des artisans du bois dont on entendait le va-et-vient des scies et les coups de marteau. Il poussait une petite carriole et criait par intervalles : « Rémouleur ! Rémouleur ! Repasse couteaux ! Repasse ciseaux ! » Il avait conçu ce stratagème pour surveiller telle ou telle portion de rue sans éveiller la méfiance. Au passage, il avait acquis les tournemains du métier, aiguisant les instruments émoussés sur une petite meule qu'il actionnait au pied avec une planchette reliée à une courroie circulaire. Il attirait souvent les clients et donnait d'autant mieux le change.

Nicolas et Bourdeau venaient de la Bastille qu'on avait entrepris de démolir sur ordre de La Fayette et dont on vendait déjà, dans des échoppes, les pierres gravées ou sculptées, comme souvenirs du 14 juillet.

Ils avaient laissé là leur fiacre et continué à pied. Voyant Rabouine, ils l'abordèrent en tendant leur poignard comme des clients de passage. Aiguisant les deux coutelas, la mouche habile rendit compte.

— L'impasse est ici à gauche, dit-il en désignant de l'œil un coin de rue. J'y ai fait ma ronde de rémouleur. Elle compte six maisons et un grand portail de pierre tout au fond. Les portes des maisons sont étroites : la berline est donc passée par le portail. Un pratique est venu avec ses couteaux et ses scies. J'ai jasé en frottant les ustensiles. C'est un ancien couvent acheté par un riche seigneur, dont il ignore le nom. Il y a très peu de visites, parfois un homme enveloppé d'un manteau noir qui reste une heure et qui repart. Il porte alors un panier, sans doute plein des victuailles nécessaires aux occupants, que personne n'a vus, pas plus que la berline jaune. Mais elle est arrivée de nuit : il n'y avait pas de témoin en dehors de notre porte-falot providentiel.

— Y a-t-il des chiens ? demanda Bourdeau.

— Je ne crois pas. Le couvent est silencieux nuit et jour. Il est au milieu d'un parc, c'est tout ce que j'ai pu savoir.

— Et les murs ?

— Hauts de deux toises, avec des piquants sur le faîte. Mes exempts ont fait le tour : il y a une autre porte, petite et délabrée, brouillée de feuillage. M'est avis qu'on l'ouvre rarement.

— Elle peut servir d'échappatoire, remarqua Bourdeau.

— Il serait dangereux d'investir le couvent de vive force, dit Nicolas. Si la princesse y est prisonnière, gardée par des sbires, ceux-ci risquent de nous mirer de loin. Ils peuvent l'estourbir avant de prendre la fuite. Mieux vaut reconnaître le lieu à l'avance et évaluer nos chances.

Ils convinrent de revenir à la brune et de pénétrer discrètement dans le parc à la faveur de l'obscurité. L'absence de chiens leur donnait une chance. Ils se séparèrent pour se retrouver après sept heures, laissant Rabouine surveiller l'impasse. Ils retournèrent au Châtelet et rameutèrent cinq mouches et un inspecteur. Ils leur donnèrent leur mission : si l'homme en noir reparaissait, les policiers l'attendraient et le suivraient subrepticement pour tâcher de savoir où il demeurait.

À sept heures, l'obscurité envahit la ville sous un ciel maussade et sans lune. Nicolas s'était muni d'une corde, d'une lanterne sourde et d'un deuxième pistolet. Flanqué de Bourdeau, il entra dans l'impasse déserte et s'approcha du portail. De chaque côté, le mur courait le long d'un sentier étroit qui le séparait des maisons voisines. Il marcha quelques mètres et fit avec la corde une large boucle fermée d'un nœud coulant qu'il lança vers les piques pointées au sommet du mur. La corde retomba sans s'accrocher. Il recommença ; à la quatrième tentative, elle se fixa à l'une des pointes. S'aidant des aspérités de la maçonnerie, il se hissa sur le faîte, se coula entre deux piques, s'assit à califourchon et fit passer la corde de l'autre côté. Il attendit une minute, craignant d'avoir été surpris par quelque guetteur. N'entendant que le bruissement des feuillages dans le vent, il descendit dans l'herbe du parc en prenant mille précautions, puis s'accroupit, laissant ses yeux s'habituer à l'obscurité. À vingt toises, il vit à travers les fourrés la masse sombre d'une maison trapue et silencieuse. À droite, un bâtiment plus petit se dressait dans l'ombre, fermé par des portes massives. Deux lumières brillaient, l'une au rez-de-chaussée, l'autre à l'étage. Il n'osa pas allumer la lanterne sourde, ne sachant si les occupants étaient tous dans la maison, ou bien si d'autres personnes se trouvaient dans un commun ou bien dissimulées dans une chambre obscure, l'œil aux aguets. Au bout d'un moment, il avança lentement en écartant les branches des buissons, jusqu'à se retrouver devant une allée de gravier qui le séparait de l'ancien couvent. Il allait se risquer à découvert quand il entendit grincer le portail. Il se recula prestement à l'abri du feuillage, le cœur battant.

Une silhouette en manteau long passa non loin de lui, une lanterne à la main, faisant crisser les cailloux de l'allée sous ses pieds. Il entendit la porte s'ouvrir, quelques éclats de voix résonnèrent dans la nuit, puis le silence se fit de nouveau. Il attendit quelques minutes, puis franchit l'allée en quelques pas furtifs et se plaqua contre le mur du couvent. Pris d'une inspiration, il se dirigea à l'opposé de la porte d'entrée, vers le second bâtiment qui semblait une grange ou une écurie, sombre et silencieuse. Il y avait en fait deux portes, dont l'une était divisée à l'horizontale. Il passa la première, gageant que c'était l'écurie proprement dite, où les chevaux devaient se tenir. Il ouvrit sans bruit la seconde, qui avait deux grands battants et se glissa à l'intérieur. Il alluma sa lanterne sourde : la berline jaune lui apparut. Ainsi il en avait le cœur net. Il sortit aussitôt.

Lentement, il revint vers le couvent, se glissa vers la fenêtre éclairée et jeta un coup d'œil à l'intérieur. Un feu brûlait dans la cheminée, éclairant d'une lumière fauve trois hommes en conclave. L'un était debout, tirant du panier pâtés, jambons et tartes qu'il disposait sur la table. Les deux autres l'observaient, assis dans des fauteuils à bascule, fumant leur pipe. À travers la fenêtre, à cause du vent qui bruissait à ses oreilles, Nicolas ne distinguait pas leurs propos. Il remarqua seulement que le visiteur était masqué, et qu'il avait jeté son manteau noir sur une liseuse près de l'entrée. Il resta là quelques minutes, observant le visage des deux hommes assis dont il présumait qu'ils étaient des gardes, peut-être les geôliers de la princesse. Ils avaient le pistolet à la ceinture et deux épées étaient posées près d'eux sur une table basse.

Il était inutile de rester plus longtemps, un regard machinalement jeté par la fenêtre pouvait révéler sa présence. Il se retira à pas de loup et recula dans l'allée pour apercevoir la fenêtre de l'étage, elle aussi illuminée. Rien ne bougeait. Il reprit son poste dans le buisson et attendit. Quelques minutes plus tard, il vit passer dans l'embrasure de la fenêtre, à travers les barreaux qui en scellaient l'accès, l'ombre chinoise d'une femme découpée par la lueur d'une bougie ou d'un candélabre.

Il réfléchit un moment, balançant sur ce qu'il devait faire. Puis une idée lui vint. Il n'avait aucun doute : les trois hommes du bas étaient des cerbères, la femme de l'étage, Laure de Fitz-James, enfermée dans une chambre close par des barreaux. Il s'abrita derrière un arbre, alluma sa lanterne, prit son carnet d'enquête, puis une mine qu'il tira de sa poche intérieure et griffonna un mot. Il déchira la page et revint se poster dans son buisson.

Il saisit un petit caillou dans l'allée qui s'étendait devant lui et, calculant au mieux son coup, l'expédia vers la fenêtre de l'étage. Rien ne se passa. Il attendit encore quelques minutes et réitéra l'opération. Le caillou rebondissait sur la vitre avec un bruit cristallin.

Puis son attente fut récompensée : la fenêtre s'ouvrit et la femme apparut dans la lumière. Sans mot dire, elle inspectait l'obscurité, manifestement intriguée par cette discrète intrusion. Nicolas prit alors son risque : il avait entouré un autre caillou avec la note qu'il venait d'écrire. Il le lança avec adresse à travers la fenêtre. Le projectile frôla la jeune femme et tomba à l'intérieur.

Il attendit encore. Au bout d'un long moment, la silhouette de la jeune femme reparut. Une main fit un signe à travers les barreaux et la fenêtre se referma. Ainsi son raisonnement était juste : Laure de Fitz-James, pleine de sang-froid comme il l'escomptait, avait lu le message et résolu d'attendre les événements sans plus bouger.

Reparti comme il était venu, Nicolas retrouva Bourdeau qui se rongeait les sangs derrière le mur.

— Nous opérons cette nuit à quatre heures, dit-il à son adjoint. La princesse est là, je lui ai passé un message, elle agira en conséquence.

— Quelle belle combinaison ! lança Bourdeau à mi-voix.

— Attends la fin, rétorqua Nicolas, ces spadassins sont armés jusqu'aux dents. Il faudra agir en silence. Tout reposera sur notre rapidité et notre discrétion.

— Le visiteur est toujours à l'intérieur, ajouta Bourdeau.

— Il va repartir, je présume. Rabouine attendra à l'entrée de l'impasse et les mouches feront leur travail. S'ils le suivent dans les règles, nous aurons débusqué son repaire.

Revenus au Châtelet, ils battirent le rappel des inspecteurs de garde et leur décrivirent le plan qu'ils avaient conçu pendant le trajet du retour.

Quelques heures plus tard, ils étaient en place autour du couvent. À l'heure exacte de leur montre, quatre inspecteurs lancèrent leur corde vers les piquants, en même temps que Nicolas et Bourdeau. Deux autres étaient en poste près de la petite porte, de l'autre côté du parc, pour prévenir d'éventuels fuyards. Ils franchirent sans bruit le mur d'enceinte et s'accroupirent à l'intérieur, pistolet à la main et à la ceinture. Puis cinq minutes après quatre heures, rien n'ayant donné signe de vie, ils se rapprochèrent de la maison obscure et silencieuse. Il n'y avait pas de tour de garde. De toute évidence, les geôliers comptaient sur l'efficacité de leur cachette et dormaient la nuit comme tout un chacun. Grave imprudence, se dit Nicolas.

Il retrouva son poste d'observation dans le buisson, devant l'allée de gravier. Il allait gagner le mur de la maison, comme convenu avec les autres assaillants, quand il entendit le bruit d'une chute dans l'allée et un juron mal étouffé. Il s'immobilisa, espérant que le bruit n'avait pas donné l'alerte. Il fut aussitôt déçu. Une lumière s'alluma dans la pièce du bas, la porte s'ouvrit et la silhouette d'un des deux gardes se découpa dans l'embrasure de la porte.

Il n'y avait plus à balancer. Nicolas se précipita vers l'entrée en criant à pleine voix : « En avant ! Police ! En avant ! » Tous se ruèrent vers la maison. Il vit l'homme de garde prendre son arme. Il pointa son pistolet et fit feu. Le sbire s'écroula avec un gémissement. Nicolas enjamba le corps et fit irruption dans la pièce. Elle était vide. Les inspecteurs le suivaient de près et tous se pressaient autour de lui, une lanterne à la main, un pistolet dans l'autre.

— Vite, à l'étage ! cria-t-il, pressentant le pire.

Ils ouvrirent une autre porte et se jetèrent dans

l'escalier, montant les marches quatre à quatre. Un coup de feu les arrêta. Ils se regardèrent un instant, avec un regard d'effroi. Arrivés sur le palier, ils virent une porte entrouverte. Nicolas s'y engouffra. Il trébucha sur un corps et faillit s'étaler de son long dans la chambre. Reprenant son équilibre, il constata que le deuxième spadassin gisait inanimé sur le sol, les débris d'un vase de nuit autour de lui, une blessure saignante à la tête et un pistolet encore fumant à la main. Une forte odeur d'urine empestait la pièce.

Au milieu de la chambre, une jeune femme frémissante en chemise de nuit tenait encore l'anse du vase comme un trophée. Elle considéra les policiers et leur décocha un large sourire. Décontenancé, Nicolas resta muet. Puis il lâcha d'une voix blanche :

— Nicolas Le Floch, commissaire au Châtelet.

— Laure de Fitz-James, monsieur, dame d'honneur de la reine.

IX

ZIZANIE

> « Les querelles ne dureraient pas longtemps si le tort n'était que d'un côté. »
>
> *François de La Rochefoucauld*

Mardi 29 septembre 1789

Dans le salon de Semacgus régnait une atmosphère de triomphe. La délivrance de la princesse et l'arrestation de ses geôliers marquaient une opération de police de haut vol. Une joyeuse satisfaction dominait les regards et les paroles des convives attablés autour de l'ancien médecin de marine, vieil ami de Nicolas qui l'épaulait de son savoir et de sa sollicitude dans les enquêtes.

Plutôt que revenir au Châtelet où l'arrivée de deux blessés et, surtout, l'apparition de la princesse de Chimay, n'eussent pas manqué d'exciter les rumeurs, ruinant sans remède la discrétion de l'enquête, Nicolas avait préféré trouver asile chez Semacgus, familier des intrigues, fort apte, de surcroît, à soigner les deux spadassins prisonniers, qui restaient muets à toute interrogation. Dans la vaste maison de Vaugirard, on avait préparé une chambre pour Laure de Fitz-James, qui avait veillé toute la nuit dans l'ancien monastère en attendant ses libérateurs. La jeune femme, en effet, prévenue par le bruit des cailloux sur sa fenêtre, avait ramassé prestement le message expédié par Nicolas, qui lui demandait de rester éveillée en attendant l'arrivée de la police. Vers quatre heures, entendant les cris, les coups de feu, elle avait pressenti qu'un des ravisseurs chercherait à lui faire un mauvais parti. Elle s'était postée derrière la porte de la chambre et avait brisé son vase de nuit sur la tête de l'agresseur, lequel s'était retrouvé, une heure plus tard, ligoté, un bandage sur la tête, allongé sur le plancher de Semacgus avec son comparse blessé à l'épaule.

Les deux policiers avaient dormi quelques heures et devisaient maintenant autour de la grande table de l'office avec Semacgus, tandis qu'Awa, l'exotique compagne du médecin, disposait devant eux tourtes, saucisses grillées, relevés et gâteaux aux amandes, agrémentés d'un vin de Loire léger et rafraîchissant. Pourtant une frustration demeurait. Malgré les explications dispensées par Laure de Fitz-James, il leur manquait toujours l'élément essentiel : qui avait commandité le forfait ?

Au Palais-Royal, ce soir-là, l'homme que la jeune femme avait rencontré après Laclos était l'un de ses espions, le valet Bormes, placé dans l'entourage du marquis de Favras, que la Cour soupçonnait de menées douteuses. Sortant du jardin, au moment où ils allaient se séparer, la princesse et son informateur avaient été précipités dans la berline jaune. Effrayé, éperdu, Bormes s'était débattu comme un diable. Alors l'un des ravisseurs lui avait logé froidement une balle dans le cœur, avant de se débarrasser de son cadavre défiguré dans la Seine, sous les regards horrifiés de la princesse. Laure de Fitz-James avait ensuite été enfermée au premier étage de l'ancien couvent, nourrie d'un plateau de victuailles qu'on déposait sans mot dire sur sa table de chevet. Qui était exactement ce Bormes ? Qu'avait-il appris dans son emploi auprès de Favras ? Pourquoi se méfiait-on de ce marquis, homme de cour lui aussi, que Nicolas avait parfois croisé dans les couloirs de Versailles ? La jeune femme avait esquivé les questions, prétextant une bien réelle fatigue et s'était retirée dans la chambre de Semacgus sans lâcher un mot de plus.

— Voilà une jeune princesse bien courageuse, dit Bourdeau en se servant un verre de vin à la jolie couleur rouge vif.

— Et très discrète, répondit Nicolas, qui s'impatientait de la lenteur de l'enquête, soudain freinée par le laconisme de Laure de Fitz-James.

— J'entends que vous tressez mon éloge, fit une voix cristalline et rieuse. En deux phrases, vous me gratifiez de deux qualités !

Ils se tournèrent vers l'escalier. Rose et fraîche, serrée dans son costume de chasse qui mettait en valeur une taille mince et une gorge bien arrondie, la princesse descendait les marches d'un pas léger. Son sourire illuminait un visage d'espiègle harmonie, avec de grands yeux sombres et une bouche délicatement charnue. Nicolas fut frappé de l'apparition, si conforme, dans la pleine lumière, au médaillon qu'il avait admiré. Laure de Fitz-James vint s'asseoir à la table avec un regard enjôleur. Elle prit une assiette, un couteau et se découpa une part de tourte d'une main vive et fine.

— Messieurs les policiers, je ne saurais vous remercier assez de votre diligence et de votre habileté. Vous m'avez sauvée de bien tristes sires, croyez en ma gratitude.

— Vous vous êtes sauvée vous-même, protesta Nicolas avec une amabilité cajoleuse qui fit sourire Semacgus.

— Ce vase de nuit fut providentiel, lança-t-elle en riant.

— Et manié d'une main experte, ajouta Bourdeau.

Soudain soucieux, Nicolas décida de faire trêve de compliments et d'en venir au fait.

— Madame, nous avons certes mis fin à cette honteuse séquestration, mais nous n'avons pas le fin mot de l'affaire. Il faut nous en dire plus. Quel soupçon concevez-vous contre le marquis de Favras ? Que vous a dit ce pauvre valet qui a payé de sa vie les renseignements qu'il s'était procurés ?

— Vous allez vite en besogne, commissaire, répondit la jeune femme d'une voix douce. Je veux d'abord faire honneur au repas si élégamment offert par notre hôte. Monsieur…

— Semacgus, médecin de la marine, déclara l'hôte, amusé de la situation.

— Médecin de la marine ? Comme c'est romanesque.

Nicolas commençait à bouillir intérieurement. Il se contint pour rester courtois.

— Madame, reprit-il d'un ton un peu pincé, nous œuvrons pour le service du roi. Nous avons un pressant besoin d'être éclairés. Ces assassins ne reculent devant aucun expédient. Ils complotent assurément contre la Cour : c'est l'hypothèse la plus vraisemblable. Il faut les arrêter au plus vite. Nous ne saurions rester longtemps dans l'ignorance des tenants et des aboutissants.

— Ces tenants et ces aboutissants, répliqua Laure, comme vous dites, commissaire, dépassent les missions de la simple police. Nous sommes ici plongés dans une affaire d'État.

— La simple police, madame, comme vous dites, a précisément pour mission de dénouer cette affaire d'État.

— Monsieur, souffrez que je m'en ouvre d'abord à celle qui m'a confié ma tâche, qui dépasse les compétences d'un commissaire : la reine.

— Je travaille aussi pour elle, madame.

— Comme toute police, cher commissaire. Mais encore une fois, nous touchons à bien d'autre chose qu'un crime de malandrin.

— J'avais cru le comprendre, madame, relança Nicolas avec une froide ironie. Mais nous risquons de perdre un temps précieux, alors que la célérité de nos adversaires fait peser une menace évidente sur la Couronne.

— Laissez-moi juger des menaces qui pèsent sur la Couronne, commissaire, coupa Laure de Fitz-James, vous avez admirablement accompli votre travail, laissez-moi faire le mien.

Nicolas resta court, tandis que Semacgus et Bourdeau échangeaient des regards hilares. Bourdeau tenta une médiation.

— Le plus simple serait que vous alliez tous deux à Versailles au plus vite, puisque la préséance donne à la reine la primeur de l'information.

— Cette préséance est un obstacle à l'action de la police, lâcha Nicolas, qui était près de signifier à la princesse son arrestation pour entrave à la justice du roi.

Une nouvelle fois, il se contint, gardant un silence buté.

— Ne nous querellons pas, commissaire. Votre adjoint a raison. Je dois rejoindre Versailles au plus tôt. Ensuite nous pourrons agir.

Ces brèves paroles une fois prononcées d'un ton sans réplique, elle se tourna avec un sourire vers Semacgus.

— Votre chère est excellente, docteur. Mais dites-moi, avez-vous assisté à l'un de ces combats navals si cruels et si glorieux ?

Semacgus, flatté qu'on s'intéressât à lui, se rengorgea, tout en adoptant une mine de modestie.

— J'étais infirmier à la bataille de la baie de Chesapeake. Nous pataugions dans le sang. J'ai aussi vu la bataille d'Ouessant, comme chirurgien cette fois. J'ai dû couper une trentaine de bras et de jambes.

— Quelle horreur, et quel courage !

Nicolas, n'y tenant plus, se leva d'un bond et, pour éviter que la confrontation feutrée ne tournât à l'incident ouvert, prétexta d'aller préparer la voiture.

— Nous prendrons mon cabriolet, je l'ai fait atteler, lui lança Semacgus.

— Fort bien, je vous attends dehors, dit Nicolas avec humeur. Pierre, ajouta-t-il, il faut suivre au plus près cet homme en noir, qui me paraît un froid coquin. Tôt ou tard, il nous mènera à son patron.

— Rabouine s'en charge, précisa Bourdeau. Pour l'instant, il est rentré chez lui, dans la rue des Petits-Champs. Tout est prêt pour le tracer au plus serré.

— Soyez nombreux, il est de toute évidence rompu aux manœuvres.

Un quart d'heure plus tard, Semacgus et Laure montaient avec Nicolas dans la voiture du médecin, qui fit force bride vers l'octroi de Vaugirard. Le trajet fut une épreuve pour Nicolas. Le médecin et la jeune femme continuaient à jaser comme dans un salon, pendant que le commissaire toujours ulcéré contemplait en silence le paysage forestier. La beauté de la jeune femme, qu'il ne pouvait s'empêcher de reconnaître à chaque regard, la lui rendait d'autant plus horripilante. Quelle prétention hautaine, se disait-il, et quelle désinvolture ! Son expérience lui disait qu'il fallait à tout prix, comme dans toute enquête, maintenir le rythme des recherches. L'homme en noir ne mettrait pas longtemps à constater la fuite de sa prisonnière. Les conspirateurs s'égayeraient alors comme une volée de moineaux. Le dédain de la princesse pour le bas peuple policier desservait leur mission. Il allait perdre une journée pour respecter on ne savait quelle étiquette, alors que la reine, consultée, eût évidemment pressé les policiers de faire diligence, munis de tous les éléments nécessaires. Laure de Fitz-James faisait passer son rang avant son devoir, continuait-il en grinçant des dents. Il songea à Bourdeau qui pestait contre la société de castes à chaque occasion. Sans doute y verrait-il l'illustration parfaite de ses récriminations. Nicolas avait volontairement tu sa qualité de marquis de Ranreuil, dont la révélation n'eût rien changé face à une princesse suivante de Marie-Antoinette. Toujours cette « cascade de mépris » dont avait parlé Choderlos de Laclos. L'ordre se fondait sur l'honneur, qualité qu'il révérait avant tout et dont Laure de Fitz-James était manifestement très pourvue.

Mais le principe avait comme revers l'humiliation du reste de la société, qui éclatait avec violence depuis la réunion des États généraux. Nicolas se sentait traité en manant parce qu'il était commissaire et non courtisan poudré. Au fond, en vint-il à penser, tout en mesurant la vertigineuse implication de cette réflexion, les manants ont peut-être raison. Il chassa cette pensée séditieuse qui remettait en cause toute son existence et se concentra sur l'enquête, laissant Semacgus faire le beau avec un plaisir un peu ridicule.

Il fallait avant tout comprendre le rôle de ce marquis de Favras, que la Cour avait jugé bon d'espionner, quand bien même il serait un de ses familiers. Était-il à l'origine de l'enlèvement ? Auquel cas il était logique qu'il se débarrassât d'un espion placé près de lui. Ou bien les organisateurs du rapt appartenaient-ils à une autre faction nobiliaire, ennemie de la Couronne ? Laure de Fitz-James devait le savoir, se dit-il en jetant un regard noir à la jeune femme. Puis il se rasséréna en mettant sur pied un stratagème qui obligerait la rétive princesse à lui révéler ce qu'elle celait avec tant de morgue.

Arrivés à Versailles, ils se séparèrent. Laure disparut dans le château vers les appartements de la reine, Semacgus repartit vers Paris et Nicolas se dirigea vers le bureau où se tenait habituellement le marquis de Dreux-Brézé, le maître de cérémonie qui veillait sur l'agenda des souverains. Il avait son plan en tête. Trouvant le marquis penché sur ses papiers, il sollicita d'un ton pressant une audience auprès du souverain. Le roi, lui dit le maître des cérémonies, est à la chasse. Mais dès son retour, ajouta-t-il, la requête lui sera présentée.

Nicolas se retira dans sa chambre sous les combles.

À sept heures, un valet frappa à sa porte : le roi le recevrait aussitôt. Nicolas demandait rarement audience, mais chaque fois qu'il l'avait fait, Louis XVI avait perçu l'utilité de ces entrevues, toujours demandées en raison d'une affaire grave. Le commissaire rejoignit Dreux-Brézé qui l'attendait à l'entrée des appartements intérieurs du roi, où Louis XVI vivait et travaillait. Peu après, il fut introduit dans le salon d'angle qui servait au souverain de cabinet privé. C'était une magnifique pièce carrée décorée par Mansart donnant d'un côté sur la cour de Marbre et de l'autre sur la cour Royale, avec ses grands rideaux rouges, son parquet luisant et géométrique, son tapis de Chine et ses lustres illuminés d'une myriade de chandelles. Sur une commode d'acajou trônait le « candélabre de l'Indépendance » offert au roi par les insurgents d'Amérique qu'il avait tant aidés. Nicolas ressentait la majesté du lieu, où l'on avait négocié les traités avec l'Angleterre, les modalités du voyage de M. de Lapérouse, tout comme la stratégie des forces navales envoyées sur les côtes d'Amérique par la marine française.

Avec une gracieuse courtoisie, le roi se leva à son arrivée, quittant le secrétaire à cylindre où il gardait ses papiers, pour désigner une chaise à Nicolas, face à son vaste bureau de marqueterie vierge de toute feuille, où il s'assit en relevant ses basques. Son corps trop grand semblait comme à l'accoutumée l'embarrasser et il se laissa tomber dans son fauteuil.

— Mon cher marquis, j'ai tiré quatre-vingt-trois pièces aujourd'hui et je suis éreinté. J'ai hâte de vous entendre, vous venez, je suppute, me parler de l'affaire embrouillée du Palais-Royal dont la reine m'a touché un mot.

— Oui, Sire, cette affaire demande une action rapide.

Nicolas fit pour Louis XVI le récit de son enquête, de l'enlèvement à la délivrance, en passant par les entrevues avec Mirabeau, Choderlos de Laclos et la princesse. Le roi l'écouta d'un air grave, les mains posées à plat sur le cuir de son bureau, réagissant par une mimique impatientée quand Nicolas rapporta les conseils intéressés que Laclos et Mirabeau souhaitaient adresser à la Couronne, la pressant de prendre la tête de la Révolution pour éviter de s'y perdre.

— Vous avez fort bien mené cette affaire, marquis, dit-il quand Nicolas se fut arrêté. Je vous en fais le compliment. Notre pauvre royaume, il faut bien le concéder, est en mauvais arroi. J'ai voulu les États généraux pour écouter les doléances du peuple et trouver un moyen de remédier à l'état de nos finances. J'étais prêt – je le suis toujours, au fond – à en tirer d'utiles réformes. Mais ces députés rhéteurs ont passé la limite. Je ne puis abandonner ma fidèle noblesse, pas plus que mon clergé, qui défend les préceptes éternels de notre mère l'Église. C'est tout l'édifice de la société qui est maintenant en cause, c'est-à-dire tout ce que nos ancêtres nous ont légué et qui forme notre bien le plus précieux. J'ai écrit à l'Assemblée pour nouer une discussion honnête, pour tempérer ces décrets dont l'application est chimérique et jetterait le royaume dans l'anarchie et la licence. Elle m'a répondu par un ultimatum, qui heurte ma conscience et atteint à mon honneur.

— Sire, je crains que cette Assemblée, qui s'est monté la tête, ne tablât maintenant sur une nouvelle émotion populaire, que le manque de pain rend désormais probable…

— Je le sais, marquis, je le sais. Mais je ne veux

pas non plus faire donner la troupe. J'ai en horreur l'idée de faire couler le sang. Pour tout vous dire, puisque je parle en confiance à un homme fidèle, je suis dans les affres d'un cruel dilemme.

Il laissa sa phrase en suspens et prit soudain sa tête dans ses mains, contemplant d'un regard vide les dorures qui ornaient le cuir de son bureau. Nicolas l'observait le cœur serré. Il avait déjà été témoin du désarroi de ce souverain plein de bonnes intentions, mais écartelé entre sa générosité envers ses sujets et sa fidélité aux anciens principes. Il savait aussi que le couple royal sortait à peine d'une profonde mélancolie suscitée par la mort du petit dauphin, emporté au printemps par un mal incurable.

— Sire, dit-il doucement, cette hésitation offre un champ trop grand aux intrigues de vos ennemis.

Louis XVI se redressa et reprit d'une voix plus assurée :

— Je le sais aussi, c'est tout mon drame. Mon cousin Orléans ne cesse de manœuvrer contre moi. Il voudrait devenir lieutenant général, ce qui me ravalerait au rang d'une potiche. Mirabeau voudrait conduire un ministère renouvelé, peuplé de ses séides, qui mènerait le royaume selon les vœux des bourgeois de l'Assemblée. Ce qui ne vaudrait guère mieux pour ma couronne. Vous l'avez compris, c'est la toile de fond de votre affaire, qui est aussi la mienne. C'est moi qui ai conseillé à la reine de prendre langue avec nos adversaires, pour évaluer les conditions auxquelles ils consentiraient à un arrangement. La reine a missionné Mme de Fitz-James, qui est habile et énergique et dont la jeunesse dissimule bien sa qualité d'émissaire de la Couronne. Ce qu'elle a dit à Laclos et à Mirabeau obéit à mes vœux. Mais ces deux-là sont décidément trop gourmands. En revanche, je ne m'explique pas le rôle de ce valet, Bormes, qui a été exécuté de manière si expéditive. Il servait Favras, qui est homme de cour mais dont les agissements nous ont inquiétés.

— Quels sont ces agissements, Sire ? demanda Nicolas qui voyait un coin du voile s'entrouvrir.

— Favras recrute des spadassins, des mercenaires, des soldats de sac et de corde, pour constituer une force armée propre à tous les mauvais coups. Il est allé voir des banquiers pour obtenir des crédits et l'un d'eux s'en est ouvert à l'un de mes ministres. Voilà d'où viennent nos soupçons. Je ne sais ce que signifient ces manigances. Mme de Fitz-James avait pour mission de le découvrir.

— Sire, Mme de Fitz-James n'a pas voulu nous instruire en prétextant qu'elle devait d'abord en informer la reine. Si bien que nous sommes dans la nuit sur ce pan de l'affaire.

Louis XVI lui jeta un regard surpris. Il réfléchit un court instant, puis il ouvrit un tiroir, en tira une feuille de papier, et saisit la plume qui se dressait dans son encrier à sa droite. Il griffonna un mot, sonna et remit le pli au valet empressé qui avait pénétré dans le bureau.

— Nous allons éclairer cette intrigue sur l'heure, dit-il.

Quelques minutes se passèrent en propos anodins, puis la porte du cabinet s'ouvrit. Le marquis de Dreux-Brézé s'avança d'un pas.

— Sire, Mme de Fitz-James est là.

— Faites-la entrer.

La princesse passa devant Dreux-Brézé en le remerciant et s'inclina aussitôt pour saluer le roi. Elle se releva et elle aperçut Nicolas. Une intense surprise se peignit sur son visage. Elle ne dit mot et vint s'asseoir sur la chaise que le roi avait fait disposer devant son bureau et qu'il lui désignait d'un geste.

— Madame, vous connaissez déjà le marquis de Ranreuil, qui me sert avec zèle dans les affaires de police.

Laure se tourna vers Nicolas avec un faux sourire et un regard ébahi. De toute évidence, elle se demandait comment Nicolas Le Floch, simple commissaire du Châtelet, était devenu le marquis de Ranreuil, agent personnel du roi. Elle commençait à comprendre sa méprise.

— Nous souhaitons vivement savoir, reprit le roi, ce que vous avez appris sur les agissements du marquis de Favras. La rétention de ces informations ralentit l'enquête, qui m'importe au plus haut point. Que vous a donc dit cet espion assassiné par des sbires ?

Laure saisit aussitôt, avec un regard contrit, l'indirecte réprimande exprimée par Louis XVI. Elle répondit avec empressement :

— Sire, je viens de le tenir à la reine : le marquis prépare un complot.

— Diable ! Mais quel complot ?

— C'est l'étrangeté de cette affaire, expliqua Laure, je n'ai pas pu en connaître la nature. J'avais réussi par des voies obliques à placer ce Bormes, qui servait à la cour comme valet, auprès de Favras qui devait remplacer l'un des siens. C'était il y a deux semaines et il m'a fait son premier rapport l'autre soir au Palais-Royal, après que j'eusse rencontré Laclos. Il avait surpris quelques bribes d'une conversation en apportant les vins à table, vite interrompue quand il est entré. Il était question d'un déguisement, de la garde de Versailles et d'un événement futur dont la date ne pouvait être prévue.

— Voilà qui est bien disparate et obscur, lâcha le roi.

— Mais inquiétant au plus haut point, ajouta Nicolas. Si l'on parle de la garde et d'un déguisement, c'est pour s'introduire subrepticement au palais, à la faveur d'un événement quelconque.

— Mais un événement imprévisible, précisa Laure, selon ce que m'a dit Bormes.

— Il n'a rien su d'autre, par les domestiques ou en observant les visiteurs ? demanda Nicolas.

— Non. Les femmes de chambre, les valets, les cuisiniers ne disent rien, sans doute parce qu'ils ne savent rien. Quant aux visiteurs, ils sont rares et ce sont des gens de qualité, difficiles à soupçonner. Bormes a seulement remarqué une porte discrète dans le cabinet de Favras, qui donne sur l'arrière du jardin. Le marquis peut recevoir sans qu'on le sache dans sa maison.

— Est-il lié aux ravisseurs ? poursuivit Nicolas.

— Je ne puis le dire. Ces assassins me sont inconnus, les deux que vous avez arrêtés ne livrent rien. Quant aux autres que j'ai pu voir, ils étaient masqués en ma présence.

Le roi fit un geste discret signifiant qu'il ne souhaitait pas aller plus loin dans le détail de l'enquête.

— Mes amis, dit-il, je vous laisse le soin de poursuivre vos recherches. Mais cette affaire me préoccupe. Je découvre que mon cousin Orléans n'est pas le seul à manœuvrer contre moi dans la noblesse. Je devine que le marquis de Favras est sans doute à l'origine de votre enlèvement. Travaillez de concert et faites-moi rapport dès que vous aurez avancé. Je pense que…

Le roi fut interrompu par l'entrée de la reine, qui portait dans ses bras son plus jeune fils, un bambin souriant qui s'accrochait à sa robe bleue et blanche.

— Mon ami, dit-elle, vous vous souvenez que nous devons aller saluer ces soldats du régiment de Flandre qui sont réunis en banquet dans notre opéra royal. Ils sont plus de mille attablés et nous attendent.

— C'est vrai, ma mie, confirma le roi. Allons-y. La princesse de Chimay et le marquis de Ranreuil ont dénoué quelques fils de l'intrigue dont vous m'avez parlé. Ils vont poursuivre ensemble leur mission, qui nous importe beaucoup.

— Au plus haut point, répondit la reine. On complote à qui mieux mieux contre nous. Il faut en avoir le cœur net.

Nicolas intervint, mis aux aguets par l'annonce de la reine.

— Sire, vous allez apparaître en public dans l'opéra royal. Pouvons-nous vous accompagner ? Ces bribes rapportées par Mme de Fitz-James m'ont inquiété. Il est question de déguisement, d'entrée subreptice à Versailles. Pourquoi pas ce soir ? Nos ennemis sont décidés et pleins d'audace. Je serais plus rassuré en surveillant auprès de vous ceux que vous allez côtoyer dans ce banquet. Un garde averti en vaut dix.

— J'ai confiance dans mes soldats du régiment de Flandre, affirma le roi.

— Moi aussi, Sire, mais un assassin peut se glisser parmi eux s'il en porte l'uniforme.

— Ah, vous songez à un nouveau Damiens.

— Il était seul et il a manqué de peu occire votre aïeul Louis XV. Cette fois nous avons affaire à une bande, inconnue de nous et mue par une haine féroce. Ils ont exécuté un de vos agents, ils ont voulu me dépêcher à mon tour. Ils ne reculent devant aucune violence.

Louis XVI hésita un instant, regarda la reine qui approuva du menton les propos de Nicolas.

— Alors soit, nous irons ensemble à l'opéra. Votre compagnie rassurera la reine.

Louis XVI donna son bras à Marie-Antoinette, Nicolas et Laure suivirent, trois pas en arrière, et ce cortège impromptu, suivi par une compagnie de gardes, se dirigea vers l'aile nord du château où se situait l'opéra royal, à travers les salons d'apparat des grands appartements.

X

BANQUET

> « Comme l'imprudence est la source de toutes les disgrâces de la vie, la prudence en fait tout le bonheur. »
>
> *Chevalier de Méré*

Mercredi 30 septembre 1789

Quand Louis XVI entra dans sa loge, suivi de la reine qui portait le petit dauphin dans ses bras, une folle ovation fit trembler les murs de l'opéra. Sur la scène était disposée une table en fer à cheval recouverte d'une nappe blanche à fleurs de lys, où banquetaient quelque deux cents officiers du régiment de Flandre, de La Fère et des Trois-Évêchés, avec les chefs de la garde royale et ceux de la garde nationale de Versailles. Au parterre, derrière la fosse où se tenait l'orchestre du régiment, les soldats étaient attablés devant une théorie de plats innombrables et moult bouteilles presque toutes vides, parlant fort, riant et s'interpellant.

En service à Versailles depuis juillet, Nicolas savait qu'on ouvrait rarement l'opéra. La salle était réservée aux grandes occasions et l'on y montait des représentations seulement lors des mariages princiers ou des réceptions de souverains étrangers. Il fallait allumer à chaque fois quelque trois mille bougies, reconstruire les décors, mobiliser les cuisines, payer maintes victuailles pour offrir un festin aux hôtes de marque. M. de Saint-Priest, chef de la maison du roi, jugeant la dépense excessive en ces temps de déficit, freinait toute velléité d'user du théâtre. Mais les officiers de la garde royale, que l'arrivée du régiment de Flandre avait rassérénés, voulaient marquer l'occasion d'un faste notoire, en offrant à ces hommes de secours un banquet éclatant. Avec l'accord du roi, Saint-Priest s'était laissé fléchir. Ainsi on avait ouvert l'opéra royal et les agapes duraient depuis cinq heures de l'après-midi, sans cesse fournies par une noria de valets en livrée.

L'opéra occupait une vaste salle à colonnades en ellipse tronquée, selon la mode italienne. Il contenait plus de mille personnes à l'orchestre, auxquelles s'ajoutaient les spectateurs des balcons et les invités des loges d'honneur. Munie d'une complexe machinerie en sous-sol, la scène était profonde de plus de cent pieds et portait, ce soir-là, un décor forestier qui semblait se prolonger au lointain sur un fond de collines. Douze lustres, gros et ronds comme des montgolfières, tombaient du plafond, illuminés chacun de centaines de chandelles répandant sur les visages, les perruques et les uniformes une lumière cuivrée qui donnait à la scène l'allure d'une fantasmagorie.

L'ovation n'avait pas de fin. Au milieu d'une clameur à l'unisson, les bouilles joviales des soldats et les visages poudrés des officiers étaient tournés vers la loge royale. Certains levaient leur verre, d'autres applaudissaient frénétiquement, d'autres encore avaient tiré leur sabre et placé leur chapeau à la pointe pour le tendre à bout de bras vers les deux souverains. La salle retentissait d'un cri poussé à pleine poitrine qui semblait monter vers le ciel et rouler à l'extérieur, dans les allées du parc. « Vive le roi ! Vive la reine ! »

Entré avec Laure derrière le couple royal, Nicolas, toujours aux aguets, tentait de repérer parmi ces militaires exaltés celui qui gardait son calme ou semblait soucieux, trahissant l'indice d'une volonté suspecte. Il n'en trouva point. Tous semblaient exprimer, de la voix ou du regard, la même ferveur et la même fidélité. Seuls restaient inertes ceux qui s'étaient abîmés dans une ivresse hébétée. Deux ou trois soldats étaient même tombés par terre et cuvaient leur vin allongés sous les tables.

Le roi et la reine furent saisis de cet accueil frénétique, eux qui vivaient dans une impopularité croissante et craignaient de voir dans la troupe le signe de cette révolte qui secouait le royaume. Marie-Antoinette rayonnait, un sourire de bonté peint sur son visage. D'un geste furtif, le roi avait essuyé la larme qui roulait sur sa joue.

Quand le bruit s'apaisa, Laure en profita pour prendre le bras de Nicolas.

— Monsieur de Ranreuil, dit-elle, vous me voyez marrie de ma méprise. Je vous prie de me pardonner. J'ignorais que le commissaire Le Floch fût de notre monde.

— Madame, répondit Nicolas, Ranreuil et Le Floch sont la même personne. J'accepte volontiers votre excuse, qui signale une grande courtoisie. Mais je valais autant étant simple commissaire qu'en devenant marquis.

— Certes, monsieur, répliqua-t-elle, je sais que c'est l'idée nouvelle, celle du mérite contre la naissance, qui explique les événements. Mais notre royaume repose sur l'honneur et les devoirs de nos familles. Noblesse oblige. C'est une maxime que les gens nés tendent à oublier. En tout cas, c'est la mienne.

— Je le devine, madame, je crains seulement qu'il ne soit trop tard.

— Vous et moi, à notre place, reprit-elle, devons rattraper ce temps perdu et protéger la Couronne.

Il se tourna vers elle et lui jeta un regard un peu agacé.

— Je m'y emploie, madame, soyez-en sûre.

Elle répondit par un sourire qui disait l'espoir de la réconciliation.

Ils s'effacèrent avec déférence. Le roi s'était retourné pour quitter sa loge et descendre parmi les militaires, soucieux de saluer de plus près ses protecteurs. Son apparition sur la scène, derrière la table en fer à cheval où s'alignaient les soldats, souleva un nouveau tonnerre d'applaudissements. Louis XVI et Marie-Antoinette se mêlèrent à l'assistance, tendant la main à l'un, étreignant l'épaule de l'autre, souriant au troisième, échangeant des mots aimables avec tous.

Sentant le moment venu, le chef d'orchestre leva sa baguette et les musiciens entamèrent l'ariette du *Richard Cœur-de-Lion* de Grétry et Sedaine, l'opéra célébrissime créé cinq ans plus tôt et dont les refrains étaient dans toutes les mémoires. Aux premières paroles du ténor, les soldats reprirent l'ariette en chœur, dont le livret semblait avoir été écrit pour l'occasion. Il contait l'histoire du roi d'Angleterre revenu des croisades et enfermé dans une forteresse, secouru par de rares partisans.

Ô Richard ! Ô mon roi !
L'univers t'abandonne ;
Sur la terre il n'est donc que moi
Qui m'intéresse à ta personne !
Moi seul dans l'univers
Voudrais briser tes fers,
Et tout le reste t'abandonne !

L'orchestre bissa l'air qui fut répété avec le même entrain. Un officier tendit du vin aux souverains, qui burent sans apprêt quelques gorgées et levèrent leur verre en saluant la foule. Puis ils s'assirent au milieu des commandants des régiments et prirent sans cérémonie quelques tranches de grillade à leur portée. Nicolas et Laure se glissèrent en bout de table tandis que les valets posaient devant eux assiettes et couverts alors que le chœur tonitruant avait laissé place à un brouhaha amplifié par les libations répétées des militaires.

Encore anxieux, Nicolas observait l'assistance, tentant de déceler parmi les convives éméchés un signe d'hostilité, un air plus froid, un maintien suspect, une secrète détermination. Il ne voyait que fêtards débridés et trognes rougeoyantes, quand soudain son regard s'arrêta sur deux capitaines en uniforme bleu et rouge qui observaient la scène d'un œil sévère. Ils mangeaient et buvaient comme les autres, mais paraissaient distants et empruntés, le sourcil froncé et la bouche tombante. C'étaient des soldats de la garde nationale que l'Assemblée avait placés au château pour montrer son souci de la sécurité des souverains.

Cette garde venait d'être recrutée parmi les bourgeois de Versailles pour défendre l'ordre et prémunir les notables contre les émeutes des faubourgs. Elle était le bras armé de la classe montante, qui voulait la révolution mais redoutait la licence et tenait plus que tout à défendre la propriété menacée par les débordements du populaire. Nicolas se tourna vers Laure.

— Je subodore, madame, que ce banquet n'est pas le geste le plus politique qui soit, quand les Parisiens craignent la réaction de la Cour et s'alarment de la venue de ces régiments.

— Croyez-vous, marquis ? Je pense au contraire qu'il est bon de montrer sa force et de mettre en scène l'amour des soldats pour le roi.

— Puissiez-vous dire vrai. Mais songez à l'effet que pourrait produire le récit de cette soirée au Palais-Royal ou dans le faubourg Saint-Antoine.

— Le peuple reste acquis à la Couronne, rétorqua Laure. Il ne peut se gendarmer du suffrage que la troupe adresse au roi et à la reine.

Nicolas allait répondre quand un lieutenant du régiment de Flandre s'avança dans l'espace libre qui s'étendait devant la table aux trois côtés. Il titubait quelque peu, tout en contemplant les souverains d'une mine extatique. D'un geste de défi, il ôta son chapeau et en détacha la cocarde tricolore qui symbolisait l'adhésion au cours nouveau. Levant le bras, il la montra à l'assistance. Puis il la tourna lentement : l'autre face était blanche, la couleur que la tradition réservait à la monarchie. Alors, sous les vivats, il la fixa de nouveau à son chapeau. Aussitôt les soldats l'imitèrent, retournant eux aussi leur cocarde en criant encore à tue-tête : « Vive le roi ! Vive la reine ! »

Nicolas observait les officiers de la garde nationale,

qui montraient cette fois les signes de la plus vive indignation. Le roi souriait toujours, mais il échangea avec la reine quelques regards inquiets.

— Que vous disais-je, madame, lança Nicolas à Laure. Ces errements sont impolitiques au plus haut point. Il y a là des spectateurs qui réprouvent le spectacle. Que se passera-t-il s'ils répandent dans Versailles le bruit de ce banquet, que les patriotes ne peuvent tenir pour autre chose qu'une sarabande contre-révolutionnaire.

— Le peuple saura que nous sommes prêts à nous défendre, répondit Laure avec superbe.

— Il eût mieux valu qu'il ne fût pas prêt à nous attaquer.

— C'est l'affaire du roi et des ministres, reprit-elle, nous devons maintenant déjouer ce sombre complot. Ce sera plus utile que de vaticiner en politique. Il faut débusquer les marionnettistes de cette sinistre charade.

— Nos mouches suivent l'homme en noir. C'est la seule manière de percer le mystère, d'éclaircir le rôle de ce Favras et de prévenir tout attentat. Nous aurons des nouvelles de Bourdeau demain matin. Je suis sûr qu'il aura fait diligence.

De plus en plus exaltée, la soirée s'écoula jusqu'à dix heures, à peine interrompue par le départ de Louis XVI et de Marie-Antoinette, qui invoquèrent la fatigue pour se retirer dans leurs appartements. Ils durent d'ailleurs en sortir quand des bandes marchant en zigzag s'avisèrent d'aller danser sous leurs fenêtres dans la cour de Marbre, toujours chancelantes et vociférantes. Le roi et la reine apparurent au balcon pour les saluer et, sans doute, pour les calmer. Vers minuit enfin, sous les effets des vapeurs alcoolisées, les soldats épuisés regagnèrent leur quartier et Versailles retrouva une paisible torpeur.

Nicolas était sorti à la suite de la foule, imaginant avec frayeur la philippique que les feuilles patriotes pourraient tirer de ces scènes provocantes. Laure l'avait suivi et tous deux respiraient maintenant avec bonheur l'air frais de la nuit, qui portait les effluves du parc automnal. Après une courte marche en silence, ils se retrouvèrent devant l'entrée du château. Ils convinrent de se réunir le lendemain matin. Laure tendit sa main au marquis de Ranreuil, décidément adoubé dans son altier univers. Nicolas la saisit et s'inclina pour un furtif baiser. Il allait se redresser quand il sentit que la princesse abandonnait sa main plus longtemps qu'il n'était d'usage. La lumière du château éclairait un visage de madone qui lui souriait. Il sourit à son tour et s'approcha lentement. Alors elle retira prestement sa main et disparut à l'intérieur, le gratifiant d'un joyeux au revoir.

— Bonne nuit, monsieur le marquis, que votre rêve soit doux…

Il alla se coucher, un peu dépité.

Jeudi 1er octobre 1789

Le lendemain, il s'éveilla très tôt. La nuit enveloppait encore Versailles, un silence d'église régnait sur le palais qui se reposait des excès de la veille. Il fit ses ablutions avec le broc de faïence de sa table de toilette, revêtit ses vêtements de commissaire et marcha jusqu'à la cuisine de l'étage. Elle était encore vide, mais il y avait du café sur le fourneau, du pain dans la huche et des saucisses qui pendaient au-dessus du garde-manger. Il se restaura rapidement tandis qu'une aube grise filtrait par la fenêtre. Le parterre du Nord sortait de l'ombre, dévoilant sa verdure géométrique disposée autour du bassin de la Pyramide.

Il restait une heure avant le rendez-vous convenu avec Laure. Une occasion de réfléchir au calme à son enquête – et à cette jolie main un instant abandonnée – tout en contemplant le lever de soleil sur le parc doré par l'automne. Il parcourut les salons déserts et les couloirs vides, et sortit par une porte-fenêtre sur la terrasse majestueuse qui, sous la galerie des Glaces, faisait face au Grand Canal. L'air était frisquet et les rayons du levant perçaient difficilement la brume qui montait des buissons et des bassins. Le soleil pointa derrière lui, au-dessus du palais endormi, et la lumière rasante éclaira soudain l'horizon. Au fur et à mesure que l'astre montait dans le ciel, surmontant l'écran du château, une vague lumineuse s'avançait vers la terrasse comme vers une digue, révélant les feuillages aux couleurs fauves, les allées de gravier rectilignes, les pelouses au cordeau, les miroirs d'eau scintillants, les statues d'or qui resplendissaient. Derrière le dessin droit des jardins, le Grand Canal semblait une croix d'argent. Dans le matin serein, Versailles s'éveillait, impavide, ignorant les tempêtes qui levaient tout autour, témoin d'un ordre harmonieux, symbole d'une force paisible, héritier d'un monde de gloire et de raffinement.

Nicolas était assailli de sentiments qui s'entrechoquaient. Cet écrin d'une monarchie millénaire confortait sa fidélité au passé. Mais il voyait que la désinvolture de la Cour, exprimée la veille par ce funeste banquet, attirait à elle la colère de ce peuple si longtemps soumis et qui faisait sur la scène de l'histoire une entrée fracassante. Mirabeau, noble déchu, gentilhomme dévoyé, était plus lucide que tous les ministres empanachés. Fallait-il suivre ses mâles conseils ? Ou bien s'arc-bouter sur l'honneur et le devoir, selon les provocantes résolutions de Laure de Fitz-James ? Ce qui le ramenait à son devoir à lui. Après tout, il avait bien servi et s'était ménagé une vie heureuse sur la côte de Bretagne. Il pouvait s'en laver les mains et se consacrer à sa terre, son nom et sa famille. Mais le démon d'agir l'avait ressaisi. Impossible de quitter la scène sans jouer le dernier acte, c'est-à-dire défaire le complot et rendre au roi un dernier service éclatant. Impossible, de même, de négliger cette princesse à la fois hautaine et charmante qui faisait miroiter devant lui la séduction d'une nouvelle romance, le frisson de ces aventures imprévues dont il avait cru se retrancher. Aussi bien, il voyait dans Laure une conquête possible, une nouvelle victoire amoureuse pour lui, un nobliau qui n'était, après tout, qu'un bâtard heureusement reconnu. Piquante, vive, ingénieuse, Laure, en dépit de sa morgue naturelle, lui paraissait une femme supérieure, bien éloignée des marquises et des duchesses décoratives et sans jugeote qui peuplaient la cour de Versailles.

Submergé par l'aurore de Versailles, il s'abandonnait à sa méditation, quand un valet qu'il n'avait pas vu venir toussa derrière lui. Un jeune homme en livrée lui tendait un papier plié avec un air de conspirateur. Il remercia et déplia la missive. Un mot bref lui enjoignait de gagner aussitôt l'Orangerie, où il devait s'asseoir sur le banc de pierre adossé au bosquet de l'entrée. Croyant à un message discret de la princesse, il se dirigea vers l'aile sud. Arrivé à l'Orangerie piquée de cent arbustes, il s'assit sur le banc désigné par le billet anonyme. Il n'avait pas attendu cinq minutes qu'un étrange personnage apparut au détour d'un bosquet. C'était un vieillard aux jambes tordues qui marchait avec précaution appuyé sur une canne d'acajou au pommeau d'argent. Il s'approcha à petits pas et Nicolas le reconnut à sa perruque compliquée de l'ancien temps. L'instant d'après, M. de Sartine, l'ancien mentor du commissaire Le Floch, celui qui avait dirigé nombre de ses enquêtes, ancien lieutenant général et ministre de la Marine, s'assit à son tour sur le banc. Une nouvelle fois, Nicolas fut heurté par les ravages du temps. Sartine s'était rabougri, son visage plissé semblait accablé, son maintien souffreteux fleurait l'hospice plus que la cour somptueuse de Versailles. Mais très vite, il se rendit compte que l'ironie sarcastique de l'ancien ministre n'avait rien perdu de sa vigueur.

— Mon cher Nicolas, dit l'ancien maître des intrigues, je vous cherchais. Je voulais venir vous voir dans votre chambre, mais à mon arrivée, on m'a dit que vous étiez en promenade devant le château. Alors je vous ai tenu cet innocent billet.

— Qui m'a plongé dans l'incertitude. Mais je suis maintenant rassuré. Vous avez suivi mon enquête – je ne sais par quel sortilège. Je devine que vous en avez quelques lumières.

— Si peu, dit Sartine avec une fausse humilité. J'ai gardé quelques accointances et je m'intéresse à votre personne, comme vous savez.

— Pour mon plus grand bien, monseigneur.

L'air se réchauffait sous l'effet du soleil levant, un léger vent faisait bruisser les feuillages des buissons alentour. Sur un ton badin, Sartine résuma les résultats qu'avaient obtenus Bourdeau et Nicolas. Il fit l'éloge de Laure de Fitz-James, en qui il voyait une émissaire de la Couronne digne des temps du « secret du roi[1] ».

— En somme, conclut-il, vous connaissez les intrigues de Mirabeau ou celles du duc d'Orléans, mais vous ne savez qui actionne ces assassins. Le roi suspecte Favras, mais rien de tangible ne relie ce marquis de cour à ces spadassins.

— Rien, en effet, dit Nicolas. Il faudrait pour cela qu'un lien apparaisse entre l'homme en noir et le marquis. C'est la pièce manquante.

— Cette pièce, vous devez la trouver, Nicolas. Je suspecte quelque chose de plus inouï, une menace diffuse et d'autant plus redoutable.

— Et quoi donc ?

— Je ne sais encore et je ne dévoile jamais mon jeu, vous le savez.

— Mais ce jeu existe. Que pouvez-vous en dire ?

— Rien que supputations, mon cher.

— Mais encore ?

— Favras n'est pas un courtisan isolé. Il a des appuis, des alliés, un protecteur.

— Et lequel ?

— Je m'arrête là. Mais sachez que le roi n'a pas seulement un cousin. Il a des frères.

— Des frères ? Le duc d'Artois, le comte de Provence[2] ?

— Le comte d'Artois a émigré, mon cher, et non le comte de Provence, qui trône au Luxembourg, fort de ses moyens et de son intelligence, qui est grande. Monsieur[3] a toujours pensé que l'ordre de la naissance, entre lui et le roi, était une injustice. Et je reconnais qu'il sent mieux les affaires de l'État que Louis XVI. Provence est une tête politique quand le roi se perd en considérations morales qui ne sont pas de saison.

Mais vous me faites parler au-delà de mes intentions. Brisons là. Ce sont vaticinations d'un ministre retiré. Mon âge m'interdit les actions positives. Je ne puis que former des conjectures. C'est à vous de les vérifier.

Il prit le bras de Nicolas, soudain grave et la voix altérée.

— Mon enfant, c'est un homme dépassé qui vous parle. Vous et moi, nous avons rempli notre devoir pour maintenir la société et servir une famille dont les ancêtres ont fait le royaume de France. Cela suffit à justifier une vie. Les temps futurs ne m'appartiennent plus. Ils seront ce que les gens comme vous en feront.

Sartine se leva péniblement et fit quelques pas, appuyé sur sa canne. Il se retourna pour une dernière parole.

— Soyez aussi diligent que vous l'avez toujours été, Nicolas. Je ne sais si nous nous reverrons. Mais voici mon dernier mot : notre bon roi a besoin de vous et ses ennemis les plus dangereux sont les plus proches.

XI

LA MACHINE

« Je poursuivrai ma chance jusqu'au fond de l'eau. »

Jules César

Nicolas quitta l'Orangerie avec un sentiment de confuse nostalgie. Sartine avait toujours été ce chef cynique, secret et trop sûr de sa supériorité. Mais ce mentor irascible l'avait toujours soutenu, guidé, encouragé. Cette fois encore, il l'avait épaulé sans le dire, suggérant une piste qui semblait féconde et terrible à la fois. Et voilà qu'il rejoignait la piètre cohorte des retirés du monde, qui cultivent une courtoise amertume, qui en savent plus que d'autres mais en peuvent moins, qui sont réduits à jouer de leurs anciennes fidélités pour conserver une miette d'influence. Nicolas savait tous les vices du personnage. Il ne pouvait s'empêcher de lui garder gratitude, d'éprouver à l'égard de ce calculateur sans âme une affection pour ainsi dire filiale. S'il vous a aidé, on aime toujours son premier patron, même s'il a tous les défauts de la terre.

Revenant vers la terrasse du château où il avait rendez-vous avec Laure de Fitz-James, Nicolas méditait les allusives paroles de Sartine. Ainsi le frère du roi serait lié au complot ? Ainsi ce comte de Provence avec qui Nicolas avait naguère, à la Cour, livré un duel de citations latines, ainsi, ce prince urbain, subtil, légitimiste jusqu'au bout des ongles, travaillerait en fait contre son frère, le roi légitime ? Nicolas voyait là une monstruosité, une usurpation, un crime de lèse-majesté qui lui paraissait douteux. Mais Sartine ne parlait jamais au hasard. Rompu aux sinuosités de cour, il maîtrisait mieux que personne les arcanes des grandes familles. Son hypothèse était vertigineuse. Elle n'était pas gratuite.

— Vous me semblez soucieux en diable, monsieur le commissaire, lança une voix espiègle.

Abîmé dans ses pensées, Nicolas n'avait pas pris garde à ses entours. Il était revenu vers le château comme un cheval vers l'écurie, sans prêter attention à ceux ou celles qui se trouvaient là. Laure l'attendait dans un nouveau costume de chasse, altière et bienveillante, comme elle savait l'être.

— Oui, madame, je suppute des ramifications effrayantes à l'affaire qui nous occupe. Mais avez-vous bien dormi ?

— Fort mal, monsieur le marquis. Peut-être avais-je trop hâte de vous voir…

Nicolas ne releva pas cette coquette allusion, tout en la consignant dans sa mémoire. L'heure n'était pas au marivaudage.

— Madame, il nous manque la pièce décisive. Quel lien y a-t-il entre l'homme en noir et ce marquis de Favras que suspecte le roi ? J'attends des nouvelles de Bourdeau, qui a fait surveiller au plus près votre ravisseur.

— Mais pourquoi ne pas l'arrêter, à la fin des fins ? fit Laure d'un ton impatienté.

— Parce qu'un bon policier n'arrête pas la fourmi. Il la suit pour arriver à la fourmilière.

— Cette fourmi, comme vous dites, est dangereuse. Au moins sera-t-elle hors d'état de nuire si nous la saisissons.

— Nous ne tarderons pas à être fixés, madame, je vois au bout de cette terrasse le messager que j'attendais.

Venant de l'aile nord, un jeune homme en bottes de cavalier se pressait vers Nicolas. Il s'arrêta à trois pas, ôta son chapeau et tendit à Nicolas un papier plié. C'était la note de Bourdeau. « Cher Nicolas, lut le commissaire, rejoins-moi à Bougival sur le pont qui jouxte la machine de Marly. J'y ai suivi notre assassin, il fricote depuis deux heures quelque chose de fort suspect avec une paire de complices. Monte à cheval, nous sommes à deux lieues à peine de Versailles. Ton renfort ne sera pas inutile, je pressens un événement. Bourdeau. »

— Madame, dit aussitôt Nicolas, trouvons deux chevaux, nous sommes attendus sur l'heure.

Ils se pressèrent vers la place d'Armes, prirent deux montures déjà harnachées aux Grandes Écuries et se dirigèrent à bride abattue vers le fond du parc. À cet endroit prenait l'aqueduc qui transportait l'eau de la Seine vers les fontaines et les bassins du château. Ils suivirent la tranchée ouverte dans les bois, où couraient les tuyaux, puis arrivèrent aux arches de pierre qui portaient un canal sur leur faîte. Une lieue plus loin, au bout de l'aqueduc, se trouvait une tour alimentée par une pompe, qui recevait l'eau de la Seine hissée au sommet du coteau. Cette tour carrée surplombait le cours du fleuve, où l'on voyait, en contrebas, la vaste construction de bois, de fer et de pierre qu'on nommait « la machine de Marly ».

Pour éviter l'incessante noria des charrettes apportant des tonneaux à Versailles, Louis XIV avait fait bâtir cette pompe colossale qui alimentait continûment le palais. De la berge pentue, Nicolas et Laure dominaient la Seine qui ondulait dans un paysage de forêt roussi par l'automne. À leurs pieds aboutissait une sorte de rampe qui reliait le lit du fleuve au château d'eau. En bas, immergée dans l'eau noire, une vaste machinerie coupait le cours d'eau, comme une digue sur laquelle on aurait bâti un château de planches. À cet endroit, le flot de la Seine se divisait en deux bras autour d'une île allongée. Le bras le plus au nord était resté libre pour la navigation. L'autre avait été enserré de barrages et de digues pour faire une retenue d'eau se terminant par une chute de dix pieds. La Seine, changée en torrent, transmettait à des roues à aubes gigantesques le mouvement qui actionnait les pompes, propulsant l'eau du fleuve en haut du coteau pour la hisser dans le réservoir de l'aqueduc.

C'était une merveille d'ingéniosité. Des pignons de métal changeaient le mouvement circulaire des roues de bois mues par le courant en un va-et-vient permanent de tringles et de leviers, qui assurait le fonctionnement des pompes. Le jeu des pressions relatives donnait à l'eau – qui naturellement descend selon la pente la plus forte – le pouvoir de franchir des collines, d'escalader des coteaux et de parcourir seule une route de deux lieues. Laure et Nicolas pouvaient à peine se parler : la machine de Marly était célèbre pour le vacarme qu'elle infligeait au voisinage, un infernal concert de cliquetis, de grincements et de martèlements qui s'entendaient à une lieue à la ronde.

Fouillant du regard le paysage étalé à ses pieds, Nicolas pointa pour Laure une silhouette qui s'agitait à l'entrée du pont. C'était Bourdeau qui les avait aperçus en haut du coteau et agitait les bras comme un diable. Ils poussèrent leurs chevaux qui frémissaient à cause des bruits de la machine et rejoignirent le commissaire. Ensemble ils franchirent les deux ponts de bois sur la Seine pour s'arrêter au milieu d'un boqueteau qui dominait la berge nord. De là on avait une vue plongeante sur le méandre qui serpentait en aval de la machine. À cent toises, une besogne était amarrée à la rive avec une chaloupe à l'arrière, tandis qu'une douzaine de chevaux attelés entre eux paissaient à quelque distance, le long du chemin de halage. C'était un de ces longs bateaux de transport à fond plat muni d'un court mât et d'un étrange gouvernail aux dimensions géantes, qui transportaient à Paris les produits agricoles nécessaires à la nourriture des Parisiens. Le vacarme de la machine, cachée par le méandre, était atténué par la distance. Ils purent se parler.

— Nous avons suivi l'homme en noir depuis ce matin cinq heures, expliqua Bourdeau. Il a rejoint deux sbires à la barrière de Sèvres, puis il a longé le cours de la Seine jusqu'ici. Ils sont enfermés dans la cabine de la besogne depuis une heure. Je ne sais ce qu'ils trament. Comme Versailles n'est pas loin, je me suis permis de vous prévenir.

— Tu as bien fait, Bourdeau. C'est l'homme clé de cet assemblage. Nous ne pouvons plus attendre. Il faut le confondre. Tu as disposé les exempts ?

— Le long des berges, derrière les arbres.

— Approchons-nous du bateau.

Ils étaient sur le point de quitter le boqueteau quand deux hommes sortirent de la cabine sur la besogne. L'un se mit au gouvernail, l'autre débarqua et prit par la bride les deux premiers chevaux attelés sur le chemin de halage. L'homme en noir se montra à son tour et défit les amarres. Sous les coups de fouet, l'attelage s'ébranla, tirant doucement le bateau qui s'écarta de la rive et se mit dans le milieu du fleuve. Ils progressèrent laborieusement contre le courant, suivant le méandre qui menait à l'embranchement des deux bras, devant la machine de Marly dont le bruit se rapprochait.

Bourdeau, Nicolas et Laure étaient maintenant à pied et marchaient au même rythme que les chevaux de halage, dissimulés par les buissons de la rive nord. Nicolas se demandait ce que signifiait cette expédition fluviale. L'homme en noir prenait-il livraison d'une cargaison secrète ? Mais pourquoi ici ? Et pourquoi était-il monté à bord quand il eût été simple d'attendre le bateau à sa destination ?

Il eut bientôt sa réponse. À l'entrée du bras nord réservé à la navigation, juste en face de la machine dont le cliquetis barbare les tympanisait, l'homme de barre mit le bateau en travers du fleuve face à la berge et descendit dans la cale avec son chef. Tous deux remontèrent aussitôt et sautèrent dans la chaloupe, qui fit rame vers l'entrée du pont. Nicolas ne comprenait rien à ce ballet, jusqu'à ce que son regard revienne sur la besogne. L'embarcation qui dérivait lentement dans le courant avait pris une gîte inhabituelle. Elle s'enfonça sur bâbord, toucha le fond et resta coincée de guingois en travers de la Seine. On voyait son flanc de bois brun affleurer, tandis que les eaux ainsi contrariées faisaient autour de l'épave deux vaguelettes ourlées d'écume. À cet endroit, le cours du fleuve se rétrécissait soudain, séparé en deux par l'île, le bras libre d'un côté, le barrage qui portait la machine de l'autre. De la poupe à la proue, la besogne mesurait quelque cent pieds : le passage sur la Seine était bloqué.

Nicolas vit les funestes conséquences de ce naufrage volontaire. Il ne doutait pas que la besogne fût lestée de pierres qui assuraient son échouement, situé précisément là où les travaux de la machine avaient réduit la largeur du passage. Pour dégager le fleuve, il faudrait atteler au bas mot cinquante chevaux sans être sûr de réussir, ou bien trouver des plongeurs qui videraient le bateau de ses pierres. Le travail pouvait prendre plusieurs jours. Calcul diabolique : pendant ce temps, les bateaux qui portaient à Paris les sacs de farine attendus par les boulangers patienteraient devant l'obstacle. Il en irait de même, il en était presque sûr, pour ceux qui venaient de la Beauce. Par une opération de ce genre, ou bien en sabotant une des écluses qui menaient à Paris, on pouvait couper le fleuve en amont comme on venait de le faire en aval. Les transporteurs devraient affréter des convois, décharger les bateaux et placer les sacs dans les charrettes pour livrer enfin leurs clients. Pendant plusieurs jours, la farine manquerait, le pain se ferait rare et la colère populaire, déjà échauffée, serait portée à ébullition.

— Ces assassins veulent affamer Paris, dit-il à Bourdeau.

— Quel piège retors ! lâcha Laure.

— Oui, nous avons affaire à une conspiration vicieuse et puissante, qui peut menacer la vie même du royaume. Nous ne pouvons plus balancer. Ameutons les exempts et saisissons ces coquins.

Bourdeau réagit aussitôt. Il sortit de sa poche une petite corne de cuivre et l'emboucha. Une note perçante se fit entendre au milieu du vacarme de la machine. À ce signal, les policiers sortirent de leur cachette et coururent vers les trois hommes qui atteignaient maintenant l'entrée du pont. Il y eut un moment de stupeur. Sept policiers, suivis de Bourdeau et Nicolas, convergeaient vers les saboteurs. Un autre se tenait à l'autre bout du pont, sur la rive sud, coupant la retraite. Les trois sbires échangèrent quelques mots et se séparèrent. L'homme en noir prit ses jambes à son cou pour traverser le pont et gagner l'autre rive, où était la machine. Les deux autres s'agenouillèrent dos à dos à l'abri du parapet et tirèrent de leur sac des pistolets. Quand les premiers exempts arrivèrent sur eux, deux coups de feu retentirent. Les policiers s'affaissèrent dans l'herbe, les autres se mirent à couvert.

Pendant ce temps leur chef arrivait à l'île qui séparait le fleuve. Nicolas comprit qu'il faudrait du temps aux exempts pour saisir les deux sbires, qui protégeaient la fuite de l'homme en noir. Pris d'une inspiration, il s'approcha de l'eau et sauta dans la chaloupe qui avait servi à débarquer les saboteurs. Il dénoua l'amarre et allait s'emparer des deux rames quand Laure sauta à son tour et s'assit vivement sur le banc de nage, faisant tanguer la chaloupe.

— Souquons, dit-elle, votre homme va le bloquer au bout du pont.

Ils firent force rame et la chaloupe bondit dans le courant. Un coup de feu éclata de nouveau, cette fois sur l'autre berge. Nicolas tourna la tête. L'homme en noir s'était couché sur le tablier, tandis que le policier qui tenait l'entrée du pont brandissait vers lui son second pistolet. La nage redoubla et la chaloupe s'approcha prestement de la rive, près de l'exempt providentiel.

Alors l'homme en noir se releva et mit les bras en l'air en signe de reddition. Lentement il marcha vers le policier, les bras écartés pour attester sa bonne foi.

— Tenez-le à distance ! hurla Nicolas.

Mais le bruit de la machine couvrait sa voix. Le fugitif était maintenant à quelques pas de son adversaire. Soudain il s'effaça d'un geste d'escrimeur, tira un pistolet de sa redingote et abattit son adversaire d'une balle en pleine tête. Il enjamba son corps et gagna la rive.

Au même moment, la chaloupe touchait terre. Nicolas se rua vers le pont, ses deux pistolets à la main. Le talus qui bordait le fleuve lui avait dissimulé le fuyard un instant. L'homme avait disparu. Il n'y avait plus à l'entrée du pont que le corps inerte du policier imprudent. Nicolas regarda alentour, il ne vit personne, alors qu'il avait perdu le fuyard du regard à peine quelques secondes. Sur sa droite se dressait le haut mur de planches qui contenait la machine de Marly. Une porte donnait sur le pont. Laure arriva près de lui.

— Il est entré dans la machine ! jeta-t-elle en criant pour couvrir le vacarme ambiant.

— J'y vais, répondit Nicolas.

Elle regarda du côté de la rampe qui montait vers l'aqueduc.

— Je vais longer ce mur, il y a sans doute une autre entrée. Je l'y attendrai.

— Méfiez-vous, c'est une vipère.

— Je resterai à distance et mes pistolets sont chargés.

— Il faut le prendre vivant.

— Je tirerai dans les jambes s'il n'obéit pas.

Nicolas lui jeta un regard mêlé de doute et d'admiration. Elle sourit. Il courut vers la machine en se disant qu'il n'avait pas le temps d'exprimer ses craintes.

La porte n'était pas fermée à clé. Il entra, happé par l'effroyable tohu-bohu de fer et de bois émis par les roues à aubes, le grincement des tringles et le martèlement des leviers. À sa droite, au-dessus de l'eau, deux rangées de sept vastes roues tournaient d'un seul mouvement, entraînées par le courant que le barrage resserrant le flot rendait furieux et bouillonnant. Devant lui, une passerelle de bois courait le long du bâtiment, surplombant le lit du fleuve. Au-dessus, un enchevêtrement de poutres, de barres de fer et de crochets soutenait l'axe des roues et les pignons de fonte qui transmettaient aux pompes l'énergie du fleuve.

L'homme avait disparu, sans doute dissimulé dans quelque cache de la machine. Il ne pouvait être loin. Il suffisait de passer en revue les roues pour le débusquer. S'il s'enfuyait encore, Laure l'arrêterait à l'autre issue. S'il se cachait trop longtemps, Bourdeau et ses exempts auraient le temps de les rejoindre pour parfaire la souricière. Nicolas s'avança prudemment, un pistolet à la main, examinant chaque angle, chaque cavité, chaque recoin. Le rugissement de l'eau se mêlait au tintamarre de la machine. Il faisait sombre et la construction recelait maintes encoignures où pouvait se cacher l'assassin. Derrière les solives, les piliers, les engrenages, la mort pouvait surgir à chaque seconde.

Il atteignait la deuxième roue quand la surprise se produisit. Sautant d'une croisée de poutres qui tenait au plafond, l'homme lui tomba sur le dos, le fit plier et lui asséna un coup de crosse sur la nuque. Étourdi, Nicolas chancela, la vision brouillée par le choc. Impuissant, il se sentit soulevé de terre et passa par-dessus la rambarde, entre les deux roues qui tournaient dans le flot bouillonnant. L'eau glacée lui rendit ses esprits. Derrière lui, les pales de la première roue sortaient de l'onde l'une après l'autre dans une gerbe d'écume. Il tenta de s'y agripper. Mais elles étaient glissantes et le courant était trop fort. Il fut emporté et plaqué sur l'arrière de la deuxième roue, dont les pales, elles, s'enfonçaient dans l'eau. Il fut entraîné au fond par la rotation, coincé par le flot entre deux lames de bois, poussé vers le bas par l'inexorable mouvement circulaire. Il songea qu'en s'accrochant au rebord de l'une des pales il serait ramené à la surface. Mais le lit du fleuve était fait de vase. La roue l'y enfonça d'un coup et il resta immobile sous la machine, englué dans une pâte molle et visqueuse. La nage ne lui faisait pas peur et il savait retenir longtemps son souffle pour progresser au fond de l'eau. Il se revit un an plus tôt, plongeant un long moment sous les vagues de Guérande pour échapper à un tireur embusqué[1]. Cette fois, point de tirs meurtriers : c'est la machine indifférente qui allait le noyer, comme un rat dans une cave inondée. Une longue minute s'écoula, puis une autre. Il sentait ses poumons s'épuiser, oppressé par le manque d'air. Son cœur battait de plus en plus fort, tandis que la tentation d'ouvrir la bouche et de respirer se faisait de plus en plus impérieuse. Il résista, sachant qu'en avalant de l'eau il serait pris d'une toux irrépressible qui le conduirait en peu de temps à la noyade. Il enfonçait ses mains dans la vase pour chercher un appui et se redresser, espérant saisir enfin ces pales qui passaient au-dessus de lui et qui pourraient le ramener à l'air libre. Mais le fond était meuble et il ne faisait que s'engluer un peu plus. À la troisième minute, il n'y tint plus, il ouvrit la bouche. Un flot glacé envahit ses poumons, son regard se brouilla et un spasme violent agita sa poitrine. Il perdait connaissance, revoyant en un éclair son château de Bretagne, sa famille assemblée, le roi et la reine, puis le visage ironique de Laure de Fitz-James. L'eau dans ses poumons le faisait suffoquer, puis diffusa dans tout son corps une étrange torpeur. Quand soudain, dans un brouillard d'inconscience, il sentit que les roues s'arrêtaient. Une main énergique l'attrapa par le col et le tira vers le haut. Il émergea dans une gerbe d'éclaboussures et aspira une goulée d'air qui le fit aussitôt tousser comme un poitrinaire. Bourdeau en chemise avait plongé pour le tirer du fond de l'eau. Au-dessus d'eux, les mains se tendirent et ils furent bientôt hissés sur la passerelle, crachant, aspirant et soufflant, agenouillés sur le bois, le corps courbé et agité de spasmes.

Toujours enveloppés d'un vacarme mécanique, ils durent sortir pour se parler. Allongé sur l'herbe, encore secoué d'une toux râpeuse, Nicolas entendit le récit de son sauvetage. Après avoir maîtrisé les deux sbires du pont, les policiers avaient couru vers la machine. Comprenant que Nicolas était tombé à l'eau, Bourdeau avait avisé un grand levier près de l'entrée. Il l'avait tiré en panique : la machine s'était arrêtée net, ses roues dégoulinant d'eau. Il avait alors piqué une tête sans réfléchir, voyant au fond les jambes de Nicolas qui dépassaient en arrière de la deuxième roue. Entre-temps, l'homme en noir était ressorti par une troisième porte, tandis que Laure attendait à la deuxième. Il avait maintenant disparu. Mais la princesse avait aperçu son visage quand il s'était retourné pour voir s'il était suivi.

— Je l'ai reconnu ! dit-elle aux policiers avides de détails. C'est le chevalier de Gensac, un ancien officier des mousquetaires qui traînait parfois à la Cour. C'est un duelliste compulsif, un soldat dévoyé, un tireur d'élite au mousquet et au pistolet, qui vend ses services au plus offrant.

Des deux complices de Gensac qui avaient couvert sa fuite, l'un était mort, abattu d'un coup de pistolet. L'autre était assis dans l'herbe, ficelé comme un saucisson, flanqué de deux exempts attentifs. Il jeta un regard farouche à Nicolas, Bourdeau et Laure, qui l'entourèrent d'un groupe menaçant. Nicolas prit à Laure un de ses pistolets et le braqua sur la poitrine du prisonnier. Dégoulinant d'eau, pâle et fébrile, toussant encore par intermittence, il prit l'air décidé et froid de celui qui veut se venger sur l'heure.

— Tu dois parler, brigand, sinon je te loge avec plaisir une balle qui te dépêchera en enfer. Nous ne craignons rien : nous dirons que tu es mort dans le feu du combat. Rien ne peut te sauver maintenant.

L'autre prit une mine butée et détourna les yeux.

— Qui est ce Gensac ? Où l'as-tu connu ? Quel est son but ?

Le sbire lui jeta un regard de surprise, manifestement ébranlé d'apprendre que le nom de son chef était connu de la police. Il resta silencieux.

— Si tu t'obstines, il te reste une minute à vivre. Fais ton choix.

— Gensac est un homme terrible, lâcha-t-il. Si je parle, il m'atteindra à coup sûr. Il a de puissants protecteurs.

— Veux-tu mourir maintenant ou plus tard ? Si tu parles, nous te garderons au Châtelet, où personne ne pourra t'atteindre. La justice du roi examinera ton cas avec cette circonstance atténuante.

L'autre se tut, de toute évidence agité d'un dilemme mortel. Alors Bourdeau tira lui aussi son pistolet et le lui braqua en plein visage. Il prit son ton le plus dramatique.

— C'est moi qui vais t'exécuter, hurla-t-il, tu veux affamer les Parisiens, tu es complice d'un crime, d'un enlèvement et de plusieurs attentats. Tu n'auras nulle merci !

Un silence se fit, le prisonnier baissa la tête, le menton sur la poitrine. Comprenant que sa vie ne tenait plus qu'à un fil, il se décida.

— Je parle, commissaire, je parle. Baissez vos pistolets. Je veux une seule chose : personne ne saura qui vous a renseignés.

— C'est l'affaire de la police, rétorqua Nicolas. Personne ne saura rien. Tu seras sous la garde du Châtelet.

Alors il déroula son histoire. Il s'appelait Séverin Héron et avait fait une terne carrière dans l'armée royale, qu'il avait quittée pour louer ses services de sac et de corde. Héron avait connu Gensac aux mousquetaires du roi, un noble désargenté, ancien des guerres d'Amérique que l'armée avait renvoyé en France et muté dans un autre régiment. Cet officier sombre et sans pitié avait pris l'habitude de tourmenter les prisonniers qui tombaient en son pouvoir pour obtenir des renseignements. Son capitaine avait mis le holà et l'avait exclu de sa troupe. Après le 14 juillet, Gensac avait retrouvé Héron dans une taverne du faubourg Saint-Antoine. Il lui avait offert une forte somme pour s'enrôler dans la bande qu'il rassemblait, disant qu'ils devaient travailler pour un grand seigneur décidé à lutter contre les révolutionnaires. Il fallait être prêt à tout pour mener une intrigue contre les ennemis de la Couronne ou contre ses mauvais défenseurs.

— Quelle est cette intrigue ? demanda Nicolas.

— Je ne sais exactement. Gensac n'en disait pas plus. Nous avions des missions précises, mais la trame restait secrète.

Ainsi Héron avait participé dans la berline jaune à l'enlèvement de Laure de Fitz-James, tué le valet espion et jeté son corps défiguré dans la Seine. Il avait aussi tenté d'assassiner Nicolas dans la forêt de Meudon. Il avait encore acheté la besogne à un batelier et amarré l'esquif près de la machine de Marly, où le cours du fleuve était le plus resserré. Une autre bande s'occupait de couper la Seine en amont.

— A-t-il été question de déguisements ? Aviez-vous pour projet de vous introduire à Versailles ?

— Je ne sais. Après Bougival, nous devions nous retrouver à Paris pour une affaire de plus grande importance, où nous devions gagner trois fois les sommes déjà payées. Gensac n'a rien dit de plus.

— Où deviez-vous converger ?

— Dans un hôtel du faubourg Saint-Germain, près la plaine de Grenelle.

— Lequel ?

— Je ne sais son nom. Mais Gensac nous a donné l'adresse, au 13, rue de Poitiers. Je n'en sais plus.

— C'est l'hôtel du marquis de Favras ! jeta Laure. C'est là que mon espion travaillait.

Bourdeau et Nicolas se regardèrent. La piste semblait sûre, ils avaient une adresse, une grande affaire se préparait. Il fallait agir sur l'heure. Ils donnèrent leurs ordres aux exempts. On préviendrait d'abord l'Hôtel de Ville de la coupure de la Seine, pour que les autorités puissent trouver d'autres itinéraires pour la farine. Héron serait conduit au Châtelet pour une déposition écrite. Cinq policiers se retrouveraient rue de Poitiers et se disposeraient autour de l'hôtel. Nicolas, Laure et Bourdeau entreraient avec des passeports de police. Il faudrait bien que les propriétaires du lieu s'expliquassent.

Ils traversèrent le pont d'un pas pressé et montèrent à cheval.

Sur la route de Paris, Nicolas réfléchissait en galopant aux côtés de Laure et Bourdeau. Il était engoncé dans ses vêtements mouillés qui commençaient seulement à sécher, sentant encore la brûlure de l'eau dans ses poumons. Ainsi l'intrigue de Gensac et Favras – car il ne doutait plus que le marquis fût l'instigateur du complot – approchait de son but mystérieux. Quel était-il ? Il avait du mal à se faire jour dans son esprit. La coupure de la Seine, un geste d'audace plein de vice, était destinée à favoriser une émotion populaire. Ainsi un grand de la Cour conspirait à déclencher une émeute qui serait peut-être un nouveau 14 juillet. Avec quel dessein ? Nicolas agitait des hypothèses toutes plus fantastiques les unes que les autres. Il y avait les bribes de paroles recueillies par l'espion de Laure auprès de Favras : Versailles, des déguisements... Quel rapport avec une émotion parisienne ? Un assassinat perpétré dans le château au moment de l'émeute ? Mais pourquoi ? Pour qui ? Comment un seigneur de Versailles pouvait-il orienter à distance une journée parisienne ? Tout cela paraissait incertain, trouble, mystérieux. Et quel était le rôle – s'il en avait un – de Monsieur, frère du roi, dont le nom avait été jeté comme une énigme par Sartine à l'Orangerie ? Au vrai, l'ancien lieutenant général était-il certain de ses déductions ? Il était depuis longtemps retiré des affaires. Son esprit retors avait pu vaticiner, imaginer des liens qui n'existaient pas. Une seule chose était sûre, il y avait des victimes désignées dans cette trame encore opaque : le roi et la reine. Nicolas fouetté par ces conjectures talonna plus vivement sa monture.

Ils arrivèrent à trois heures à l'entrée de la rue de Poitiers, qui reliait le faubourg Saint-Germain à la berge droite de la Seine. L'hôtel s'ouvrait sur l'extérieur par une porte cochère majestueuse. Nicolas ordonna à l'un des exempts de gagner la rue du Bac, parallèle à celle de Poitiers. Sans doute y avait-il une sortie à l'arrière du bâtiment. Il fallait la garder. Puis les trois amis se présentèrent devant la porte cochère, frappant l'huis du lourd marteau qui pendait devant eux. Au bout d'une minute, la porte s'ouvrit, un valet en livrée les considéra d'un air revêche. Ils montrèrent leurs passeports et demandèrent le marquis. Le valet les fit entrer dans une loge et alla prévenir son maître. Il revint au bout d'un moment, accompagné d'une dame maigre en robe de soie avec un châle sur les épaules.

— Messieurs, dit-elle, je suis la marquise de Favras. De quoi s'agit-il ?

— Nous cherchons le marquis de Favras. Nous avons besoin de l'interroger.

— Et pourquoi diable ? fit-elle d'un air pincé.

— La justice du roi veut l'entendre, madame, cette raison doit vous suffire, répliqua Nicolas.

La marquise les considéra d'un air dédaigneux, arrêtant son regard sur Laure, qu'elle avait manifestement reconnue.

— Voilà un étrange équipage, observa-t-elle, une dame de la Cour et deux commissaires. Mon mari ne peut vous recevoir : il est parti ce matin pour vaquer à ses affaires.

— Et où se trouve-t-il ?

— Je ne saurais le dire, répondit-elle, le marquis ne me donne pas l'emploi de ses journées.

— Madame, il s'agit d'une affaire d'État, qui tient à la haute politique et met en jeu la sûreté de la Couronne. Je vais être au regret de devoir visiter votre hôtel.

— C'est insensé ! s'écria-t-elle. De quel droit la police pourrait-elle fouiller la demeure d'un homme de qualité, et l'un des fidèles soutiens du roi ?

— Du droit de l'État, madame, qui veille à la sûreté du royaume.

Elle resta muette un instant, puis elle reprit :

— Voilà une irruption qui ne restera pas sans conséquences, monsieur le commissaire. Vous vous repentirez de cet excès de pouvoir.

— Au nom de la reine, dit Laure avec un ton supérieur, je puis attester que ces messieurs ont toute légitimité à faire leur métier.

La marquise resta encore silencieuse un instant.

— Soit, lâcha-t-elle, je ne m'opposerai pas à la force. Mais tout cela est du dernier ridicule. Je croyais que la police défendait l'ordre de la société. Vous auriez mieux à faire en arrêtant les chefs de la populace qui menace nos familles.

— Madame, répondit Laure avec la même autorité, vous nous laisserez juges des intérêts de l'État. Nous agissons au nom du roi et de la reine. Laissez-nous entrer.

— Faites donc, lâcha-t-elle enfin d'un air résigné. Au vrai, le marquis et moi-même n'avons rien à cacher. Votre attentat est aussi vain qu'illégal.

Ils la suivirent dans la cour et entreprirent de visiter l'hôtel pièce après pièce. Au bout d'une demi-heure, rien n'avait attiré leur attention. Ils montèrent à l'étage. À droite de l'escalier, ils se heurtèrent à une porte fermée.

— Quelle est cette chambre ? demanda Bourdeau.

— Une remise, commissaire, où nous gardons des vêtements.

— Nous devons entrer.

En soupirant, l'œil dardant une colère rentrée, la marquise fit chercher la clé et ils pénétrèrent dans une chambre obscure dont les volets étaient fermés. Nicolas ouvrit la fenêtre et laissa entrer le jour. Rien ne les frappa, sinon des piles de vêtements, robes, corsages, gilets et bonnets, tels qu'en portent les femmes du peuple, amassées sur un grand lit.

— Pourquoi cette réserve, madame ? Ces vêtements ne sont pas les vôtres, je présume.

— J'ai une domesticité nombreuse, monsieur, dit-elle, ici et à la campagne. Nous sommes tenus de vêtir nos gens.

L'explication parut plausible. Nicolas réfléchissait néanmoins. Il avisa une armoire dont il ouvrit les deux battants. Sur une étagère, une dizaine de perruques blondes et brunes étaient réunies.

— Vos gens porteraient-ils des postiches, madame ?

— Votre indiscrétion frise l'injure, monsieur,

répliqua-t-elle. Puisque je ne peux rien cacher, sachez que les ans me pèsent. J'ai la faiblesse de ne pas aimer le gris de mes cheveux et je préfère des coiffures plus juvéniles. Voilà l'humiliation que vous m'infligez.

Quelque peu gêné, Nicolas referma l'armoire.

— Auriez-vous l'obligeance, madame, de nous conduire dans le bureau de votre mari ?

— Au point où nous en sommes, nous pousserons cette intrusion jusqu'au bout.

Ils marchèrent dans le couloir et entrèrent dans une salle entourée de bibliothèques et de secrétaires à soufflet. Un feu brûlait dans l'âtre et une grande table de travail occupait le centre de la pièce, jonchée de papiers et de dossiers de cuir. Nicolas fut un instant tenté d'éplucher ces documents rangés en piles bien ordonnées. Puis il se dit que si le marquis conspirait, il n'aurait pas l'imprudence de laisser par écrit les traces de sa coupable activité. Il se souvint néanmoins des confidences du valet espion. Il fit le tour de la table et examina de plus près la bibliothèque qui se dressait derrière le fauteuil de travail du marquis. Laure comprit son manège et entreprit de poser d'autres questions à la marquise. Profitant de l'instant, Nicolas passa sa main sur le rebord de la bibliothèque, éprouvant d'une pression son immobilité. Il fut satisfait. Sous sa poussée, le meuble avait bougé légèrement en arrière. Il en fut persuadé : il s'agissait d'un panneau coulissant donnant sur une sortie discrète, conforme aux informations données par l'agent de Laure de Fitz-James. Il s'arrêta là : il calcula qu'il eût été impolitique de donner l'alerte à la marquise, qui n'aurait pas manqué de prévenir son mari des découvertes policières.

Ils sortirent du bureau, visitèrent les autres pièces,

où rien de suspect n'apparut, sinon quelques piques et quelques coutelas entreposés dans un réduit derrière l'office. La marquise expliqua qu'ils remisaient là des armes destinées à la chasse, ce qui parut banalement vraisemblable. Ils quittèrent l'hôtel sur de froides salutations.

Ils retrouvèrent à l'extérieur le policier chargé de surveiller la sortie de l'arrière.

— Je l'ai manqué, dit-il, penaud. Je ne savais pas quelle était la bonne porte. Il est sorti sur son cheval à vingt pas et il a détalé au galop vers la Seine.

Renfrogné, Nicolas retint sa réprimande.

— Ainsi il était bien là, il s'est enfui quand nous nous sommes présentés. Le feu dans la cheminée du bureau était un indice. Cette marquise a du sang-froid, mais nous avons tout de même éventé leur manège. Favras est bien notre homme.

Bourdeau et lui se concertèrent. On laisserait Rabouine et ses mouches pour surveiller l'hôtel. Si Favras rentrait, le Châtelet était à deux pas : une escouade d'exempts viendraient le prendre au nid. Un autre exempt surveillerait le domicile de Gensac et encore un autre le couvent du faubourg Saint-Antoine, même s'il était douteux que l'homme en noir retournât en ces lieux connus de la police. Une fois ces dispositions arrêtées, il n'y avait pas beaucoup plus à faire. Ils avaient identifié les deux organisateurs du complot et tendu leurs filets, espérant qu'ils s'y prennent rapidement. En tout cas, la réunion des sbires prévue rue de Poitiers n'aurait pas lieu. Les factieux devraient remettre leur opération. L'étau policier commençait à se resserrer.

Mais il leur restait une tâche à accomplir. Ils savaient depuis le matin que l'approvisionnement de Paris en farine allait se tarir, au moins pour deux ou trois jours. Dans la ville en ébullition, le manque de pain agirait comme une mèche reliée à un baril de poudre. Les attroupements devant les boulangeries ne manqueraient pas de dégénérer. La police le savait, mais elle ne pourrait à elle seule faire face à la colère populaire. Il fallait prévenir celui qui avait pour charge, depuis juillet, de maintenir l'ordre dans la capitale. C'était le chef de la garde nationale, constituée précisément à cet effet après la prise de la Bastille : M. de La Fayette.

XII

LA FAYETTE

« Pain coupé n'a point de maître. »

Proverbe français

Entre Seine et ville, la place de Grève était encombrée d'un ramas de portefaix, de bateliers, de marchands ambulants, de porteurs d'eau et de prostituées qui vaquaient dans un brouhaha confus au milieu d'une forte odeur de vase et de crottin. Fendant la foule, Laure, Nicolas et Bourdeau entrèrent à l'Hôtel de Ville et demandèrent le marquis de La Fayette. Tout en mirant les vêtements de Nicolas encore fripés d'humidité, les cerbères de la Commune leur répondirent que le général passait en revue un bataillon de sa garde dans la cour intérieure. Ils franchirent un vaste porche pour tomber sur une troupe dépareillée qui se tenait au garde-à-vous, dont certains étaient en habit de bourgeois, d'autres en costume de chasse, d'autres encore en uniforme tricolore de la garde nationale. L'armement était disparate, les rangs mal alignés, les fusils tenus à main droite ou à main gauche, composant un tableau fort peu militaire.

La Commune de Paris avait formé cette milice bourgeoise après le 14 juillet, sous l'effet de la peur du peuple. Chacun des districts de la ville avait fourni son contingent, ouvert seulement à ceux qui payaient impôt et loyer, lesquels devaient financer eux-mêmes uniforme et armement. Il y avait soixante districts à Paris, créés par Necker pour organiser les États généraux : on avait réussi à ameuter plus de quarante mille hommes qu'on avait mis aux ordres de la municipalité pour assurer la tranquillité publique et, surtout, pour faire face à la fois aux émeutes et à la menace des troupes que le roi réunissait autour de la capitale. La Garde, par son existence même, incarnait cette Révolution déjà divisée : la bourgeoisie parisienne voulait se garder en même temps de la réaction royale et des émotions populaires. Elle comptait sur sa milice pour épauler l'Assemblée, maintenir l'ordre et protéger les propriétés. À sa tête, la *vox populi* avait placé l'homme le plus adulé de Paris avec Necker, celui qu'on appelait « le héros des deux mondes » pour son rôle insigne dans les guerres d'Amérique, Gilbert Du Motier, marquis de La Fayette, jeune et richissime aristocrate épris d'idées nouvelles qui était de surcroît député de la noblesse à l'Assemblée. Perruqué, poudré et toujours chérubin, sanglé dans son uniforme bleu, blanc et rouge, les couleurs adoptées par les patriotes, La Fayette faisait face à des volontaires dont le maintien n'était guère martial. Sa vêture tricolore résumait la situation politique : le blanc de la monarchie était encadré par le bleu et le rouge du blason de Paris. Le sabre au côté, La Fayette observait sa troupe d'un air ennuyé, apparemment sceptique sur ses capacités. Il passa dans les rangs, ajustant une redingote d'un geste brusque, rectifiant la position d'un mousquet, morigénant un soldat qui n'avait pas sa cartouchière. Puis la revue s'acheva ; les recrues se dispersèrent, chaque soldat d'occasion étant fort pressé de rentrer chez lui.

Nicolas alla au-devant du marquis, salua bien bas et se présenta.

— Général, dit-il, usant à dessein de son titre militaire, la police a recueilli des renseignements qui vous intéressent. Permettez-nous de vous les communiquer.

— Fort bien, commissaire, c'est un fait que la police dépend désormais de la Commune. Montons dans mon bureau.

Ils suivirent le marquis qui les conduisait de manière fort courtoise en commentant d'un ton piquant la formation de sa garde nationale, qu'il ne tenait pas en grande estime. Il s'effaça à la porte du bureau pour laisser passer Laure.

— Il me semble, madame, que je vous ai vue à la Cour dans les entours de la reine. J'en déduis que vous n'avez pas les mêmes vues que moi sur la situation politique.

— Certes non, monsieur le marquis, mais l'affaire qui nous occupe devrait nous réunir.

Ils s'assirent tous les trois, Nicolas, Bourdeau et Laure, devant la table de travail de La Fayette encombrée de papiers et d'affiches portant des proclamations. Le bureau d'angle donnait sur la Seine, les rayons du soleil couchant doraient l'eau du fleuve et allongeaient les ombres sur le Pont-au-Change. La Fayette ouvrit une boîte à priser qu'il proposa à ses hôtes. Ils déclinèrent avec grâce. Il prit une pincée de tabac et l'enfourna dans sa narine droite. Il éternua, sourit et fit un geste de la main pour les encourager à parler. Ils contèrent à l'aimable général les résultats de leur enquête, qu'il écouta la mine grave.

— Ainsi, résuma-t-il quand ils eurent achevé leur récit, ces coquins ont perpétré un enlèvement et un assassinat pour couvrir leur trame, qui consiste, entre autres, à affamer Paris. J'ai su qu'on avait coulé un bateau devant la machine de Marly. J'ai envoyé mes agents en aval et en amont de la Seine, le trafic sera rétabli au plus vite. Leur but, si je le comprends, consiste à attiser la colère du peuple contre les autorités. Vous me parlez de ce marquis de Favras. Je l'ai croisé à la Cour, c'est un monarchiste rigide. Pourquoi diable veut-il nuire au roi ?

— Nous ne savons, répondit Nicolas. Nous en sommes aux conjectures. Veut-il déclencher l'émeute pour favoriser une action plus extrême contre les patriotes ? Veut-il pousser un prétendant à la Couronne en suscitant le désordre ? Tout cela nous paraît nébuleux. Mais ces brigands sont déterminés. Ils n'hésitent pas à tuer ou à affamer. Il y a danger pour le roi et pour le royaume.

— Le danger est partout, reprit La Fayette d'un ton soudain courroucé, il vient aussi de la Cour. Mes officiers ont su par ceux de la garde nationale de Versailles le funeste banquet qui s'est tenu à l'opéra royal. Le bruit s'en répand dans Paris. C'est un défi à l'Assemblée et à la nation. Comment puis-je prévenir les émeutes si la Cour s'ingénie à les provoquer ?

— Monsieur, coupa Laure, on ne saurait reprocher aux soldats du roi d'exprimer leur fidélité à la Couronne. C'était le seul objet de ce dîner. D'ailleurs cette fidélité est aussi bien proclamée par l'Assemblée.

— On me rapporte que des officiers du régiment de Flandre ont foulé aux pieds la cocarde tricolore que portent tous les patriotes de Paris. Le fait a été divulgué par Lecointre, le chef de la garde nationale de Versailles, dont un des adjoints était présent au dîner. On ne pourrait être plus provocant.

— C'est faux, dit Nicolas, nous étions là. Aucune cocarde n'a été piétinée.

— A-t-on porté un toast à la nation ? C'est l'usage désormais. Je sais qu'on s'en est gardé. Un autre officier de la garde nationale l'a proposé, on lui a ri au nez. Pour les patriotes, ce banquet n'était qu'une orgie contre-révolutionnaire.

— Une orgie ? Quel terme calomnieux ! s'écria Laure dont les yeux lançaient maintenant des éclairs. Le roi n'attaque personne. Il songe seulement à se défendre contre la populace. C'est pourquoi il a appelé à lui ces régiments.

— Le peuple, reprit La Fayette, ne goûte guère ces nuances. Pour lui…

Il s'interrompit et saisit de nouveau sa boîte, réitérant sa prise, éternuant encore, tandis que le tabac se répandait sur son col de dentelle.

— Pour lui, continua-t-il, ces soldats sont une menace. Et leur banquet un attentat. Vous me dites que l'arrivée de la farine va se tarir, que de sombres intrigues se nouent en coulisse. La garde nationale fera face. Mais le roi doit l'aider.

— Nous souhaitions seulement vous éclairer sur la situation, général.

— Je l'ai ainsi compris, acquiesça le marquis, dont le ton s'était radouci. Je prendrai demain les dispositions nécessaires. Il y aura des détachements devant les boulangeries et les attroupements seront dispersés. Ce qui me soucie, ce sont les journaux, qui sont autant de torches allumées dans une poudrière.

Ils n'ont pas encore eu vent des événements de Versailles mais je doute qu'ils restent longtemps dans l'ignorance.

— Faites-les fermer, lâcha Laure.

— Madame, M. de Mirabeau et moi-même avons fait voter par l'Assemblée une déclaration des droits qui établit, entre autres, la liberté de la presse. Cette fermeture serait illégale.

— Voilà où conduit cette absurde déclaration des droits, rétorqua Laure, à l'impuissance de l'État.

Voyant que le dialogue se tendait de nouveau autour de questions politiques et non policières, Nicolas décida de battre en retraite.

— Général, dit-il, nous avons rendu compte avec autant de précision que possible. L'émotion populaire est au bord du déclenchement. Nous tentons de débrouiller l'écheveau des complots. Vous dirigez la sûreté de la ville. Nos métiers nous rapprochent. Souffrez que nous agissions de concert si cela est nécessaire.

— C'est une chose entendue, commissaire, je vois chez vous droiture et respect des lois. Concertons-nous pour la paix de la nation.

— La paix du royaume, coupa encore Laure.

— Et du royaume, madame, concéda La Fayette avec un large sourire. Pour moi, c'est chose pareille.

Il se leva pour signifier la fin de l'entretien et raccompagna ses visiteurs à la porte. Il prit la main de Laure et la gratifia d'un baisemain.

— Madame, le roi a de bien charmantes et énergiques partisanes. Avec des alliées comme vous, il ne doit rien craindre.

— Le ciel vous entende, monsieur le marquis, répondit-elle en consentant un sourire.

Il était sept heures quand ils sortirent sur la place de Grève toujours aussi populeuse. Ils avaient fait tout ce qu'ils pouvaient faire ce jour-là. Favras et Gensac leur avaient échappé, mais ils étaient maintenant traqués par la police, leurs repaires surveillés par une armée de mouches, empêtrés dans le filet tendu autour d'eux. La Cour était avertie du complot en cours, ainsi que La Fayette et l'Assemblée. Il restait à en déterminer la nature, ce qui les conduisait à un abîme de conjectures. Rompu par sa presque noyade, fatigué d'une journée haletante, Nicolas décida qu'il était l'heure du repos. Bourdeau souhaitait souper et Laure ne savait où passer la nuit : ils prirent ensemble le chemin de la rue Montmartre, où Noblecourt et sa maisonnée seraient trop heureux de les loger.

Comme ils traversaient les Halles malodorantes qui les séparaient de Saint-Eustache, parmi les échoppes qui fermaient leurs volets, ils remarquèrent un groupe de femmes animées qui jasaient très haut. C'étaient des vendeuses des Halles, une corporation turbulente et revendicatrice, qui n'hésitait pas, par tradition, à présenter avec force bruit ses suppliques et ses placets aux autorités royales.

— Monsieur et Madame Veto, disait l'une d'elles, ont reçu à dîner le régiment de Flandre qui a piétiné la cocarde tricolore et crié des paroles de vengeance contre les patriotes.

— Et le pain n'arrive plus, répliquait l'autre, les farines sont bloquées par les accapareurs.

— On a vu des troupes marcher vers les octrois, ajoutait une troisième, sur un ton pathétique. Il faut armer les patriotes, sinon les aristos vont prendre leur revanche. Ils arrêteront la petite mère Mirabeau[1], ils disperseront l'Assemblée et feront un massacre dans le peuple.

Nicolas s'arrêta et jugea qu'il avait encore une tâche à accomplir. Il connaissait ces femmes que les autorités nommaient les « poissardes des Halles », femmes fortes en gueule mais honnêtes et travaillant dur. Sur elles, comme sur toutes les femmes de Paris, reposait la charge de la disette en cours. Maîtresses du logis, elles assuraient la nourriture de leur famille. Rien n'était plus mortifiant pour elles que de rentrer sans pain après une heure ou deux d'attente aux portes des boulangeries. Elles devaient affronter la grogne du mari et, surtout, les pleurs des enfants servis d'un bouillon clair qui les laissait le ventre creux. Ils se réveillaient la nuit pour dire à leur mère qu'ils avaient faim.

Ce pain formait l'essentiel des repas du peuple, mêlé à du bouillon ou bien tartiné de graisse. La viande était chère et n'apparaissait, au mieux, qu'une fois par semaine sur les tables populaires. Or le prix de ce pain s'était envolé à la suite des mauvaises récoltes de l'année. Nicolas connaissait bien ce dangereux mécanisme. Au moment de la guerre des farines[2], au début du règne de Louis XVI, il avait ramené le calme face à l'émeute en déclarant que le prix du pain n'excéderait pas deux sols la livre. La même livre coûtait depuis juillet quelque cinq sols ! Un doublement en un an, alors même qu'en temps normal un journalier ou un aide consacrait à cette pitance quotidienne la moitié de son revenu. Les vendeuses des Halles, même si elles pouvaient rapporter des étals quelque légume invendu qui améliorait l'ordinaire, avaient bien sujet d'accuser la boulange. Tenant le ménage, les femmes de Paris, au vrai, jugeaient que le roi manquait à son devoir en laissant le pain se renchérir de la sorte, et même disparaître certains jours des magasins.

Nicolas marcha droit sur le groupe, Laure et Bourdeau derrière lui.

— Mille excuses, mesdames, dit-il d'un ton aimable, j'ai entendu vos propos bien malgré moi. Il me semble que vous êtes dans l'erreur.

— Et qui donc vient ainsi nous rectifier ? demanda celle qui pérorait jusque-là le plus.

— Nicolas Le Floch, commissaire au Châtelet.

— Ah, ah ! Ainsi la pousse vient nous espionner jusqu'ici pour le compte de Monsieur Veto ?

— Vous jasiez suffisamment fort pour qu'on vous entende sans vous écouter, répliqua Nicolas, et je ne suis pas au service du roi mais de la Commune, qui dispose désormais de la police.

Laure derrière lui réprima un sourire en l'entendant ajuster son discours à son auditoire. Soudain, il n'était plus marquis mais commissaire de la municipalité, au service de la nation et non de la Cour. Ce qui, somme toute, n'était pas tout à fait faux.

— Mesdames, reprit-il du ton le plus courtois, j'étais au banquet dont vous parliez, missionné par la Commune. Je puis vous jurer que personne n'a piétiné de cocarde. Ces officiers avaient trop bu, ils ont crié quelques paroles malheureuses, que le roi a désapprouvées. Voilà tout.

Les femmes quittant leur travail se rassemblaient autour du petit groupe, fiévreusement intéressées par ce dialogue.

— Et cette marquise qui vous accompagne, qui est-elle, dans son habit d'aristocrate ?

— Je suis sa femme, répondit Laure en passant

son bras sous celui de Nicolas, qui lui jeta un regard étonné.

— À voir votre mise, vous ne vous inquiétez guère de ce qui sera ce soir dans votre assiette.

— Si fait, rétorqua Laure, j'ai couru les boulangeries toute l'après-midi. Vous avez raison, le roi est oublieux de nos souffrances. Il faut le rappeler à l'ordre. Et ma mise provient de la générosité de mon mari.

Nicolas toussa dans sa main pour cacher un début d'hilarité. Il reprit :

— Je viens de voir le général La Fayette, je lui ai fait rapport. Il a envoyé aussitôt des détachements hors de Paris pour réquisitionner les farines.

Nicolas estimait qu'il n'abusait pas ces braves matrones : tout ce qu'il avait dit était vrai. Il manquait la moitié de cette vérité. Mais la moitié dévoilée était sincère. Aussi bien, le nom de La Fayette jeté dans l'altercation avait commencé d'apaiser le courroux des ménagères. L'une d'elles intervint avec un accent d'espoir.

— Ainsi le pain reviendra dans les boutiques ? demanda-t-elle.

— Bientôt, la mère, bientôt. Le roi envisage même une taxation pour abaisser ce prix usuraire.

C'était beaucoup s'avancer, mais Nicolas ne voyait guère d'autre expédient pour calmer la colère parisienne. Un murmure d'approbation accueillit cette nouvelle incertaine. Mais celle qui semblait une meneuse voulut tempérer cet optimisme.

— Il vaut mieux que tout cela se fasse, dit-elle, sinon nous irons jusqu'à Versailles demander notre dû.

— Restez tranquilles, mesdames, souvenez-vous de

la guerre des farines. Les violences n'ont rien arrangé, et le peuple y sera perdant.

— Ventre vide n'a pas d'oreilles, jeta une autre femme.

— Je sais, dit encore Nicolas, mais ventre percé de balles n'a plus besoin de rien. Croyez-vous que l'Assemblée vous laissera défier les autorités ?

L'argument porta. Les femmes de Paris savaient que les députés n'étaient pas de leur condition, qu'ils redoutaient autant que la Couronne les émotions populaires et qu'ils pouvaient fort bien, contre elles, envoyer la troupe. La meneuse reprit encore la parole, refusant de laisser au policier le dernier mot.

— Nous verrons cela. Les journaux nous diront la vérité sur ce banquet et sur le manque de pain.

— Mesdames, répondit Nicolas qui ne souhaitait pas se lancer dans le dénigrement des journaux qui avaient gagné la confiance de Paris, brisons là. Restons calmes et attendons la suite. Le roi aime ses sujets, vous le savez, il fera diligence. Quant à nous, nous devons rentrer au logis.

Ils tournèrent les talons, laissant les femmes des Halles sur cette protestation de bonne volonté. Nicolas avait retenu les dernières paroles de ces femmes. Il songea que beaucoup dépendaient désormais de ces journaux qui « disaient la vérité » au peuple. Selon qu'ils seraient alarmants ou rassurants, la situation tournerait d'un côté ou de l'autre.

Laure considéra Nicolas avec un regard où se lisaient malice et respect, tandis que Bourdeau marchait un peu à l'écart.

— Vous êtes un policier avisé et courageux, monsieur le marquis. Votre énergie fait plaisir à voir et votre jugement est sûr.

— C'est l'effet de l'âge, madame. J'ai appris de mes erreurs.

— Votre âge n'est guère canonique, tout de même, repartit-elle aimablement. Vous avez la vigueur et la séduction d'un jeune homme.

Il tourna les yeux vers elle, elle soutint son regard en souriant. Il se dit que cette princesse toute de vivacité était tout aussi effrontée dans ses dilections, ce qui ne lui déplaisait pas. Il lui donna le bras, qu'elle reprit avec empressement, s'appuyant sur lui plus qu'il n'était séant dans cet arroi.

— Madame, cette séduction dont vous me flattez ne saurait égaler la vôtre. Votre présence d'esprit en redouble l'effet.

— Je comprends ces femmes, dit-elle, je raisonnerais comme elles à leur place. Vous me croyez une marquise insensible. Vous vous trompez. Noblesse oblige, vous disais-je. C'est le devoir de nos familles d'assurer la sûreté du peuple. Le roi ne le voit pas autrement.

— Je le sais, madame, je le sais. C'est pourquoi je m'efforce de le servir. Nous sommes du même côté, au vrai.

Elle resserra encore son bras, posant sa tête sur son épaule. Cet échange décidément explicite installa le silence entre eux. Heureux de cette conquête qu'il sentait proche, Nicolas n'osait aller plus loin, de peur de brusquer une dame de la Cour qui avait une conscience aiguë de son rang, et aussi parce qu'il était au bord d'une nouvelle aventure de cœur qui compliquerait encore une situation matrimoniale embrouillée. Il songeait à Aimée, qui vivait à part mais ne pensait qu'à lui, à la Satin désormais rangée qui avait porté son fils et se languissait dans un mariage de convenance qui ne la consolait guère de sa liaison avec lui.

Ils arrivèrent sur le parvis de Saint-Eustache. Quand Nicolas frappa l'huis de Noblecourt, le même frétillement canin se fit entendre. Au milieu des jappements, la même servante les fit entrer, criant vers l'étage :

— Vous aviez raison, monsieur, le voici !

Ils montèrent voir Noblecourt, toujours assis dans son fauteuil à oreilles, tourné vers la fenêtre qui donnait sur la rue Montmartre. L'œil de l'ancien procureur, toujours espiègle, se fit un peu égrillard quand il aperçut Laure, qui s'avançait vers lui. Elle tendit une main qu'il rapprocha furtivement de ses lèvres.

— À qui ai-je le grand honneur ? demanda-t-il.

— Laure, princesse de Chimay, claironna-t-elle, sachant que ce titre flatterait le vieux notable.

— Ah, lança-t-il, je comprends pourquoi notre ami Nicolas a déployé tant d'énergie à vous libérer.

— Serais-je un laideron qu'il l'eût fait tout autant, dit Laure en riant.

— Certes, certes, mais enfin la beauté est un lot supplémentaire dans cette enquête.

— Mon cher Noblecourt, coupa Nicolas, vous allez nous embarrasser.

— Excusez-moi, chers enfants, j'aime toujours à taquiner mes hôtes. Vous tombez bien, en fait. Ramatuelle a rapporté des Halles une douzaine de pieds de porc. En attendant, Marie va nous servir une carafe d'un excellent vin de Bordeaux qui dort dans la cave depuis trop longtemps.

Une nouvelle fois, Noblecourt voulut le récit circonstancié de leur enquête.

— Ainsi, Pierre, dit-il à Bourdeau, vous êtes bon nageur. La police exige toutes sortes de qualités.

— Je nageais enfant dans la Loire, répondit-il, c'est un bon exercice, le fleuve est traître en diable et les courants sont redoutables.

— Vous soupçonnez donc deux intrigues et non une seule. Orléans manœuvre pour enserrer la Couronne et obliger le roi à faire appel à lui. Mais une autre faction, qui ne recule devant aucune violence, cherche aussi à lancer le peuple contre la Cour. Ce Favras en serait le grand faiseur.

— C'est encore une hypothèse, précisa Nicolas. Favras est homme de cour lui-même, et fidèle à la monarchie s'il en est.

— C'est un fait qu'il est lié à l'entourage de Monsieur. Mais justement. Il peut vouloir que le sang coule pour contraindre le roi à la fermeté.

— C'est jouer avec le feu, continua Nicolas. Si une nouvelle émeute se déclenche, toute la Cour sera en danger.

— À moins qu'il y ait un plan politique derrière cette provocation. Si le roi fait tirer sur le peuple, il se coupera définitivement de l'Assemblée, qui devra chercher une nouvelle solution de pouvoir.

— Mais dans ce cas, répliqua Nicolas, Mirabeau peut se proposer pour gouverner. Ou bien s'allier avec Orléans qui réclamera la lieutenance générale. L'autre faction aura tiré les marrons du feu pour ses rivaux.

— C'est juste, Nicolas. Si la crise atteint un paroxysme, le roi peut perdre tout appui dans le peuple et se retrouver à la merci des constitutionnels, qui disposent d'un expédient tout trouvé en poussant Mirabeau ou Orléans, ou les deux. Je ne parviens pas à résoudre votre rébus.

Noblecourt resta silencieux, l'air concentré. Il tournait dans sa tête les données du problème mais n'en trouvait pas l'issue. Puis il fit un geste évasif, comme pour congédier une affaire dont il ne voulait plus s'embarrasser.

— Je ne sais que dire, admit-il enfin. Mais l'heure tourne. Il est temps d'aller souper.

On voitura l'ancien procureur jusqu'à la salle du rez-de-chaussée, où une table avait été dressée, éclairée par des grands chandeliers. Marie servit les bouillons d'entrée et chacun s'occupa de se réchauffer, tandis que la pluie s'était mise à tomber dru sur le pavé du dehors, battant sur les carreaux de la maison. C'est Laure qui relança les conjectures.

— Tout cela, au fond, tient au contenu de ces maudits journaux, lâcha-t-elle, suivant son idée première. Ils peuvent éteindre l'incendie ou l'attiser.

— Pour les lire chaque matin, dit Nicolas, je les devine mal cherchant à apaiser les Parisiens.

— C'est bien mon avis, continua-t-elle. En laissant s'installer la licence, l'Assemblée s'est lié les mains.

— Ces feuilles font un mal considérable, renchérit Noblecourt. Ce sont elles qui ont monté en sauce l'affaire du Collier. On a souillé la reine et dénigré la monarchie à partir d'informations fausses.

— La reine ignorait tout des manigances de Rohan et des intrigues de cette aventurière soi-disant comtesse de la Motte. Je l'ai vue pleurer en lisant les calomnies répandues dans les journaux.

— Ce qui montre qu'il est vain de vouloir interdire ces feuilles, osa Bourdeau, qui en tenait, malgré ses fonctions, pour la liberté de la presse. S'il n'y a pas de journaux, il y aura des libelles clandestins, contre lesquels les autorités sont sans moyens. L'opinion est désormais une force irrésistible. On ne peut pas la comprimer. Il faut la convaincre ou l'amadouer.

— L'opinion est un monstre, lâcha Laure. Elle se moque de la vérité et croit ce qu'elle veut croire.

— Pas toujours, objecta Bourdeau, qui avait lu les plaidoyers des philosophes pour la circulation libre des idées. Ce qu'un journal affirme, un autre peut l'infirmer, s'il dispose des preuves adéquates. D'ailleurs nous en avons eu l'indice il y a une heure. Quand Nicolas a éclairé ces femmes des Halles qui croyaient à un complot militaire de la Cour, elles ont fléchi dans leurs certitudes.

— Mon cher Pierre, vous avez étudié vos classiques. Vous êtes lecteur de Jean-Jacques, de Voltaire et de Condorcet. Mais vous avez trop de candeur. Pour que vos raisonnements soient pertinents, il faudrait que l'humanité fût raisonnable. Vous savez trop bien qu'il n'en est rien.

— La déraison du peuple répond à celle des grands, rétorqua Bourdeau, que le vin de Bordeaux avait échauffé et qui n'hésitait plus à libérer des vues longtemps tenues en laisse. En proclamant le règne de la loi, l'Assemblée fait fond sur la raison, qui est la chose la mieux partagée.

— Quelle naïveté ! reprit Laure, elle aussi fouettée par la conversation. Si le peuple pouvait se gouverner lui-même, il n'y aurait point besoin de roi. La presse licencieuse flatte ses pires penchants, qui sont la base de ses réactions. Elle ronge la tradition, l'ordre, l'autorité, comme un acide.

— Mes enfants, coupa Noblecourt, vous vous chauffez trop la bile. Nous sommes dans un repas d'amis. Point de zizanie sous mon toit, il y a assez d'excitation dans la rue. Mettons-nous d'accord autour de ces pieds de porc, sur lesquels repose ce soir la concorde de cette assemblée.

Ramatuelle entra à point nommé, portant un large plat au fumet fort à souhait. La conversation reprit sur des sujets moins brûlants, quelques potins de la Cour, la musique de M. Mozart comparée à celle de Rameau ou Charpentier, les nombreuses maîtresses de M. de La Fayette. Laure découvrait avec une pointe d'admiration que Nicolas et Bourdeau, tout commissaires qu'ils étaient, soutenaient sans peine la qualité des échanges. La police surveillait les esprits autant que les corps. Elle était au fait des pièces, des courants musicaux, des livres nouveaux, qui façonnaient l'esprit public, autant que des faits et gestes des tire-laine et des malandrins. Elle connaissait les théâtres et les librairies autant que les maisons de plaisirs et les tavernes louches. La princesse délurée jetait à Nicolas, à chaque fois qu'il parlait – et même quand il se taisait –, des œillades admiratives et tendres qui lui faisaient passer un frisson dans l'échine. Enhardi par le vin de Noblecourt, Nicolas hasarda son pied en direction de Laure qui lui faisait face de l'autre côté de la table. Il frôlait à peine sa robe que la jambe de Laure se colla à la sienne, tandis qu'elle lui lançait un regard émoustillé par leurs agapes.

— Une idée me vient, jeta Noblecourt, qui avait continué sa réflexion tout en suivant la conversation. À cette heure, les journaux sont la clé de la situation. Le bruit du souper de Versailles leur est à coup sûr parvenu, mais ils n'ont sans doute pas eu le temps d'en faire des libelles. Ce sera leur tâche de demain. Allez les voir comme vous l'avez fait avec ces femmes des Halles et dites-leur la vérité. Peut-être modèreront-ils leur plume.

— C'est peine perdue, dit Laure soudain rendue à la politique, ce sont des folliculaires fanatiques qui flairent l'odeur du sang.

— En sommes-nous si sûrs ? Après tout, ils savent que la violence peut se retourner contre l'Assemblée et le peuple. Ils veulent non la guerre mais la victoire. Si le roi est prêt aux concessions, comme vous me l'avez suggéré, il y a matière à trouver un compromis. Après tout, en vous missionnant, la Cour a tenu le même raisonnement. Vous cherchez une solution pacifique, ils peuvent suivre le même chemin.

— C'est leur prêter une subtilité qui est absente de leurs écrits, rétorqua Laure.

— Qui ne tente rien n'a rien, coupa Nicolas, qui voyait là une manœuvre très incertaine mais judicieuse. Tant que nous n'avons pas mis la main sur Favras ou Gensac, nous sommes bloqués dans nos recherches des coupables. Employons ce temps d'entracte à tâcher de dissuader les boutefeux. La princesse de Chimay est toujours l'émissaire de la reine. Elle peut avancer des arrangements sans pour autant s'engager. Il s'agit de gagner du temps.

— Dans ce cas, dit Bourdeau, nous devons voir les plus excités de ces plumitifs. Peut-être auront-ils la tête politique et mettront un délai à leur vindicte. J'en vois deux qui mèneront à coup sûr la charge : le sieur Jean-Paul Marat, qui rédige *L'Ami du peuple*, un brandon incandescent, et un dénommé Gorsas, qui vient lire tous les jours au Palais-Royal les pamphlets qu'il a fait paraître le matin. S'il naît une émotion populaire, ils en seront les boussoles. Rien ne coûte de leur parler. Nous pourrons peut-être même pénétrer leurs desseins.

— Fort bien, conclut Nicolas, nous entendrons le

rapport de nos mouches au Châtelet, puis nous irons voir ces deux boutefeux.

On servit les liqueurs au salon où Noblecourt se fendit de quelques anecdotes judiciaires tandis que les paupières de Bourdeau tombaient et que Laure jetait à Nicolas des regards languissants. L'ancien procureur comprit assez vite que ses historiettes empêchaient ses hôtes de se reposer. Paternel et fin, il s'arrêta de lui-même, claqua doucement des mains et décréta la fin de l'échange. Ses invités ne se firent point prier et se retirèrent prestement dans leur chambre tandis qu'on portait Noblecourt chez lui, après les adieux de rigueur.

Nicolas resta quelques minutes assis sur son lit, l'oreille aux aguets. Comme le silence s'était installé dans la maisonnée, il sortit à pas de loup et vint gratter à la porte de la princesse. Aussitôt l'huis s'ouvrit et le sourire de Laure apparut dans l'entrebâillement.

— Je vous attendais, monsieur le marquis, dit-elle d'une voix douce.

XIII

TORCHES

« Dans la presse, seules les publicités disent la vérité. »

Thomas Jefferson

Vendredi 2 octobre 1789

À cinq heures Nicolas s'éveilla au son de la cloche de Saint-Eustache qui égrenait matines. Encore embrumé, il s'étonna un instant de sentir auprès de lui un corps endormi et chaud dont la paisible respiration faisait un régulier bruit de fond dans la chambre silencieuse. Alors il se remémora les plaisirs de la nuit, agités et tendres, qui le ramenèrent à la douce réalité d'une liaison nouvelle dont les émois faisaient couler un peu de miel dans ses sens aiguisés. Dès lors, bien réveillé, il décida qu'il ne dormirait pas plus avant et se glissa lentement hors du lit moelleux en prenant soin de laisser sa compagne reposer. Il prit ses vêtements sans bruit d'une main, de l'autre ses bottes, sortit en chemise à pas de loup, referma avec précaution la porte de la chambre et descendit les marches en s'efforçant de ne pas les faire craquer.

À l'office, il manœuvra lentement la pompe de cuivre de l'évier pour quelques ablutions, s'habilla sans bruit, ranima le feu de la cuisinière et posa sur la fonte une bouilloire emplie d'eau. Il coupa dans une miche deux tartines qu'il beurra largement et posa sur la table de bois tandis que l'eau chauffait en émettant un petit sifflement. Il prit trois cuillères de café moulu qu'il versa dans la cafetière bientôt pleine d'une eau frémissante. Une rassurante odeur se répandit dans l'office pendant que le chien de Noblecourt réveillé par le bruit frétillait autour de lui.

Il fit honneur au pain trempé dans le café, revigoré par ce premier déjeuner du petit matin, envahi de pensées à la fois douces et confuses. Un brin de fierté masculine flattait son amour-propre, né des élans que lui témoignait Laure de Fitz-James, une jeune femme parée des qualités que tout homme recherche dans sa quête amoureuse, une beauté vive et enjouée, une grande intelligence, une énergie pleine d'allant et d'industrie, et même ce courage physique qu'on croyait souvent réservé à la gent bottée et culottée, auxquelles s'ajoutaient l'illustration de la naissance, le prestige d'un grand nom et une place éminente à la Cour. Voilà bien une liaison propre à fouetter l'estime qu'il se portait, dont il pouvait s'enorgueillir dans les salons, exciper dans la hiérarchie des honneurs, comme un trophée mondain autant qu'une tendre et sensuelle amitié. Pourtant un zeste de mauvaise conscience ternissait quelque peu ce bonheur tout neuf. Subrepticement, l'image d'Aimée se superposait à celle de Laure ; Aimée qu'il chérissait toujours et respectait, même si leurs liens s'étaient distendus, même si cette maîtresse discrète vivait de son côté une existence libre dont il ne souhaitait pas connaître le menu, ouverte aux attachements neufs comme il l'était lui-même. Pendant l'été, à la Cour, il avait sacrifié plusieurs fois au pèlerinage sensuel qui convenait aux deux amants, elle toujours disponible dans cette grande maison de Versailles où elle résidait avec son père l'amiral d'Arranet, lui logé dans cette soupente du château qui n'était guère luxueuse, mais dont la situation était enviée par tant de nobliaux qui eussent donné une partie de leur fortune pour vivre près du roi et du pouvoir. Tout en effectuant son service avec exactitude, il s'était offert avec Aimée, dont les attraits semblaient insensibles au temps, plusieurs escapades de plaisir chez l'amiral ou bien dans quelque auberge des environs à la chère de qualité, sise comme un havre de jouissance au bord d'une rivière argentée ou dans une clairière verdoyante de la forêt de Meudon. Nul contrat, nulle parole ne les liait, mais la force d'une si tendre habitude lui laissait, dans cette nouvelle situation, un soupçon de culpabilité qui était comme une goutte d'amertume dans un subtil nectar. Et pourtant, il était chipé, piqué, entiché de cette aventure inattendue. Cette femme qui agissait comme un homme le surprenait et l'intriguait, sa vivacité le séduisait, sa rapidité d'esprit le troublait, habitué qu'il était d'une gent féminine qui restait volontairement, en dépit de sa finesse, en deçà des péremptoires raisonnements masculins. Laure avait la pétulance d'une bas-bleu de salon, mais aussi l'audace d'un mousquetaire, qu'elle alliait à l'effronterie d'une aventurière de boudoir. Avec elle, Nicolas le bretteur, le raisonneur, le marquis policier, n'éprouvait plus aucun sentiment de supériorité. Il devait même se tenir sur ses gardes, tant l'esprit aigu de la princesse, il le devinait, pouvait débusquer ses erreurs de logique ou ses imprécisions, ses afféteries ou ses ridicules, alors qu'Aimée, quoique femme libre, affectait le plus souvent une soumise sollicitude. C'était pour lui une expérience nouvelle, sans doute née de ce temps de philosophes, même si Laure de Fitz-James se méfiait des faiseurs de système qui hantaient les salons et ne cessait de proclamer sa fidélité aux traditions. Les femmes pénétraient le domaine des hommes : voilà un aspect des temps neufs qui lui avait encore échappé. Décidément, tout changeait, tout vacillait, tout branlait sous les coups des idées nouvelles. Les Lumières éclairaient des réalités inédites, qui éclosaient dans l'intimité des couples comme dans la marche des affaires publiques. Devant ces découvertes, au milieu de ces dilemmes d'amour et de Cour, il décida de se laisser porter par l'inclination plus que par la raison, ce qui laissait son esprit libre de se concentrer sur la ténébreuse affaire qui les occupait et les réunissait.

À sept heures, Laure fit son apparition, s'assit auprès de lui sur le banc de la cuisine et le gratifia d'un baiser langoureux.

— Monsieur le marquis, lui confia Laure d'une voix sourde avec un sourire entendu, j'ai passé ma meilleure nuit depuis longtemps. Vous êtes décidément un jeune homme, plein de fougue et de verdeur. J'en ai été rompue et j'ai dormi comme une jument fourbue.

Nicolas rougit jusqu'aux oreilles, surpris par la sensuelle effronterie de la princesse.

— Mon amie, dit-il, ce fut une excursion au septième ciel.

— Vous m'y conduirez souvent, j'espère, continua-t-elle dans la même veine.

— Madame, il ne tient qu'à vous.

— Alors mes soirées sont prises pour le mois à venir.

Le visage d'Aimée flottait encore dans la mémoire de Nicolas, qui la chassa cette fois avec une célérité un peu coupable. Apportées par la jeune servante, les brioches habituelles apparurent sur la table de gros bois. Ils se servirent le café et mordirent à belles dents la pâte molle et doucement odorante à peine sortie du four.

Bourdeau entra et salua d'un mot courtois. Il se servit à son tour et darda sur ses amis un regard ironique et bienveillant, souriant de les voir soudain empruntés comme des gamins pris en faute.

— Je vois que vous avez passé une bonne nuit, dit-il en appuyant sur les mots, ajoutant à l'embarras du couple qui se croyait clandestin.

— J'ai dormi comme un loir, affirma Laure avec un air dégagé qui ne trompa guère le policier amical.

Ce disant, elle allongea sa jambe et caressa de nouveau celle de Nicolas, qui toussa pour garder contenance.

Noblecourt dormait tard le matin, en vieillard qui passe souvent des nuits coupées d'insomnies. Ils déjeunèrent dans une ambiance légère, avant de remonter à cheval pour la première partie de la mission qu'ils avaient arrêtée : parler au sieur Marat, qui officiait de l'autre côté du Pont-neuf, près la rue Saint-André-des-Arts.

Ce coin de Paris, Bourdeau le connaissait par cœur : entre la rue des Cordeliers, et le carrefour de Buci, au début de la rue Dauphine, il avait observé un foyer de la révolution en cours. Près du carrefour, dans la rue de l'Ancienne-Comédie, se trouvait le café Procope, où s'étaient naguère réunis Voltaire, Rousseau, Diderot ou d'Alembert, ainsi que Benjamin Franklin pendant qu'il négociait avec le roi Louis XVI. Était-ce le voisinage de ce repaire de philosophes, où était née, dit-on, l'idée de l'*Encyclopédie* ? Toujours est-il que quatre personnages déjà notoires dans la rébellion parisienne avaient élu domicile autour du café Procope, qui donnait par l'arrière sur la cour du Commerce-Saint-André, un passage aux pavés inégaux qui laissaient pousser, entre les interstices, une herbe jaunie par l'automne et où s'alignaient des boutiques sises dans des maisons aux enseignes colorées et aux murs de guingois. Au numéro 9 de cette cour logeait, chez le menuisier Schmidt, un Joseph Ignace Guillotin, médecin philanthrope qui avait mis au point une machine à couperet dont on disait qu'elle allait remplacer, par son action rapide, les supplices jusque-là infligés aux condamnés à mort par pendaison, par écartèlement ou par martèlement sur une roue. Bourdeau ne doutait pas que ce progrès manifeste fût bientôt adopté par les nouvelles autorités.

Au numéro 20 habitait un agitateur du district, particulièrement redoutable par son éloquence torrentielle et sa gouaille plébéienne, un certain Georges d'Anton, qui dominait le district dont les réunions se tenaient non loin de là, dans la chapelle du couvent des Cordeliers. Il avait pour voisin et ami Camille Desmoulins, l'homme du 12 juillet, journaliste et député, bègue mais bavard, qui avait ameuté la foule au Palais-Royal pour réagir au renvoi de Necker. Enfin, au numéro 8 du passage, habitait celui que Nicolas, Laure et Bourdeau venaient rencontrer pour l'affranchir des événements de Versailles : Jean-Paul Marat, ancien médecin, journaliste, pamphlétaire et agitateur. Depuis le 12 septembre 1789, ce Marat publiait une feuille intitulée *L'Ami du peuple*, dont le style enflammé et les raisonnements implacables, quoique souvent fondés sur des spéculations, lui avaient gagné une vaste audience populaire.

Entrant par la rue Saint-André-des-Arts, Bourdeau qui conduisait Laure et Nicolas, montra du doigt une cloche suspendue à un châssis, un peu plus loin sur la gauche du passage.

— C'est la cloche de Marat, dit-il, elle sonne quand il a fini l'un de ses pamphlets. Alors un aide vient chercher sa copie pour l'apporter à l'imprimerie qui occupe le rez-de-chaussée de la maison.

Poussant une porte à deux battants, ils pénétrèrent dans l'atelier où flottait l'acide odeur de l'encre d'imprimerie. Au milieu de la pièce trônait une machine de bois bâtie autour d'une forte vis commandant un plateau mobile. Celui-ci s'abaissait pour presser sur les feuilles in-8 le texte en relief composé à l'aide des caractères en plomb inventés naguère par Gutenberg. Adossée au mur d'en face, une table surmontée d'un plan incliné portait la casse, une large boîte de bois à compartiments où étaient gardées les lettres de métal, majuscules en haut et, en bas, les minuscules, celles qu'on appelait les « bas-de-casse » en jargon d'imprimeur. Autour de la pièce, accrochées à un fil tendu entre des poutres, les épreuves du jour séchaient en attendant d'être corrigées.

Le prote, chef de l'atelier, se tourna vers les visiteurs avec une mine renfrognée. Après avoir décliné leur qualité de commissaires de police, Bourdeau demanda à voir Marat. Un garçon aux doigts tachés d'encre fila à l'étage et revint dire que le journaliste était prêt à les recevoir. Ils montèrent à leur tour, poussèrent une porte, et trouvèrent, attablé à un bureau, un curieux personnage à la peau suintante, la tête entourée d'un foulard humide, vêtu d'une simple chemise qui tombait en pans chiffonnés sur un pantalon sale. Il avait devant lui une pile de feuilles vierges, un encrier et tenait à la main la plume d'oie avec laquelle il venait de commencer un nouvel opus. Il leva vers les arrivants une figure disgracieuse dont les deux yeux globuleux, le nez camus et la mâchoire proéminente entourée d'une bouche arrondie comme un chemin de ronde autour d'un donjon, le faisaient ressembler à un crapaud. Marat lança aux arrivants son regard plein de méfiance.

— Quelle est cette délégation policière ? demanda-t-il. Aurait-on décidé de suspendre *L'Ami du peuple* ? Sachez que cette mesure est illégale et que le peuple ne manquera pas de voler à mon secours.

— Il ne s'agit pas de cela, répondit Nicolas, nous ne sommes pas ici pour une proscription mais pour une discussion.

— Et pourquoi discuterais-je avec les commissaires du roi ?

— Nous sommes les commissaires de la Commune et nous obéissons aux ordres de M. de La Fayette. Nous venons vous entretenir et non vous censurer.

— La Fayette ? lança Marat. Voilà qui ne vaut guère mieux. Je soupçonne cet aristocrate de vouloir comprimer les demandes du peuple. La Fayette est lié à Mounier, à Mirabeau, à Sieyès, à Bailly et aux constitutionnels, ces bourgeois qui ont décidé du vote censitaire. Dans leur Constitution, il faudra justifier d'un marc d'argent pour pouvoir participer à la désignation des représentants. Seuls les propriétaires pourront voter. Pour moi, les droits sont égaux et le suffrage doit être universel. Le refuser, c'est remplacer l'aristocratie de la naissance par celle de l'argent.

— Voilà qui est affaire d'opinion, riposta Nicolas. Nous venons vous entretenir de faits, qui ont leur importance dans les circonstances présentes.

— Des faits ? Et lesquels, je vous prie ?

— Cela demande un peu de temps. Pouvons-nous nous asseoir ?

— Soit, dit Marat d'un ton résigné, prenez ces chaises.

Ils s'assirent autour du bureau sous l'œil irrité du journaliste. Nicolas, parfois complété par Bourdeau, conta l'enquête qui les avait amenés chez lui. Les deux policiers avaient résolu de n'omettre aucun élément, espérant gagner auprès du pamphlétaire irascible un début de confiance. Ils terminèrent leur compte rendu par le récit du souper de Versailles, insistant sur les cocardes que personne n'avait piétinées et sur la gêne du roi, qui désapprouvait toute provocation envers les patriotes.

— Vous me la baillez bien belle, rétorqua Marat, mais je tiens un autre récit des officiers de la garde nationale présents à cette orgie. La cocarde a bel et bien été piétinée et l'on a refusé de porter un toast à la nation. Qu'est-ce donc que cette insanité, sinon une manifestation contre-révolutionnaire ?

— On vous a trompé, dit Bourdeau. Mes deux amis étaient là, ils peuvent attester du contraire.

— Ils sont agents de la Couronne, je le renifle à cent pas.

— Nous pouvons donner notre parole d'honneur,

répliqua Laure. Si vous écrivez cela, vous serez l'auteur d'un mensonge.

— Dois-je croire de braves officiers patriotes ou bien deux policiers et une aristocrate ? – puis, se tournant vers Laure : Et d'ailleurs, que faites-vous là, vous qui me semblez une comtesse ou une marquise ?

— Laure, princesse de Chimay, dit fièrement la jeune femme. Comme mes amis vous l'ont conté, je suis missionnée par la reine pour explorer les voies d'un arrangement avec les ennemis de la Cour.

— Quel arrangement pourrait bien survenir entre le peuple et ceux qui l'oppriment ?

— Le roi est prêt à un compromis. Il veut sanctionner la Constitution s'il a la garantie d'un retour à l'ordre, d'un respect de sa personne et de sa famille.

— Le retour à l'ordre, c'est la fin de la Révolution, lâcha Marat.

Bourdeau se sentit obligé d'intervenir, lui qui entrait, pour partie en tout cas, dans les vues de Marat.

— La nation y aura gagné la fin des privilèges, dit-il, la Déclaration des droits et une constitution. N'était-ce pas le but de l'Assemblée et le sens des doléances inscrites dans les cahiers ? Choisir l'émeute, celle que les conspirateurs veulent susciter, c'est faire couler le sang du peuple en vain. Le roi devra se défendre, l'émeute sera vaincue. Alors viendra le temps de la contre-révolution que vous redoutez.

Marat parut touché par l'argument. Il resta un instant silencieux, semblant chercher sa riposte. Nicolas en profita pour pousser l'avantage.

— Si les journaux excitent la violence, ils enverront les Parisiens vers une bataille perdue d'avance. Vous avez sous votre plume le sort de la Révolution.

— Je ne fais qu'exprimer les idées du peuple. Je suis son tabellion.

— Le peuple veut l'égalité, mais il veut aussi garder le roi.

— Sauf si le roi le trahit. Vous avez à la Cour un parti réactionnaire autour de l'Autrichienne, qui ne rêve que d'une Saint-Barthélemy des patriotes. Comment pourrais-je lui faire confiance ?

— Si vous rendez compte fidèlement des événements, pour prévenir une colère sans fondement, dit Laure, je puis vous jurer que le roi et la reine regarderont la situation avec magnanimité.

— Chacun joue son rôle dans ce théâtre, répondit Marat. Le vôtre est de nous endormir, le mien est de sonner l'alarme.

— À condition qu'il ne s'agisse pas d'une fausse alarme, reprit Nicolas.

— Il faut parfois sonner le tocsin avant l'incendie.

— Réfléchissez, Marat, nous sommes ici de bonne foi pour vous affranchir avant que vous ne donniez le signal d'une émotion qui sera funeste à tous les partis. Le banquet de Versailles était une erreur, mais on a respecté les cocardes et le roi ne veut pas de provocation contre la nation.

— Réfléchir ? Je passe ma vie à cela. J'ai bien compris votre avertissement. Laissez-moi maintenant m'atteler à ma tâche.

Ils laissèrent Marat à sa réflexion, incertains sur l'effet de leurs objurgations, mais satisfaits d'avoir fait tout ce qui était possible pour circonscrire le feu qui couvait. Il fallait maintenant réitérer le même plaidoyer auprès de l'autre journaliste désigné comme boutefeu par leur ami Noblecourt, le nommé Gorsas, qui publiait depuis juillet son *Courrier de Versailles*, dédié à la mise au jour des manœuvres de la Cour. Gorsas officiait au Palais-Royal, où il déclamait devant la foule l'article qu'il venait de publier le matin.

Ils prirent la rue Dauphine qui s'ouvrait dans le carrefour de Buci. Laure jeta un regard tendre à Nicolas. Bourdeau fit semblant de ne rien voir, concentré sur la chaussée inégale. Nicolas contempla Laure, heureux de sa nuit agitée, toute de passion neuve et d'effusions. Une douce sensation d'accomplissement luttait en lui avec les tracas de leur enquête. Une admiration, aussi, pour cette jeune femme si ferme et si vive, qui conjuguait le charme de son sexe avec une alacrité qu'il n'était pas habitué à voir chez ses habituelles compagnes. Aussi bien se sentait-il étreint d'une fierté un peu vaniteuse, lui, l'homme de cinquante ans, capable de séduire une jeunesse de si prestigieuse extraction. Fort content de lui, il se dit qu'il atteignait à une forme de plénitude, exerçant son métier préféré aux côtés d'une alliée sensuelle et pleine de ressource.

Une file d'attente bloquait encore la moitié de la chaussée devant l'échoppe du boulanger qu'ils avaient sauvé de la pendaison trois jours plus tôt. La disette faisait ses ravages et les mêmes matrones attendaient en maugréant que la boutique puisse les servir. Au moins ne parlaient-elles pas de pendre le boulanger… Ils passèrent le Pont-Neuf encombré et gagnèrent la rue Saint-Honoré bruyante et désordonnée, jusqu'à l'entrée du Palais-Royal. Ils laissèrent leurs chevaux devant le théâtre du Palais-Royal et passèrent sous la galerie de l'ouest.

Une foule de badauds fébriles occupait le jardin, répartie en petits groupes qui péroraient à qui mieux mieux, attirant les chalands et les curieux. Conduits par Bourdeau, Laure et Nicolas se dirigèrent vers le fond de la galerie ouest où se trouvait le fameux café de Foy, théâtre de la harangue de Camille Desmoulins, lequel avait désormais des émules quotidiens qui venaient prononcer leurs propres philippiques à l'intention des Parisiens. C'était l'heure de Gorsas : les trois enquêteurs se mêlèrent à l'assistance qui attendait l'orateur attablée devant les verres et les bouteilles déposées là par les serveurs du café. Comme il prenait place aux côtés des spectateurs qui attendaient Gorsas, debout autour de la terrasse du café, Nicolas reconnut un homme qui observait la scène d'un œil aigu. C'était Beauvilliers, dont le restaurant était à deux pas, et qui venait en voisin curieux écouter le folliculaire. Il reconnut Nicolas et Bourdeau et les salua en inclinant le menton. Ils rendirent le salut.

À dix heures, un homme bien mis, le visage régulier aux épais sourcils, affublé d'une perruque ourlée d'une seule boucle de cheveux gris, se fraya un passage parmi les clients et monta sur une chaise, puis sur une table, tenant à la main un papier qui tremblait légèrement.

Cet Antoine-Joseph Gorsas était un rimailleur acide, fondateur d'une école à Versailles, qui publiait avant 1789 des poèmes peu ou prou licencieux ou satiriques et s'était attiré la vindicte subséquente de nombreux ennemis. Accusé sans preuves de « corrompre la jeunesse », il avait été enfermé une année à Bicêtre, dont il était sorti en bataille contre la société. Au début des États généraux, il avait commencé de publier son *Courrier* qui s'était mis au service du parti patriote, ne cessant d'accumuler réquisitoires et libelles contre la Cour. Comme pour Marat, cette animosité lui avait valu le suffrage du peuple parisien, qu'il entretenait tous les jours dans ses discours du Palais-Royal.

Tandis qu'un vent frisquet soufflant sous un ciel brouillé faisait bruisser au-dessus de lui les arbres du jardin, il commença à déclamer d'une voix grave et pathétique. En phrases ronflantes, il dénonça les intrigues supposées de la Cour, le rassemblement des troupes à Versailles, les vues homicides qu'il prêtait au parti de la reine, la menace qui pesait, selon lui, sur la sûreté des députés réunis aux Menus-Plaisirs. Nicolas nota toutefois que ce Démosthène en perruque ne faisait pas allusion au banquet de l'opéra royal, soit qu'il n'en fût pas informé, soit qu'il attendît des confirmations pour lancer son alerte. Il était encore temps de le chapitrer, en espérant que son hostilité envers la Couronne ne lui fasse pas confondre rumeur et réalité. Après tout, Marat les avait écoutés, sinon entendus. Pourquoi pas Gorsas ?

Le réquisitoire se poursuivait, traînant un peu en longueur, quand Laure tira discrètement Nicolas par la manche.

— Attention, murmura-t-elle, je vois à notre gauche, sous la galerie, l'homme en noir que nous cherchons partout, Gensac.

Nicolas resta de marbre, évita de tourner le regard, abaissa son tricorne et, entraînant Bourdeau avec lui, recula lentement au milieu de la foule assemblée pour se mettre à l'abri d'un tronc d'arbre. La chance était avec eux. Gensac, qui avait le regard braqué sur l'orateur, ne les avait pas remarqués. Jetant un coup d'œil furtif dans sa direction, Nicolas découvrit son visage. C'était un gentilhomme à la chevelure brune et aux traits aigus, la peau tannée, un pli amer aux commissures des lèvres, avec un air d'énergie et de suspicion mêlées.

— Pierre, dit Nicolas à Bourdeau, Gensac est là,

sous la galerie, derrière Gorsas. Restons cachés, il nous connaît. Nous ne pourrons pas le suivre, il nous découvrirait aussitôt. Va quérir des exempts pendant que nous le surveillons.

Bourdeau disparut par l'autre galerie, marchant tranquillement en baissant le regard vers le sol, le visage dissimulé par le col relevé de son manteau. Gorsas continuait à déclamer, Nicolas n'osait plus se pencher pour observer Gensac. Il recula encore, vint derrière la foule et jeta un regard dans l'espace qui séparait deux spectateurs. L'assassin était immobile, promenant ses yeux méfiants sur l'assistance. Nicolas s'effaça derrière la foule assemblée, quand son regard fut arrêté par un autre spectateur, qu'il connaissait aussi fort bien. C'était Choderlos de Laclos, attiré par l'orateur du café de Foy et venu à coup sûr du palais du duc d'Orléans, pensa Nicolas, comme il devait le faire régulièrement pour le compte de son maître. La coïncidence n'en est pas une, se dit-il, les conspirateurs se retrouvent comme par hasard dans ce jardin qui est comme la forge où chauffe l'opinion parisienne. Indice précieux : le complot, Nicolas n'en douta plus, se trame décidément ici et il est en relation avec l'émotion populaire qui se prépare. Quoiqu'en retrait, il n'avait pas été assez discret. Laclos, qui évaluait du regard le nombre de spectateurs, le débusqua soudain. Il s'avança vers le commissaire avec un air de reconnaissance presque jovial.

— Le Floch, demanda-t-il d'une voix forte, avez-vous finalement débrouillé notre énigme ?

Nicolas dut s'avancer d'un pas pour le saluer, sauf à paraître impoli. Mais ce faisant, il avait quitté l'abri du tronc d'arbre. Aux aguets dans la galerie, Gensac le vit, le reconnut, sursauta et se retourna pour prendre la fuite. Voyant l'assassin lui échapper, Nicolas planta sur place Laure et Laclos, et courut derrière Gensac.

Il avait quelques toises de retard et voyait l'homme en noir filer à toutes jambes vers la rue de Montpensier. Il maintint la cadence et arriva juste derrière lui à la sortie du jardin. Gensac sauta sur un cheval et piqua des deux vers la Seine. Nicolas trouva le sien au même endroit, là où les visiteurs du jardin attachaient généralement leurs montures. Il se mit en selle et suivit le fugitif par la rue Saint-Nicaise et la cour des Tuileries.

Cette course-poursuite dans Paris était malaisée et dangereuse. Gensac chevauchait à bride abattue, indifférent aux obstacles, obligeant les passants à se garer en panique, bousculant les étals, coupant la route des fiacres venant à droite ou à gauche, envoyant même une jeune fille heurter la vitrine d'une boutique, sous les insultes des pratiques. Nicolas tâchait de suivre en virevoltant parmi les chalands, soucieux d'éviter l'accident, perdant du terrain par son scrupule. Il apercevait le fuyard au-delà des têtes des badauds mais de plus en plus loin, le dos courbé sur sa monture, cravachant au besoin ceux qui pouvaient se mettre en travers de son chemin. Arrivé sur le quai, Gensac tourna en trombe sur le pont Royal. Nicolas éperonna son cheval et s'engouffra à son tour sur le tablier bombé, tandis que sa proie s'enfournait dans la rue du Bac. Il le perdit de vue, tira la bride à gauche du pont pour lancer son cheval à sa suite. À cinquante toises, il devina l'avancée de Gensac en voyant le sillon de surprise et de peur creusé parmi la foule qui encombrait la rue. Au bout de la rue du Bac on arrivait au carrefour du Cherche-Midi, puis à la rue Cassette qui menait au jardin du Luxembourg. L'itinéraire était sinueux, propice à la disparition de l'homme en fuite. Au sortir de la rue Cassette, Nicolas ne vit plus personne. Puis, en suivant la ligne des arbres, il trouva un cheval luisant de sueur et soufflant comme une forge, abandonné par son cavalier au coin de la rue de Vaugirard. Gensac s'était évanoui.

Avait-il disparu dans les étages d'une maison avoisinante ? S'était-il caché sous un porche ou dans une cour ? Nicolas se dit que ce brigand très organisé n'était pas venu au hasard jusqu'à ce coin de jardin. Aurait-il voulu seulement se dissimuler dans une maison de rencontre qu'il aurait à coup sûr continué pour creuser encore l'écart et gagner le temps de trouver une bonne cachette. Serré de près, il ne pouvait laisser son cheval sans disposer d'une échappatoire prévue d'avance, suffisamment occultée pour dérouter la poursuite. En lisière du jardin, considérant les façades alentour, Nicolas faisant marcher son cheval au pas pensa qu'il devait y avoir dans ces entours quelque entrée secrète, quelque issue invisible par où Gensac s'était éclipsé. C'était, au vrai, la seule piste digne d'être explorée. Si d'aventure Gensac était entré dans une maison, il avait tout loisir de s'enfuir par les toits. Dans ce cas, il était trop tard, la capture de l'assassin était manquée. En revanche, il fallait explorer les abords du jardin : peut-être une porte masquée ou une trappe dissimulée conduirait la recherche vers le refuge du brigand.

Nicolas avisa la grille ouverte du jardin par laquelle les promeneurs venaient déambuler parmi les statues, les buissons et les arbres. Il entra, l'œil aux aguets. Aussitôt, un indice l'attira : sur l'allée de gravier qui menait au cœur de l'étendue de verdure, il vit des traces de pas profondes et espacées. Il s'agenouilla pour les examiner : elles étaient courtes et creusées à l'avant du pied. Pas de doute, c'étaient celles d'un homme à la course, qui avait imprimé ses pointes de botte dans le lit de cailloux blancs. Nicolas les suivit sur trente pas, jusqu'à leur soudaine disparition. À cet endroit, un vaste et épais buisson jouxtait l'allée de gravier. Le fuyard avait sans doute bifurqué pour s'enfoncer à couvert. Nicolas écarta feuilles et branches pour pénétrer dans le buisson, suivant un vague sentier qui serpentait dans la végétation. Il arriva à une petite clairière de terre battue, qui lui livra ce qu'il cherchait. Au milieu de cet espace libre assombri par les ramures, une trappe de bois s'ouvrait au ras du sol, à moitié cachée par des touffes d'herbe drue. Nicolas souleva la plaque de bois avec précaution. Un escalier en colimaçon apparut dans le jour qui se faisait, descendant deux toises plus bas jusqu'à l'ouverture d'un passage. Il descendit lentement les marches, tirant son pistolet pour le cas où son ennemi l'aurait attendu. À gauche de l'escalier un réduit était creusé dans la terre, étayé par des poutres et entouré d'étagères de bois. Sur un rayon, Nicolas trouva deux lanternes et des allumettes. Des pelles, des pioches et un matériel de menuiserie étaient rangés sous les étagères. Ainsi le boyau était-il en fonctionnement, nanti des outils nécessaires à son entretien. Nouvelle preuve de la minutie de ses adversaires.

Nicolas prit une lanterne, frotta une allumette et s'enfonça dans le tunnel ; il marcha dix toises et fut arrêté par une grille fermée par une serrure. Ainsi, les malandrins avaient prévu le cas où ils seraient poursuivis dans le passage. Une fois la grille verrouillée, impossible d'aller plus avant. Nicolas leva sa lanterne pour examiner le pourtour de la grille, cherchant une faille ou une ouverture. Quand soudain, à la limite de son champ de vision, il perçut, presque par instinct, l'éclair argenté d'un objet de métal. Il se plaqua contre la paroi de terre. Un peu tard : un coup de feu retentit et une brûlante douleur lui transperça le bras gauche. Il laissa échapper un cri, porta sa main à la blessure et se rencogna contre la paroi. Au fond du tunnel qui se prolongeait au-delà de la grille, il entendit un bruit de course précipité.

Il palpa sa blessure et en retira une main ensanglantée. Il fut néanmoins rassuré. La balle avait épargné l'os ; la douleur venait d'une profonde plaie, non de la fracture de l'humérus. Nicolas retira son foulard et se fit un garrot en tenant une extrémité entre les dents et l'autre dans sa main droite. Il rebroussa chemin en grimaçant, rassuré sur son compte mais furieux d'avoir laissé échapper Gensac, qui avait une nouvelle fois manqué de l'estourbir. Il faudrait revenir rapidement avec exempts et terrassiers pour explorer le tunnel, même s'il devinait que ses ennemis ne manqueraient pas d'en combler dans la nuit l'extrémité pour interrompre la piste.

Il revint à l'air libre et évalua du regard l'orientation du boyau : il allait d'évidence vers l'est, c'est-à-dire vers le palais du Luxembourg qui barrait de son imposante silhouette le fond du parc, dont les bassins et les allées étaient disposés en un plan géométrique. Ce plan faisait songer à celui de Versailles où il avait rencontré Sartine. Soudain, ce rapprochement fit dans l'esprit de Nicolas comme une illumination. Il venait de faire le lien entre l'avertissement de son ancien maître et le palais du Luxembourg dont il devinait la silhouette derrière les arbres. Lien vertigineux... Remontant à cheval à l'aide de sa main droite, il se perdit dans un entrelacs de conjectures qui lui semblèrent à la fois redoutables, invraisemblables, et diablement logiques.

Revenu au Palais-Royal, il retrouva Laure et Bourdeau qui attendaient anxieusement devant l'entrée. Voyant Nicolas pâle comme un linge, ils changèrent le garrot et prirent de l'eau à une fontaine pour nettoyer la plaie tandis qu'il contait son histoire. Mais il garda pour lui l'hypothèse qu'il venait d'échafauder.

— Allons chez Semacgus, dit Bourdeau, il te soignera avec sûreté et pourra nous loger.

— Avez-vous parlé à Gorsas ? demanda Nicolas.

— Oui, répondit Laure, mais l'animal ne veut rien entendre. Il est encore plus revêche que ce Marat, dont vous m'avez imposé la charmante compagnie ce matin. Gorsas nous a écoutés, mais il veut croire ce qui l'arrange, c'est-à-dire la rumeur populaire. Au fond, il nous a fait comprendre qu'il préférait un mensonge utile à une vérité qui bouscule ses préventions. Il est enragé contre la Cour, en tout état de cause.

— Oui, ajouta Bourdeau, cela ne présage rien de bon. M'est avis que nous aurons sous peu une émeute sur les bras.

XIV

RUSE

« Avec un mensonge on va loin mais sans espoir de retour. »

Proverbe juif

La blessure n'avait rien fracturé mais elle était profonde. Après avoir de nouveau lavé la plaie, à l'alcool cette fois-ci, Semacgus ouvrit sa trousse de chirurgien, prit un bistouri et avertit Nicolas qu'il allait lui faire mal.

Il avait la longue expérience des chirurgiens navigants, qui soignaient en série les blessures infligées par les balles, les boulets et les éclisses de bois arrachées pendant les tirs. Il s'était écarté de la tradition médicale, celle de Gallien et d'Aristote ; la saignée, les vomitifs ou les purges, destinées à équilibrer les quatre humeurs du corps – sang, lymphe, bile jaune et bile noire – lui semblaient à l'usage sans grand effet, sinon d'affaiblir dans de nombreux cas le malade déjà diminué par le mal. Il avait reçu une éducation sérieuse à l'école royale de Rochefort et croyait bien plus au savoir d'expérience accumulé par les chirurgiens de guerre qu'aux principes abstraits débités en latin par les médecins de ville, qui savaient tout leur Gallien et leur Hippocrate mais ne voyaient aucun malade au long de leurs études. Il avait ri comme un bossu aux pièces de Molière qui lui semblaient non une caricature mais un reflet fidèle du savoir médical officiel.

Il remplaça le garrot par une corde serrée autour du bras par un tourniquet puis, d'un coup sec, enfonça son bistouri dans la blessure, arrachant un cri étouffé à Nicolas. Il le retira après une minute, laissant le blessé haletant, suant et blanc.

— La balle est toujours dans la plaie, dit-il. C'était un petit pistolet, m'est avis. Elle a percé les chairs mais elle a buté sur l'os. C'est un miracle qu'elle n'ait rien cassé. Mais il faut la retirer. Sinon la gangrène s'y mettra et il faudra amputer. Nicolas, je vais sauver ton bras mais je dois faire appel à ton courage.

— Semacgus, j'ai pleine confiance dans ton art, répondit le commissaire d'une voix faible, le regard néanmoins inquiet.

— Alors opérons. Le plus vite est le mieux.

Le chirurgien sortit de sa trousse une plaquette de cuir qu'il plaça dans la bouche du blessé.

— Tu mords très fort et tu ne bouges plus. Veux-tu une rasade de rhum ?

— Non, finissons-en au plus tôt, demanda Nicolas. Je n'ai pas besoin de ton cuir, je ne hurlerai pas.

— Je ne crains pas tes cris, je m'inquiète pour ta langue. Souvent les blessés qui n'ont rien en bouche mordent leur langue et la coupent comme une saucisse de Toulouse.

— Fort bien, va pour le cuir. Allons, fais ton office.

Semacgus prit un tire-balle et l'approcha de la plaie. C'était un ciseau dont les lames étaient remplacées par deux tiges de métal recourbées en leur extrémité, comme les crocs d'une pince. Il empoigna le bras du blessé et plongea le tire-balle dans la plaie, provoquant un long gémissement étouffé par la plaquette de cuir que Nicolas mordait convulsivement. Il fouailla quelques secondes les chairs, referma le ciseau et le retira d'un coup. La balle apparut, dégouttante de sang. Semacgus la jeta dans la bassine que tendait Laure, prit la bouteille de rhum et versa une grosse lampée dans la plaie, ôtant avec un scalpel les fragments de vêtement qui s'étaient logés dans les chairs, tandis que Nicolas continuait de pousser des cris étouffés, le front mouillé de sueur et les membres tremblants.

— Voilà, tu es tiré d'affaire. C'est fini.

Nicolas grimaçait en serrant toujours les dents ; Laure épongea son front et tendit les pansements à Semacgus, qui passa un onguent sur l'ouverture ensanglantée, banda la plaie avec soin et passa une écharpe autour de son épaule pour immobiliser le bras transpercé. Il commanda le repos, Nicolas resta deux heures allongé, veillé par Laure qui lui caressait doucement le visage. Il finit par s'assoupir.

À neuf heures, il vint souper sur l'injonction de Semacgus. La douleur se calmait lentement sous l'effet de l'onguent, Nicolas put manger en sérénité. Awa avait préparé un pot-au-feu plantureux, longuement mitonné dans son bouillon relevé d'herbes diverses, avec carottes, navets, poireaux et pommes de M. Parmentier. Avalant de bon appétit le bœuf parfumé et tendre, Nicolas décida d'essayer sur ses amis le raisonnement né dans son esprit soupçonneux.

— Gensac, dit-il, est sans doute lié à Favras,

puisque la réunion des sbires devait avoir lieu dans l'hôtel du marquis, que nous avons visité avec la revêche marquise et qui comporte une sortie secrète. Lequel marquis a disparu par cette sortie. Le tunnel où j'ai manqué d'être dépêché par Gensac est dans le jardin du Luxembourg et conduit, je pense, au palais. Il me revient aussi que Beauvilliers, dont j'ai noté le manège indiscret quand nous avons dîné avec Laclos, travaillait auparavant pour un grand du royaume, dont il est sans doute un agent chargé de surveiller ce qui se passe au Palais-Royal. Sartine, enfin, m'a aiguillé vers le même grand de la Cour, sans en dire plus. Nous avons ainsi quatre indices – Favras, le tunnel du Luxembourg, les dires de Sartine et enfin Beauvilliers – qui nous mènent à une seule personne : Monsieur, frère du roi et comte de Provence, qui vit au palais du Luxembourg, qui est le protecteur de Favras et l'ancien maître de Beauvilliers. Voilà ma conclusion provisoire, qui est vertigineuse mais découle d'un raisonnement solide.

Bourdeau, Laure et Semacgus le regardèrent en silence, cherchant à trouver la faille de ce calcul policier d'implacable apparence. Laure réagit la première.

— Tu veux dire, Nicolas, que le comte de Provence intrigue contre son frère et prête la main à des assassins doublés d'affameurs. Mais c'est un pilier de la Cour, qui cherche d'abord à sauver la monarchie. Pourquoi conspirerait-il contre elle ?

— Je ne sais. Je me contente de rassembler les pièces de la machine. J'ignore à quoi elle sert. J'ai une seule explication, encore hasardeuse : Gensac cherche à précipiter la colère des Parisiens pour la changer en émeute. Monsieur est une tête politique, plus que son frère le roi. Il peut calculer qu'une émotion populaire obligera la Couronne à faire donner la troupe pour se protéger. Une fois l'ordre rétabli par le régiment de Flandre, le roi aura tout loisir de mettre au pas l'Assemblée et de l'obliger à modérer ses demandes. Il peut même, une fois les révolutionnaires contenus, prononcer sa dissolution et revenir à l'ancienne manière de gouverner.

— Voilà un calcul réaliste, reprit Laure d'un ton coupant. La combinaison est cynique, mais efficace.

Bourdeau se rebella contre cette froide intrigue.

— On ne peut pas revenir en arrière. Le royaume tout entier demande des réformes. Pour restaurer l'ancien pouvoir du roi il faudrait marcher sur cent mille cadavres.

— On casse bien des œufs pour cuisiner l'omelette, rétorqua Laure.

Bourdeau soutint sa thèse.

— Mirabeau, La Fayette, le duc d'Orléans, et le roi, au fond de lui-même, peuvent s'accorder pour amender la monarchie, ce qui revient à la sauver. Le compromis est bien plus réaliste que le massacre des patriotes. Je rappelle aussi que la troupe n'est pas sûre pour le roi. Le 14 juillet, beaucoup de soldats sont passés à l'émeute. Ils le feront d'autant plus si on leur ordonne de tirer sur le peuple.

— Ils obéiront au roi. On l'a vu l'autre soir à l'opéra de Versailles. Ils ont juré fidélité à Louis XVI.

— Cette fidélité, répliqua Bourdeau, s'arrête au massacre des patriotes. Ce sont deux actions bien différentes que de défendre Louis XVI et d'attaquer le peuple.

— C'est la même chose, coupa Laure.

Nicolas sentit que la querelle allait s'envenimer

outre mesure. Il tenta de ramener ses amis à leur tâche immédiate.

— Notre mission, dit-il, est de débrouiller les fils de ces intrigues et d'en affranchir le roi. Il pourra ensuite prendre le parti qui lui siéra. Si mes supputations sont justes, nous avons affaire à deux complots : celui de Laclos et du duc d'Orléans, qui veulent une monarchie limitée où ils saisiraient le pouvoir, avec le soutien de Mirabeau et de l'Assemblée ; celui de Monsieur et des tenants de l'ancienne société, qui veulent une bataille contre les Parisiens pour annuler la Révolution. Voilà ce qu'il faut éclaircir pour donner à Louis toutes les pièces nécessaires à la décision.

Semacgus, esprit pratique, intervint pour suggérer une action immédiate.

— Il me semble mes amis, que l'urgence est d'éclairer la Couronne. Ce sera ensuite affaire de politique.

— Oui, rebondit Nicolas. Pierre et moi devons rester à Paris pour mesurer l'émotion et poursuivre l'enquête. Demain matin paraîtra le pamphlet de Gorsas. Il faudra en évaluer les effets. C'est Laure qui doit rejoindre Versailles pour voir le roi et la reine, et leur tenir nos conclusions.

Ainsi fut-il décidé. La soirée s'acheva en un échange de conjectures subséquentes, tandis qu'Awa servait liqueurs et cordiaux auxquels les convives firent honneur de bon cœur. Laure s'était radoucie et regardait Nicolas avec une amoureuse sollicitude, surveillant sa résistance à la blessure. À onze heures, chacun avait rejoint sa chambre. À onze heures cinq, Laure vint gratter à la porte de Nicolas, qui ouvrit aussitôt. Toute de douces précautions, la jeune femme apaisa le blessé de ses sensuelles caresses qui se terminèrent par un assoupissement paisible, suivi d'une nuit réparatrice dans un tendre enlacement.

Samedi 3 octobre 1789

La surprise vint dès le petit matin, alors que les trois amis se retrouvaient autour d'une cafetière fumante et un pain blanc encore tiède venu de la boulangerie voisine. Bourdeau avait mandé Rabouine qui vint rendre compte des surveillances disposées autour de l'hôtel de Favras et de la maison de Gensac. Le marquis était rentré chez lui au soir. Une demi-heure plus tard, un valet était sorti dans la rue pour aller droit vers une mouche en faction à l'entrée de la rue de Poitiers. Il lui avait tendu un billet cacheté et avait tourné les talons sans mot dire. Sur le billet était inscrit le nom de Nicolas Le Floch, commissaire au Châtelet.

Nicolas prit le billet et l'ouvrit. C'était une invitation aimablement tournée, qu'il lut à haute voix pour ses amis :

Monsieur le commissaire,

Je n'ai pu malheureusement vous recevoir l'autre jour, une affaire urgente m'appelait à l'extérieur. Je serais enchanté de vous voir à mon hôtel ce matin et de répondre à toutes les questions que vous voudrez bien me poser. Votre enquête est précieuse à la Couronne et je ne voudrais pas laisser s'installer le moindre malentendu à ce sujet. Nous verrons-nous ce matin ? Croyez bien que j'en serais fort aise.

Avec les salutations de votre serviteur,

Thomas de Mahy, marquis de Favras.

Les trois amis se regardèrent d'un air circonspect. Était-ce une ruse supplémentaire ? Y avait-il un piège derrière cette prose courtoise ? Ou bien les conjectures agitées la veille étaient-elles vaines ? Favras, somme toute, était-il blanc comme neige ? Il n'y avait qu'un moyen d'en avoir le cœur net : se rendre à l'invitation. En venant à deux, en laissant quelques exempts à l'extérieur prêts à survenir en cas de mauvais coup, ils préviendraient toute tentative malfaisante ou, du moins, en limiteraient les risques. Nicolas voyait mal ce Favras, s'il était du complot, tenter de s'attaquer à eux chez lui, en plein Paris, après avoir officiellement écrit un billet qui le désignerait aussitôt en cas d'enquête.

Ils enfourchèrent leurs chevaux puis se séparèrent, Laure piquant des deux vers la rue de Vaugirard et Versailles après avoir jeté un dernier regard enamouré à son nouvel amant, Nicolas et Bourdeau poussant leur monture vers la rue de Poitiers qui donnait sur la Seine. En chemin, ils avaient observé plusieurs groupes de femmes très agitées. À coup sûr, Gorsas dans son *Courrier* avait sonné l'alarme en déroulant le récit – noirci et exagéré – du banquet de Versailles. Sur le Pont-neuf, ils virent d'autres groupes fiévreux qui péroraient la mine grave et l'œil enflammé. À l'ouvert de la rue Guénégaud, un cabinet de lecture était pris d'assaut par une foule anxieuse qui se repassait la feuille de Gorsas en fulminant. Il régnait dans ce matin gris et pluvieux une atmosphère d'émotion et de colère qui avait saisi les Parisiens pour ainsi dire au réveil. Le bruit du banquet courait Paris, répandant ire et angoisse, attirant les patriotes dans la rue et favorisant les réunions séditieuses.

Ils arrivèrent rue de Poitiers en même temps que

quatre exempts, auxquels Bourdeau assigna vite leurs postes de surveillance. Puis ils frappèrent du marteau sur la porte de l'hôtel de Favras. Ils furent aussitôt introduits à l'étage dans le bureau du marquis réchauffé d'un grand feu qui crépitait dans l'âtre. Favras se leva à leur approche, salua avec cérémonie et leur indiqua deux fauteuils qui faisaient face à son bureau toujours encombré de papiers bien classés. C'était un homme raide et mince au maintien militaire, coiffé d'une perruque à deux boucles, au visage élégant et au nez allongé, surmontant une bouche fine sur laquelle flottait en permanence un léger sourire d'ironie. Il portait son uniforme bleu lavande d'officier de dragons, avec des épaulettes et des boutons dorés, avec la croix de Saint-Louis agrafée sur sa poitrine.

— Messieurs, dit-il, je suis aise de vous voir pour dissiper les soupçons légitimes que vous avez formés à mon encontre. J'ai quitté mon hôtel l'autre jour par une porte arrière parce que j'étais en retard. Je ne voulais pas m'attarder encore en recevant des visiteurs. Je vous prie de m'en excuser.

— Madame la marquise nous a fait les honneurs de la maison, répondit Nicolas.

— Cela vous a-t-il satisfait ?

— Certes, monsieur, mais nous n'étions pas venus par hasard.

— Je m'en doute.

— Monsieur le marquis, connaissez-vous le chevalier de Gensac ?

Favras prit un air interrogateur, semblant chercher dans sa mémoire.

— Non, dit-il, je ne crois pas. Qui est-il ?

— Un bien triste sire, rétorqua Nicolas. Il a tenté

trois fois de m'assassiner et il poursuit de noires intrigues, qui vont du meurtre à l'enlèvement.

— Diable ! Mais quel lien avez-vous établi entre lui et moi ?

— Un de ses complices a désigné votre hôtel comme le lieu de rencontre d'une conjuration.

— Diantre, voilà qui s'épice. Quel roman ! Je ne conspire pas, monsieur le commissaire, sinon pour défendre la Couronne en danger. Mais cette conspiration-là se déroule au grand jour, ou bien dans les colloques singuliers dont me gratifie le roi Louis XVI. Mais quel serait le but de cette conjuration ?

— Nous l'ignorons encore.

— Et cette réunion a-t-elle eu lieu ? Chez moi de surcroît ?

— Non, nous ne le pensons pas.

— Ainsi vous croyez combattre un complot ourdi par moi, dont je n'ai évidemment pas la moindre lumière, et dont vous ne connaissez ni le but ni s'il a donné lieu à une rencontre. Convenez, messieurs, que tout cela est fort nébuleux.

— Nous savons que ces sbires veulent aggraver la situation des Parisiens, sans doute pour susciter une émotion populaire.

— Voilà bien un étrange calcul, reprit Favras. Pourquoi moi, qui soutiens la monarchie au vu et au su de tous, prêterais-je la main à une intrigue dirigée contre elle ? Voilà bien un curieux détour.

— Sous la menace de perdre la vie, un spadassin a donné le nom de votre hôtel. N'est-ce pas un indice ?

— À moins que ce sbire ne vous ait trompé pour se sortir d'un mauvais pas. Il a pu citer au hasard un nom qu'il connaissait pour cacher son vrai maître.

— Sa confession avait un accent de vérité.

— Ce sont les plus trompeuses.

Nicolas décida de tenter une autre approche, hasardeuse, mais qui pourrait peut-être troubler l'irritante sérénité du marquis.

— Monsieur le marquis, vous avez conservé vos liens avec Monsieur, le comte de Provence…

Cette fois, les sourcils de Favras se froncèrent brusquement. Il regarda Nicolas avec un éclair d'inquiétude dans les yeux, vite réprimé au profit d'une mine impassible.

— Certes, j'ai longtemps dirigé sa garde personnelle et je m'honore de son amitié. Mais quelle relation avec l'affaire qui vous occupe ? Le comte n'est mêlé à aucune de ces basses intrigues.

Nicolas se dit que son interlocuteur était bien prompt à démentir un lien qu'il n'avait pas suggéré.

— Je l'imagine bien, monsieur. Je ne voulais rien insinuer. Je me demandais s'il n'était pas nécessaire d'avertir ce défenseur de la Couronne des menaces d'émeute qui naissent dans Paris.

Favras parut soulagé. Nicolas pensa que si le marquis était au cœur du complot, il avait nécessairement été affranchi de la poursuite dans le tunnel du Luxembourg, où résidait le comte de Provence. L'explication donnée par Nicolas détournait le soupçon.

— Ah, lâcha-t-il, je comprends. Vous avez raison. Si une émotion populaire se déclenche à Paris, le palais du Luxembourg peut être la cible d'émeutiers. J'informerai le comte, qui prendra ses dispositions.

L'interrogatoire commençait à se diluer en considérations adjacentes qui les éloignaient de l'enquête. Nicolas comprenait bien qu'il n'avait rien de tangible contre Favras, sinon les dires d'un homme de sac et de corde. Pourtant il était sûr de son fait, persuadé que le complice de Gensac avait dit vrai. Aussi bien, il se souvenait que le premier assassinat, celui de l'espion qui correspondait avec Laure, visait un homme placé comme valet chez ce même Favras et qui avait surpris des mots compromettants à sa table. Mais il ne voulut pas dévoiler tout ce qu'il savait, soucieux de ne pas livrer à ses ennemis tous les détails de l'enquête. S'il mentionnait le meurtre du valet, Favras aurait beau jeu de faire l'innocent affligé de la perte d'un de ses gens. Une idée lui vint.

— Monsieur le marquis, nous sommes tout disposés à vous croire, cette dénonciation d'un conspirateur de bas-fond peut être calomnieuse. Mais me permettrez-vous de procéder à un dernier examen ?

— Je vous en prie, commissaire, je n'ai rien à celer à la police.

Nicolas se leva et contourna le bureau, s'excusant auprès de Favras qui l'encouragea à procéder. Il passa derrière le marquis et tâta de la main la bibliothèque qui occupait le mur du fond. Il trouva le recoin qu'il avait remarqué la première fois, là où, pensait-il, devait s'ouvrir la porte dérobée. Il pesa sur l'étagère, s'attendant à débusquer le début de basculement qu'il avait éprouvé lors de son premier examen. Le meuble resta immobile, résistant à la pression de Nicolas. De toute évidence, on avait bloqué le mécanisme, qu'il était désormais impossible de déceler. Le marquis s'était levé pour l'observer. Il lui jeta un regard étonné.

— Auriez-vous trouvé quelque chose dans cette bibliothèque ? demanda-t-il.

— Non, monsieur, j'ai seulement voulu vérifier une intuition. C'était une fausse piste.

— L'instinct policier n'est pas toujours infaillible, dit Favras en souriant.

Il se rassit tandis que Nicolas regagnait son siège, intérieurement furieux mais n'en laissant rien paraître.

— Voulez-vous me poser d'autres questions qui vous agréeraient ? s'enquit ingénument Favras. Je suis prêt à y répondre.

— Non, monsieur le marquis, nous avons voulu fermer les pistes qui s'offraient à nous. C'est le sort des policiers que de courir longtemps après des fantômes, jusqu'au jour où ils tombent sur les vrais coupables.

— Je vous souhaite d'y parvenir. Cette intrigue dont vous m'avez entretenu fait peser une menace sur la Couronne. Il faut la déjouer au plus vite. Je suis prêt à vous aider autant que me l'autorisent mes capacités, qui sont très limitées.

— Vous êtes fort aimable, monsieur le marquis, il nous reste à prendre congé en vous demandant de pardonner cette intrusion.

— Vous faites votre métier, messieurs, il est difficile et je comprends vos soupçons. Peut-être pourrez-vous réinterroger ce sbire, qui vous livrera alors une information plus véridique. Peut-être vous verrai-je à Versailles où je dois me rendre demain. Le roi m'a demandé de l'assister de mes conseils dans ces jours difficiles.

— Nous nous y emploierons. Je vous verrai peut-être à Versailles. Le roi est également impatient de connaître le résultat de nos recherches.

Sur le trottoir de la rue de Poitiers, Nicolas interrogea Bourdeau :

— Cet animal est de sang-froid, qu'en penses-tu ?

— C'est un fier menteur, mais il n'a laissé paraître aucune faille. Nous avons sa parole contre celle d'un spadassin. C'est une partie trop inégale. À moins que nous nous égarions dans un roman et qu'il n'ait contre lui que des apparences.

— Non. Le valet assassiné était placé chez lui et on l'a estourbi pour le rendre muet. Favras est lié à l'intrigue. Mais nous n'avons pas de preuves. Il faut continuer la surveillance, chez lui, chez Gensac, au couvent, et peut-être au Luxembourg.

Ils devaient aussi évaluer la situation à Paris : la torche de Gorsas avait allumé l'incendie. Il fallait mesurer le sinistre pour informer le roi. Ils entamèrent leur tour de Paris en se dirigeant vers le Palais-Royal, comme toujours le premier à s'enflammer. Ils traversèrent la Seine par le pont Royal, longèrent les Tuileries, obliquèrent dans la rue Saint-Honoré pour laisser leurs chevaux devant le Palais-Royal. Le jardin n'était plus un lieu de promenade, c'était une bouilloire. Une foule fébrile occupait les allées et les galeries, bourgeois en redingote, femmes en bonnet, artisans en tablier ou en blouse, journaliers en chemise et gilet sous un ciel changeant qui charriait de gros nuages gris poussés en troupes intermittentes par le vent d'automne. Devant le café de Foy, où Nicolas repéra de nouveau Choderlos de Laclos en spectateur concentré, Gorsas était venu tôt déclamer son article. Quand il arriva à la description du banquet, les soldats éméchés, la reine et le roi épanouis, les chants royalistes et les cocardes piétinées, un lourd murmure d'indignation souleva l'assistance, mêlé de cris de colère. Le journaliste termina sa philippique par un appel à l'insurrection. Aussitôt un orateur lui succéda pour exiger le retrait du régiment de Flandre sous des applaudissements frénétiques. Un autre mit en demeure la Cour de sanctionner la Déclaration et l'abolition des privilèges de la noblesse et du clergé décidée au soir du 4 août, également soutenu par une ovation dont le bruit monta bien au-dessus des arbres du jardin. Les mêmes groupes s'étaient formés le long des trois galeries et devant le palais d'Orléans, fiévreux tout autant et secoués de cris unanimes. Chaque fois Nicolas remarqua des passants plus excités et plus bruyants que les autres, qui hurlaient à la cantonade les mêmes mots d'ordre, répétés à la lettre de place en place. Marchant vers le fond du jardin, Nicolas vit soudain Laclos parlant au milieu d'un groupe d'hommes disparates à qui il intimait ses consignes. Puis l'instant d'après, ceux qui étaient manifestement ses sbires se dispersèrent pour se mêler aux foules assemblées. Tous, pour ainsi dire en chœur, se mirent à crier à tue-tête le même refrain qui se répandait en écho d'une galerie à l'autre : « Vive le duc d'Orléans ! Vive le duc d'Orléans ! » Docile, la foule reprenait l'acclamation, sans savoir vraiment ce qu'elle pouvait signifier de changement politique. Le duc était populaire depuis longtemps. Ses agents de toute évidence stipendiés lui offraient artificieusement l'adoubement de la rue.

Ils quittèrent le Palais-Royal, édifiés quant à l'humeur parisienne. Le feu avait pris, on ne savait jusqu'où il se propagerait. Partout la feuille de Gorsas imprimée dans la nuit et vendue à la criée produisait le même effet inflammatoire. Le peuple de Paris s'était mis en branle, les deux policiers ne voyaient ce qui pourrait l'arrêter. La rue Saint-Honoré était coupée de rassemblements inquiets et bruyants. Aux Halles les femmes étaient réunies autour des plus remontées, demandant cette fois du pain plus que des sanctions royales. Certaines parlaient de donner assaut à la

Commune pour obtenir de nouveaux arrivages de farine. D'autres voulaient se rendre en délégation à Versailles pour demander audience au souverain qui serait mis en demeure de ravitailler Paris.

Ils poussèrent jusqu'au faubourg Saint-Antoine, lui aussi en ébullition. La rue principale ne retentissait plus des coups de marteau et des grincements des scies à bois, mais des harangues heurtées des orateurs du peuple, ponctuées là aussi de cris, d'ovations et de mots d'ordre incendiaires. Bourdeau reconnut un nommé Maillard, huissier de justice, un long personnage austère et vêtu de noir qui discourait dans un coin de la place de la Bastille en démolition. Ce Maillard avait participé à l'émeute du 14 juillet et réuni une sorte de confrérie baptisée « les vainqueurs de la Bastille », qui exigeait de la Commune une reconnaissance officielle et un droit à pension. Lui aussi réclama la sanction des décrets de l'Assemblée et des mesures d'exception pour punir les accapareurs de blé « qui affamaient le peuple pour de l'or ». Nicolas nota dans sa mémoire que le personnage prévoyait à grand bruit de se rendre avec un cortège de femmes en place de Grève pour présenter en masse ses demandes à la municipalité de Bailly. Soudain Maillard se tut, quitta la foule assemblée et disparut vers la rue Saint-Honoré qui aboutissait à la Bastille. Suivant son intuition, Nicolas fit signe à Bourdeau qu'ils allaient le suivre. Maillard marchait vite, allongeant le pas vers l'ouest. Ils restèrent à distance, l'œil sur l'huissier révolutionnaire. Il remonta toute la rue, passa la place de Grève, les Halles et, arrivé au Palais-Royal, tourna soudain dans la rue de Richelieu pour entrer dans le jardin toujours en effervescence. Il prit la galerie de gauche jusqu'au café de Foy où de nouveaux orateurs avaient succédé à Gorsas. Là, à l'ombre d'un pilier, Maillard s'arrêta et entra en conférence avec un personnage désormais familier : c'était Laclos qui l'écoutait la mine grave et lui répondait brièvement. Les deux policiers en avaient vu assez pour nouer à leur tour les fils de l'intrigue. La feuille de Gorsas avait soulevé une colère spontanée. Mais Nicolas et Bourdeau ne doutaient plus que cette colère était désormais orientée, canalisée, dirigée vers un but précis qui se dévoilerait sous peu. Une invasion de la Commune ? Un assaut contre le Châtelet ou un autre bâtiment qui symbolisait le pouvoir royal ? Ou bien une marche sur Versailles, comme le demandaient déjà les femmes des Halles ? Il fallait cette fois avertir au plus vite la Cour.

Ils revinrent au Châtelet, convoquèrent un exempt jeune et habile qu'ils connaissaient bien pour son zèle et lui confièrent un message écrit à la hâte pour Saint-Priest et Dreux-Brézé, à charge pour eux de le transmettre au roi. Un autre exempt qui avait lui aussi arpenté Paris leur apprit que les districts avaient décidé de siéger en permanence, appelant à eux la garde nationale de leur quartier. Déjà ils avaient envoyé à l'Hôtel de Ville des délégations venues conférer avec la Commune qui s'était également réunie en urgence.

Ayant le sentiment d'avoir fait leur devoir, les deux policiers allaient s'interrompre pour un souper mérité, quand Bourdeau eut une inspiration.

— Nicolas, dit-il, nous prendrons encore mieux le pouls de la ville en allant écouter les orateurs du district des Cordeliers. Ce sont les plus actifs des révolutionnaires de Paris. Ce qu'ils diront nous affranchira des intentions des patriotes pour les jours prochains.

Ils remontèrent à cheval pour se diriger une

nouvelle fois vers le Pont-Neuf et la rue Dauphine. Au carrefour de Buci, ils continuèrent dans la rue de l'Ancienne-Comédie qui donnait dans la rue des Cordeliers. Ils arrivèrent devant le porche d'une église dont la porte était ouverte, livrant passage à des chalands qui entraient et sortaient. C'était l'entrée du club des Cordeliers où s'exprimait régulièrement, dans son style tempétueux et populacier, l'un des premiers agitateurs de Paris : Georges d'Anton.

XV

D'ANTON

« L'éloquence n'est que l'art d'embellir la logique. »

Denis Diderot

Attentif à toute agitation, Bourdeau connaissait bien ce couvent, qui était une petite ville dans la ville. Il s'étendait de la rue des Cordeliers à la rue Racine vers le sud et, vers l'est, à la rue de la Harpe. Il comprenait une grande chapelle, deux cloîtres disposés autour de jardins intérieurs plantés d'arbres, une salle pour les théologiens de l'ordre, divers bâtiments de service et des logements pour les frères mineurs de l'Observance, surnommés « Cordeliers » depuis les croisades à cause de la grosse corde qui leur servait de ceinture. Le manque de vocations avait raréfié les moines et les Cordeliers louaient volontiers leurs locaux à des sociétés savantes ou de bienfaisance. Ce que voyant, le district – l'assemblée de quartier créée après le 14 juillet – avait réquisitionné la chapelle, l'une des plus vastes à Paris.

Les deux commissaires entrèrent dans la salle, passant sous une voûte sur laquelle était gravé, au milieu d'emblèmes religieux, un œil, symbole de la surveillance exercée sur la ville par les patriotes. C'était une enceinte ovale coupée en ses extrémités et flanquée à droite par le bureau du président et à gauche par la tribune des orateurs. Quelque trois cents personnes étaient assises sur des bancs disposés en amphithéâtre et sur les tribunes de bois qui entouraient la salle. Au-dessus du président, on avait affiché une copie de la Déclaration des droits que le roi rechignait tant à sanctionner, tandis qu'en face de l'affiche un buste de Jean-Jacques Rousseau semblait chaperonner l'assemblée. À côté des bourgeois en habit, perruque et culotte, et de quelques avocats vêtus de noir, une foule de journaliers et d'artisans du quartier occupait la plupart des bancs, souvent mal vêtus, mal rasés et dépenaillés, chaussés de sabots ou de mauvais souliers, leurs cheveux longs réunis à l'arrière du crâne par un ruban ou un nœud de ficelle.

Un orateur passablement confus se tenait à la tribune, dénonçant la Cour en termes brouillons, stigmatisant le manque de pain et la réunion des troupes à Versailles. La fièvre des propos et l'outrance du ton lui servaient d'éloquence, sans qu'un jugement raisonné ou une ligne d'action ressorte d'un discours sans cohérence. La passion de son verbe suscitait néanmoins une bruyante adhésion chez ces Parisiens assis au bord de leur banc, le corps tendu vers la tribune, ponctuée d'applaudissements et d'interjections furibondes qui résonnaient dans le haut plafond en ogive de la chapelle. Une atmosphère de colère et de révolte dominait l'assemblée où les regards anxieux, les mimiques indignées voisinaient avec les figures concentrées et les mains tremblantes. Le récit du banquet de Versailles avait tourneboulé les esprits et les exigences pathétiques du peuple semblaient se fondre dans une agressive unanimité. Nicolas avait l'impression d'une énergie irrésistible, chauffée comme un métal en fusion qui allait déborder de la forge.

Le président, après avoir produit maints gestes impatients pour abréger la harangue qui répétait manifestement d'autres discours, remercia l'orateur et passa la parole au suivant, inscrit sur une liste posée devant lui. Au premier rang, un colosse aux larges épaules et au ventre rebondi se leva lentement et marcha d'un pas lourd vers la tribune. Le silence se fit autour de lui, empreint d'une déférente curiosité.

— C'est d'Anton, murmura Bourdeau pour Nicolas.

Le nouvel orateur monta à la tribune de bois tendue d'étoffe qui dominait l'assemblée d'une marche, posa ses grosses mains sur la balustrade de planches et tourna la tête de droite et de gauche sans mot dire pour capter l'attention du public. Cette tête, un peu comme celle de Mirabeau, était une statue de la laideur. Labourée des stigmates de la petite vérole, elle montrait un visage massif au menton carré gonflé de graisse, ourlé d'épaisses lèvres vermeilles à la moue dédaigneuse, surmontées d'un nez épaté et de deux yeux gris-vert perçant des paupières relevées en biais vers les tempes, qui lui donnaient un vague air asiatique. Son gilet blanc se plissait sous la poussée des muscles de sa poitrine, enserrée dans une redingote bleu marine à haut col, fermée par une écharpe de soie qui laissait deviner un cou de taureau.

Georges Jacques d'Anton commença à parler, d'une voix de basse régulière et chaude, décrivant en périodes la situation de Paris et du royaume. Froid et calme, cet exergue lui gagna l'assentiment du public, qui se ralliait sans peine autour d'un diagnostic découlant de l'évidence et attendait, fébrile et impatient, les conclusions que d'Anton allait en tirer pour l'action. La Cour, disait-il, dispendieuse et indifférente à la misère, festoyant tandis que le peuple trompait sa faim avec du bouillon clair, la Cour, donc, dominée par « la perfide Autrichienne », s'arc-boutait sur sa puissance, entourée d'une méprisante soldatesque qui foulait aux pieds la cocarde des patriotes comme elle voulait annuler les droits nouveaux conquis depuis la proclamation de l'Assemblée nationale. Puis il mit son large corps en retrait en reculant d'un pas, écartant les bras puis les repliant vers sa poitrine. Sans crier gare, il changea de registre pendant qu'un sourire carnassier éclairait son masque terrible.

— Mes amis, continua-t-il, vous me connaissez. En cette veille de dimanche, j'eusse de beaucoup préféré, plutôt que de parler devant vous dans cette pieuse chapelle, aller souper d'un gigot gras et d'un ou deux pichets de vin clairet, en lutinant une ou deux grisettes bien complaisantes.

Un gros rire accueillit cette rabelaisienne confidence. Souriant à la foule hilare, d'Anton avait confisqué l'attention et contemplait satisfait l'effet de son verbe soudain familier. Il reprit :

— J'aurais alors passé une nuit de délices, pour aller demain matin laver mes péchés à l'office de Saint-Germain-des-Prés.

Nouvel éclat de rire.

— Mais l'heure n'est pas aux plaisirs, mes amis, ni à la dévotion.

— À la dévotion surtout, pour toi ! cria un spectateur en joie, déchaînant un peu plus les rires.

— À la dévotion pour la patrie, répliqua d'Anton.

Il redevint soudain sérieux, empoignant la tribune pour souligner sa deuxième rupture de ton. Sa voix s'enfla peu à peu, résonnant de plus en plus fort sous les voûtes.

— Non, mes amis, détournons-nous un moment des bonnes choses de la vie, dont le peuple est cruellement privé par les vicieux et les corrompus. C'est l'histoire qui nous convoque ; c'est la patrie qui nous appelle. Elle nous commande la vigilance, elle nous commande la lutte, elle nous commande l'insurrection ! Le tocsin qui bientôt retentira dans la ville n'est point le signal de la peur et de l'alarme. Il sonnera la charge contre les ennemis de la patrie !

D'Anton s'était soudain animé, pointant son doigt vers ces ennemis dont le spectre semblait hanter les Cordeliers. Son torse puissant balançait d'un côté et de l'autre, sa main vive soulignant d'un geste impératif chacune de ses phrases.

— Mes amis, laisserons-nous les nobles et les prêtres nous dépouiller de nos droits par d'obliques intrigues ? Laisserons-nous les accapareurs et les spéculateurs nous affamer ? Le sang versé à la Bastille aura-t-il coulé en vain ? Non ! À cette Cour insolente, nous opposerons la force de l'égalité ! Aux baïonnettes de l'Autrichienne, nous opposerons le sabre de la nation ! Aux régiments scélérats, nous opposerons les légions de la liberté ! Peuple de Paris, aux armes !

Sous la commotion du verbe vengeur, la foule s'était levée d'un bond, penchée vers l'orateur, pour un tonnerre d'ovations qui sembla ébranler les murs vénérables, hurlant après lui : « Aux armes ! Aux armes ! Sus à l'Autrichienne ! » Nicolas et Bourdeau, heurtés par cette irrésistible éloquence, échangèrent des regards admiratifs et consternés. Mais d'Anton n'avait pas fini. D'une voix de commandement implacable, il termina sa péroraison.

— Avec vous, mes amis, j'exige que dès demain la Commune nous débarrasse par un décret sans réplique de ces cocardes blanches qui sont autant d'insultes à nos droits. Ceux qui n'arboreront pas les trois couleurs se désigneront à la juste colère du peuple. Et si cet aréopage hésite, nous irons nous-mêmes les arracher aux boutonnières des aristocrates. Avec vous, j'exige que cette Commune qui est trop tiède, qui est timide dans sa défense du peuple, qui est énervée par les atermoiements du petit marquis de La Fayette, distribue ses fusils et ses piques aux patriotes. Et si elle balançait encore, ces armes, nous irons les prendre nous-mêmes ! Avec vous, mes amis, j'exige que le roi sanctionne enfin les décrets de liberté votés par l'Assemblée. Et s'il ne le fait pas, nous irons les imposer nous-mêmes. Parisiens, le sort de la Révolution est entre vos mains. Dès demain, agissez, ou périssez ! La liberté ou la mort !

Cette fois, l'assistance se précipita en masse vers lui et des bras décidés l'arrachèrent à la tribune. Soulevé, emporté, chancelant sous l'assaut, il fut juché sur les épaules de deux patriotes et porté en triomphe jusque dans la rue, entouré d'une foule qui criait à perdre la voix : « Vive la liberté ! Vive l'Assemblée ! Vive d'Anton ! » Nicolas et Bourdeau suivirent cette troupe farouche et criarde, qui s'arrêta au bout de la rue Dauphine à la demande de l'orateur pour s'égayer dans les estaminets du bord de Seine où elle termina la soirée en sonores libations. Sonnés par cette séance, ébranlés par la détermination des Parisiens, angoissés par ses inévitables conséquences, les deux commissaires retournèrent en silence chez Semacgus, soucieux de prendre quelques forces avant les épreuves des jours à venir.

Dimanche 4 octobre 1789

Le lendemain, il y eut comme une pause dans l'agitation de Paris. Beaucoup étaient à la messe, les autres restaient chez eux pour le repos hebdomadaire, d'autres encore profitaient d'une éclaircie pour flâner dans les rues ou bien le long du mur des Fermiers généraux devenus un but de promenade, avec ses tavernes et ses bouillons installés le long du chemin de ronde. Mais passé une heure, l'agitation reprit. Les délégués des districts faisaient le siège de la Commune à l'Hôtel de Ville pour exiger des armes en poussant de hauts cris. Le faubourg Saint-Antoine, remué par les vainqueurs de la Bastille, Maillard en tête, parlait de former des bataillons pour se rendre à Versailles. Les feuilles du jour, celles de Gorsas, Marat ou Loustalot, au ton de plus en plus martial, circulaient de main en main ou bien, affichées sur les murs ou dans les cabinets de lecture, suscitaient des attroupements bruyants au coin des rues. Aux Halles, une femme bien mise ameutait ses commères par ses péroraisons enflammées et voulait former sur l'heure un cortège pour courir auprès du roi. Plébiscitée par les autres, elle se contenta d'aller au Palais-Royal haranguer la foule au nom des marchandes des Halles, qui avaient pris l'habitude des protestations. Une bouquetière nommée Louison, âgée de dix-sept ans, était populaire auprès des poissardes. Elle monta à son tour sur une table et demanda qu'on se forme le lendemain en cortège pour marcher jusqu'à Versailles. De nouveau présents dans la foule, Nicolas et Bourdeau virent les mêmes agents d'Orléans l'approuver avec force exhortations, criant derechef qu'il fallait se rendre en masse auprès de Louis XVI pour demander du pain et le retrait du régiment de Flandre. Relayant le mot d'ordre de d'Anton aux Cordeliers, un autre orateur prit pour cible la Commune siégeant à l'Hôtel de Ville en exigeant qu'elle distribuât des armes aux patriotes. Ainsi Paris vivait en ce dimanche maussade une fiévreuse veillée d'armes. La journée du lendemain se dessinait au fil des réquisitoires de la rue.

Les deux policiers passèrent tout le jour à prendre le pouls de la ville, qui battait la chamade. Le soir, ils revinrent fourbus chez Semacgus, contant leur expédition autour de deux poulets rôtis qu'ils déchiraient à belles dents. Soudain la porte de la demeure s'ouvrit et Laure de Fitz-James apparut en costume d'amazone, tout juste arrivée de Versailles au galop de son cheval. Oubliant les convenances, elle se pencha sur Nicolas, l'entoura de ses bras en prenant soin de ne pas toucher son épaule en écharpe et le gratifia d'un baiser. Semacgus et Bourdeau piquèrent du nez dans leur assiette tandis qu'Awa partait d'un rire complice.

— Mon ami, dit-elle en se relevant, j'ai vu le roi et la reine.

— Ils doivent se préparer à un assaut populaire, répondit Nicolas.

— Je ne sais s'ils le feront. Marie-Antoinette se repose sur le régiment de Flandre et sur sa garde personnelle qu'elle juge fidèle. Quant à Louis, il est parti cette après-midi à la chasse pour tirer ses lièvres et ses chevreuils.

— Le roi est trop confiant, observa Bourdeau,

il n'imagine pas la bouilloire qu'est devenu Paris à l'annonce du banquet de l'opéra.

Laure raconta ses entrevues, ainsi que les entretiens qu'elle avait tenus avec Saint-Priest et Dreux-Brézé. Le roi et la reine étaient fort satisfaits des investigations de leur trio, vindicatifs avec Orléans et Mirabeau, incertains mais en éveil sur le rôle de Monsieur, le comte de Provence. Ils adressaient leurs louanges aux deux policiers qui risquaient leur vie au service de la Couronne, se plaignant d'être mal secondés par des ministres et des conseillers aux vues contradictoires. Ils étaient frustrés de ne pas connaître encore le fin mot de l'affaire, méfiants à l'égard de Favras qui hantait néanmoins la Cour, inquiets de cette menace diffuse qui émanait d'une intrigue dont il manquait encore les derniers fils. Un Conseil s'était tenu dans la matinée au sortir de la messe du dimanche dans la chapelle royale. D'un air piteux, Laure révéla que le roi n'avait su quel parti prendre, laissant ses ministres vaticiner dans le vide, et qu'il avait fini par s'endormir au beau milieu de la discussion.

— C'est ce qu'il fait parfois, exposa Nicolas, quand il ne peut se décider. Il s'assoupit à dessein, ce qui lui permet de remettre toute décision à plus tard.

— Il lui faudra bien manifester sa volonté, dit Laure d'un ton ferme où perçait une pointe de résignation. Je comprends que l'agitation de la populace est à son comble. Il arrivera un moment où il faudra se battre ou se rendre.

— M'est avis que ce moment arrivera demain. Le peuple parle d'aller à Versailles demander du pain et la sanction des décrets.

— Le roi m'a confié ce qu'il en pense : « Croient-ils que si j'avais du pain, je le garderais pour moi ? »

— Ils le croient, dit Bourdeau. Du moins, ils croient que des seigneurs accapareurs cherchent à les affamer.

— Ce qui n'est pas faux, lâcha Nicolas, nous le savons bien.

— La Fayette a rétabli le ravitaillement, précisa Bourdeau. Si le pain arrive de nouveau et si le roi se résout à sanctionner les décrets, tout peut s'apaiser.

— Sanctionner, c'est plier, dit Laure.

— Il faut parfois plier pour ne pas rompre, comme le roseau, répondit Bourdeau, grand lecteur de La Fontaine.

— Les esprits sont trop échauffés pour qu'on espère éviter l'affrontement, avança Nicolas, fort de sa longue expérience des émotions frumentaires. Il faut demain suivre la foule et deviner ses mouvements, de manière à prévenir le palais. Nous avons devant nous une journée éprouvante et pleine de dangers.

Ils allaient terminer le souper avec un plat de poires au caramel agrémenté de vin doux du Languedoc quand Rabouine fit irruption dans la pièce, les cheveux filasse en bataille, l'œil lançant des éclairs, les mains fébriles. La mouche en chef venait conter des nouvelles alarmantes. Lui et ses agents avaient pris position autour de l'hôtel de Favras, rue de Poitiers. La maison était restée tranquille tout le jour, mais à la nuit close, un premier personnage s'était glissé par la porte de derrière, enveloppé d'un lourd manteau dont il avait relevé le col. Puis la grosse berline jaune que la police connaissait était entrée par le porche principal, attelée de quatre chevaux et pouvant contenir plusieurs personnes. Un quart d'heure plus tard, deux militaires, le sabre au côté, étaient à leur tour entrés par la porte dérobée. Enfin une deuxième voiture, tout aussi imposante, était passée sous le porche. Rabouine se dit qu'il y avait là toute une bande, et se mit en demeure de percer son secret. Il avait repéré à l'étage une fenêtre de la façade qu'on pouvait atteindre en se hissant sur la lanterne qui éclairait la rue. Une inspection lui montra qu'aucun garde ne surveillait l'extérieur. Toujours industrieux, il avait fait porter une échelle à proximité par des exempts déguisés en ouvriers. Il leur ordonna de placer l'échelle sous la lanterne et grimpa sans encombre jusqu'à la fenêtre. Après avoir examiné l'intérieur, il prit le risque de casser une vitre de son poing enveloppé de chiffon. Il attendit une minute. Rien ne bougea. De toute évidence, le marquis pensait avoir endormi la police par ses bonnes paroles et n'avait pas disposé de gardes autour de la maison. Alors Rabouine ouvrit la fenêtre et sauta à l'intérieur. Ces opérations avaient pris un bon quart d'heure et il se demandait si le conclave n'aurait pas pris fin dans l'intervalle.

Un premier coup d'œil ne laissa voir qu'une chambre vide et ouverte qui donnait sur un couloir désert. Il fit signe aux exempts d'ôter l'échelle, puis marcha silencieusement vers le couloir. Un bruit de conversation lui parvenait à travers une porte fermée située sur la droite du couloir, vers le fond. Instruit par Nicolas de la disposition des lieux, il pensa qu'il s'agissait du bureau du marquis de Favras. Toujours sur la droite du couloir, la porte précédente était ouverte sur une autre chambre, elle aussi plongée dans l'obscurité. Rabouine était entré, repoussant l'huis derrière lui et s'était agenouillé devant la serrure d'une double porte fermée qui donnait sur le bureau du marquis. Ce qu'il avait vu et entendu était fort édifiant.

À travers la serrure, Rabouine apercevait plusieurs hommes assis autour du marquis, même s'il ne les voyait pas tous. Il devina que tous les visiteurs étaient ainsi réunis, comme pour une veillée d'armes. En face de lui, sur un canapé, un gros sac était posé, dont dépassaient de longues mèches blondes. Le marquis parlait d'une voix de commandement, même si Rabouine ne pouvait saisir tous ses propos, que le double battant de bois assourdissait. Le sens général du propos, néanmoins, n'était pas douteux. Cette bande avait rendez-vous le lendemain non loin de l'Hôtel de Ville et devait se lancer dans une action concertée à la faveur d'une émeute dont elle hâterait le déclenchement. De toute évidence, les principales dispositions avaient été prises avant que Rabouine ne parvienne à son poste d'observation. Favras dispensait ses dernières consignes : se disperser dans la foule, user de pierres ou d'armes blanches de rencontre, des faux, des piques ou des coutelas de boucher, non d'épées ou de sabres. Le service du roi, et les pièces d'or qu'il avait distribuées, commandait une attaque contre la garde nationale, qui mettait la Cour en face de ses responsabilités. Puis les sbires se levèrent, certains disparaissant par une sortie secrète, les autres descendant dans la cour pour monter dans leur berline. Rabouine avait songé les arrêter sur-le-champ, mais il était coincé dans sa cachette et se demandait surtout comment s'enfuir sans donner l'alarme. Il réussit finalement à regagner la première chambre et, une fois les berlines parties, à descendre en se suspendant à la lanterne. Il avait filé aussitôt en fiacre vers la maison de Semacgus.

Il était trop tard pour agir ce soir-là. Au moins Nicolas et Bourdeau, grâce à la diligence de Rabouine, savaient ce qui se tramait pour le lendemain. Ils résolurent de se rendre tôt en place de Grève pour organiser la défense. Les femmes en colère ne manqueraient pas de se diriger vers l'Hôtel de Ville pour présenter leurs exigences à la Commune. Alors le drame commencerait : on ne pouvait rien empêcher pendant la nuit. Au moins, au petit matin, pourrait-on s'armer en défense. Il était tard. La pièce se jouerait le lendemain ; les trois amis en supputaient le dénouement : ni plus ni moins que la survie – ou la chute – de la monarchie française.

Chacun rejoignit sa chambre, en prévision d'une longue et difficile journée. Nicolas comptait sur un sage repos mais, à peine avait-il soufflé sa chandelle que Laure se glissait dans sa chambre. Elle prodigua avec ferveur ces longues caresses accompagnées de soupirs et de tendres émois dont elle était frustrée depuis leur séparation.

XVI

FAIM

« Vous n'avez qu'à marcher de vertus en vertus. »

Jean Racine

Lundi 5 octobre 1789

À sept heures, tandis que le soleil perçait mal un voile de nuées grisâtres, la place de Grève était comme un champ de bataille en veillée d'armes, barrée dans sa longueur par une ligne de cavaliers en uniforme qui semblaient prêts au combat.

À six heures, Bourdeau et Nicolas, accompagnés de Laure qui avait récusé toute esquive malgré le danger prévisible, s'étaient présentés devant la grande porte cochère ouverte dans la façade sculptée de l'Hôtel de Ville. Ils avaient mandé le capitaine de la garde nationale en service, qui était apparu les cheveux en désordre et les yeux plissés de sommeil. « Il faut mettre la Commune en défense, avaient-ils dit, les femmes des Halles ont décidé une invasion dès le matin. » Incrédule, le capitaine, comte d'Aldhuy, un militaire de carrière placé là par La Fayette, s'était lentement convaincu des dires des deux policiers, qui arguaient d'un accord avec le marquis, chef de la garde nationale. À contrecœur, il avait fait porter un ordre écrit à la caserne de la cavalerie et, bientôt, une centaine de chevaux montés par autant de gardes nationaux s'étaient alignés sur le grand côté de la place, fermant l'accès à l'Hôtel de Ville, tandis qu'en contrebas les premiers bateaux arrivés devant la berge boueuse de la Seine commençaient à décharger leurs sacs de farine pour les boulangers, leurs cageots de légumes et leurs quartiers de viande destinés aux Halles toutes proches. Un vent aigre faisait frissonner les plumes au chapeau des soldats et claquer le drapeau tricolore adopté par la garde nationale, qu'un jeune enseigne portait sur son cheval, la hampe calée dans un étrier.

Peu après sept heures, par la rue de la Coutellerie et la rue de l'Épine, un groupe de femmes précédées d'une petite fille portant un gros tambour commença d'occuper la place. En faction devant la haute porte cochère, Nicolas remarqua leurs amples robes blanches immaculées et leurs bonnets pimpants. C'étaient les femmes des Halles, rompues aux querelles avec les autorités et aux délégations, qui avaient revêtu leurs habits du dimanche pour rencontrer les membres de la Commune. Nicolas se dit qu'on pourrait négocier avec celles-ci, dont les intentions, visiblement, n'étaient pas guerrières. Mais d'autres arrivèrent, qui portaient des piques, des broches, des faux, toutes sortes d'armes improvisées excipant d'une humeur plus belliqueuse. Elles avaient de toute évidence, en traversant les Halles, rallié au cortège toutes celles qui se trouvaient là. Si bien qu'au moins un millier de femmes formant une foule bruyante occupèrent bientôt la place, face aux cavaliers immobiles qui serraient la bride de leur monture.

Après quelques minutes, un petit groupe se détacha du cortège et marcha vers Aldhuy qui s'était posté, solitaire, en avant de la ligne de cavalerie, le sabre au côté dans son fourreau. Une rouquine juvénile menait la délégation. Nicolas entendit un cri fusant de l'attroupement : « Louison, dis-leur que nous entrerons quoi qu'ils disent ! » Un dialogue s'engagea dont il ne perçut qu'une ou deux bribes, voyant la jeune Louison palabrer avec force gestes. Au bout d'un moment, les émissaires en jupon tournèrent les talons et vinrent rendre compte à leurs commettantes. Aldhuy avait refusé leur demande. À peine avaient-elles rapporté ses propos qu'une rumeur hostile courut la foule féminine qui commença à pousser des cris furibonds. « Nous voulons parler à la Commune, c'est le droit de toute honnête femme de Paris ! » ; « Sus aux affameurs ! » ; « Bailly, du pain ! » Elles invectivaient le maire de Paris, étrangement absent de l'Hôtel de Ville et qu'un courrier était parti réveiller. Les cavaliers restaient impavides, attendant les ordres de leur capitaine, qui tournait la tête de droite et de gauche, en proie à l'incertitude. Nicolas se dit qu'à tout prendre il valait mieux négocier de nouveau et accepter une entrevue avec un représentant de la Commune.

Il allait se porter près d'Aldhuy pour conférer, quand la scène changea soudain. Plusieurs femmes s'étaient avancées dans l'espace vide séparant la troupe de la foule, portant des baluchons qui pesaient à leur épaule. Elles en tirèrent des pierres dont elles commencèrent à bombarder les cavaliers avec une farouche énergie sous les encouragements des manifestantes. Les soldats ne bougèrent point, tentant de se protéger, rentrant les épaules et plaçant leurs bras devant leur visage. Atteints par les projectiles, certains mirent pied à terre pour se cacher derrière leur cheval. D'autres avaient du mal à maîtriser leur monture frappée au poitrail ou sur le museau et qui se cabrait sous les impacts. Soudain un cavalier atteint à la tête poussa un cri et tomba sur le pavé, le visage inondé de sang. Aldhuy se précipita vers lui et demanda qu'on le portât dans l'Hôtel de Ville. Puis il revint à son poste en avant de la ligne et se tourna vers ses soldats. Nicolas devina qu'il allait commander la charge. Voyant le capitaine excédé sortir son sabre de son fourreau, il courut vers lui.

— Capitaine, cria-t-il, si vous chargez, il y aura des morts et des blessés. Ce sont des femmes qui ont faim. Restez en demeure !

Rouge et furieux, Aldhuy lui répondit d'un air exalté, tandis qu'une pierre fendait l'air à une toise :

— Je ne saurais laisser mes hommes se faire lapider sans réagir. Ces femmes sont des furies, il faut les disperser au plus tôt. Laissez-moi faire, commissaire.

— Et dans une heure, tout Paris sera en émotion et vous aurez dix mille ennemis sur les bras !

— Je protège la Commune. C'est mon devoir. Ces femmes sont des factieuses. Elles ne veulent rien entendre.

— Si vous en tuez une seule, on vous changera en criminel et le maire lui-même vous condamnera.

— C'est moi qui commande ici, commissaire. Je ne fais que me défendre.

— C'est le général La Fayette qui commande,

monsieur le comte. Vous devez attendre ses ordres pour agir. Sinon la faute retombera sur vous.

L'argument ébranla Aldhuy, qui resta court, lâcha la poignée de son sabre et se renferma dans son hésitation. Il resta muet un instant, jeta des regards sur la foule et les cavaliers qui avaient toutes les peines du monde à retenir leurs chevaux. Il se décida.

— Fort bien, monsieur, lâcha-t-il dans une colère contenue, j'attendrai les ordres. Mais nous ne pouvons rester ici sous une pluie de pierres. Je réponds de la sûreté de mes hommes. Nous attendrons le général à l'abri de la caserne. Je me retire !

Il planta Nicolas sur place et cria ses ordres. D'un seul mouvement, les cavaliers firent tourner leur monture et quittèrent la place de Grève en file indienne, sous les acclamations vengeresses de la foule. Aussitôt la jeune Louison s'avança en tête d'un petit groupe et marcha sur la porte cochère. Il ne restait plus pour défendre l'Hôtel de Ville que Nicolas, Bourdeau, Laure et une dizaine de gardes nationaux effrayés. La jeune Louison interpella Nicolas :

— Laissez-nous entrer, nous devons voir la Commune.

— Madame, répondit Nicolas, les portes sont fermées. Je n'ai pas de clé. Vous devez attendre le maire Bailly ou le général La Fayette, qui commande la garde nationale. L'un ou l'autre recevra une délégation.

— Nous n'attendrons pas, monsieur, c'est la volonté de ces femmes qui ont faim.

Il se préparait à soutenir l'altercation quand Laure le tira par la manche et pointa son doigt vers les portes. Deux femmes tenant un trousseau s'étaient glissées dans son dos et essayaient déjà de lourdes clés l'une après l'autre. Suivi de Laure et Bourdeau, Nicolas marcha sur elles pour s'interposer, quand il constata, ébahi, que ces femmes échevelées avaient de larges épaules, des hanches étroites et une poitrine fort plate. Travestis de leur robe et de leur perruque, c'étaient deux hommes, décidés et vigoureux. Il allait les dénoncer quand trois gaillards surgis de la foule l'entourèrent et braquèrent leur pistolet sur lui et ses deux amis. Ainsi les informations de Rabouine trouvaient leur éclatante confirmation, quoiqu'un peu tard…

— Ne bougez plus, commissaire, ou il vous en cuira, jeta l'un d'eux.

Ils durent s'immobiliser pendant que les deux assaillants déguisés trouvaient enfin les bonnes clés et ouvraient tout grand les lourds battants de la porte monumentale. Dans l'instant, la foule s'engouffra à l'intérieur, désarmant les gardes nationaux et cherchant les escaliers qui menaient à l'étage. Les trois sbires rangèrent leur pistolet et se jetèrent à la suite des envahisseuses. Nicolas n'eut d'autre choix que de suivre à son tour pour tenter encore une fois de parlementer.

Les femmes allaient de pièce en pièce, suivies par les gardes nationaux, ouvrant les portes, fouillant les bureaux, glanant au passage les pains de douze livres laissés par les gardes dans leur salle de repos qu'elles rompaient et distribuaient à leurs compagnes. L'une d'entre elles se tourna vers les gardes et leur demanda à quoi servait chaque pièce. Interloqués mais trouvant là un dérivatif, les gardes se mirent à jouer les guides à travers les couloirs de l'Hôtel de Ville. Le groupe parvint dans la salle du Conseil, qui était encore vide.

— Les membres de la Commune arrivent vers dix heures, dit un garde, vous devez attendre.

— Alors nous attendrons, répondit une poissarde qui prit place dans le fauteuil du président, les pieds sur les accoudoirs, tandis que les autres s'asseyaient sur les bancs réservés aux élus de la municipalité, mordant avec entrain dans les tartines qu'elles avaient reçues.

Allant de salle en salle pour prévenir les violences, Nicolas réfléchissait à toute allure. Ainsi, se disait-il, des hommes déguisés en femmes sont à la pointe de la protestation. Ils ont lapidé les cavaliers, ouvert les portes avec des clés qu'ils avaient apportées à dessein, sans doute dérobées quelques jours auparavant. Tout cela sentait le complot ourdi de longue main et mis en œuvre avec détermination dès que l'émotion populaire s'était déclenchée. Il se rappela les mots tenus à Laure par Bormes, le valet placé chez le marquis de Favras. Il était question de déguisements, d'effraction et d'un événement dont on ne pouvait prévoir la date. Cet événement, c'était le rassemblement des femmes des Halles exaspérées par le manque de pain, aggravé par la coupure de la Seine en aval et en amont. Il revit aussi les perruques cachées dans l'armoire de la marquise de Favras, dont elle avait adroitement justifié la présence par sa coquetterie et qui étaient en fait destinées aux agents provocateurs ameutés par Favras, décidément au cœur de la conspiration. Anxieux, Nicolas livra ses réflexions à Laure et Bourdeau ; ils l'écoutèrent gravement au milieu des femmes qui allaient et venaient dans les couloirs de l'Hôtel de Ville. Ils décidèrent de partir à la recherche de ces dangereux travestis dont ils devinaient qu'ils ne s'en tiendraient pas aux actions menées jusque-là.

Ils se séparèrent pour explorer chacun une partie du bâtiment, escortés par des gardes nationaux enrôlés d'un ton péremptoire. Pris d'une intuition, Nicolas demanda qu'on le conduisît à l'armurerie de la Commune, dont il savait qu'elle se situait au sud de l'hôtel, près du quai de Seine. Il avait vu juste. Arrivant aux abords de la salle d'armes dont la porte massive s'ouvrait dans un couloir sombre au rez-de-chaussée, il tomba sur un petit groupe qui tentait d'enfoncer l'huis fermé à clé. C'étaient les mêmes hommes en robe et en perruque qui avaient déjà forcé la porte extérieure. Voyant Nicolas et les gardes, ils brandirent de nouveau leur pistolet et les tinrent à distance en les menaçant d'une voix sans réplique. Handicapé par son bras en écharpe, peu soucieux de déclencher une fusillade, Nicolas dut les regarder s'emparer d'un banc placé contre un mur et le projeter avec violence sur la porte de l'armurerie, qui céda à la troisième tentative. Ils se précipitèrent à l'intérieur et ressortirent tenant chacun cinq ou six fusils dans leurs bras repliés. Les femmes accoururent une minute plus tard et formèrent une chaîne pour distribuer piques et mousquets à leurs compagnes qui se regroupaient dans le vaste couloir. Il était trop tard pour s'y opposer. Nicolas tourna les talons et revint vers la salle du Conseil.

Soudain, il entendit la voix de Bourdeau qui criait à l'aide. Il courut vers lui et heurta un autre groupe de femmes dirigées par un autre agent provocateur déguisé. Elles amassaient des papiers et des meubles brisés au pied d'une tapisserie pendant que le gaillard travesti allumait une torche avec un pied de chaise entouré de chiffon imbibé. Cette fois Nicolas se trouvait en force. Sur son ordre, les gardes ceinturèrent l'incendiaire et lui arrachèrent sa torche improvisée, puis repoussèrent les femmes en les frappant du plat de leur sabre. Nicolas dispersa du pied les matériaux inflammables amassés contre le mur, sortit de la salle et laissa un garde en faction. Le sbire, qui se débattait en vain sous la poigne de trois soldats, fut emmené et enfermé dans un bureau lui aussi placé sous bonne garde.

Petit à petit les défenseurs de l'Hôtel de Ville parvinrent à s'aboucher et à disposer des gardes aux points névralgiques du bâtiment, maintenant occupé de haut en bas par les manifestantes. Les délégués des districts arrivaient un à un, et commencèrent à parlementer avec les femmes assises dans les bureaux ou dans la salle du Conseil. Elles exigeaient du pain, réclamaient le maire Bailly pour lui commander d'organiser le ravitaillement en farine, menaçaient de mettre le feu au bâtiment si elles n'obtenaient pas de réponse. Nicolas se demandait avec colère pourquoi le marquis de La Fayette, premier responsable de la sûreté de la Commune, brillait par son absence, tout comme le maire Bailly, l'édile fantomatique. Il prit un garde avec lui et ressortit sur la place. Il lui ordonna de partir à cheval à l'hôtel de Noailles où demeurait La Fayette pour lui rappeler courtoisement son devoir.

Au moment où le courrier s'éloignait pour trouver une monture, un deuxième cortège de femmes, portant elles aussi des piques et des faux, déboucha du quai des Célestins. À leur tête, Nicolas reconnut l'huissier Maillard, toujours raide et vêtu de noir, accompagné d'un militaire en uniforme, haut de taille et large de stature. C'était Hulin, ancien soldat plein de fougue, qui avait traîné le 14 juillet deux canons pour les braquer sur le pont-levis fermant l'enceinte de la Bastille. Ainsi les « vainqueurs de la Bastille » avaient repris du service et conduisaient maintenant les femmes en colère du faubourg Saint-Antoine, grossies de toutes celles qu'elles avaient pu ameuter sur leur chemin. Les nouvelles arrivantes étaient aussi animées que les premières, réclamant du pain, criant « Vive la petite mère Mirabeau ! » et mêlant à ces demandes des exigences politiques. On entendait « Sus à Monsieur Veto ! », « Sanctionnez les décrets ! », « Aux armes ! », « Vive l'Assemblée ! Vive la Déclaration ! » Comme cette deuxième foule approchait, Nicolas aperçut un homme en redingote et culotte, le cou serré dans un foulard de soie, qui marchait quelques pas en arrière des deux meneurs Hulin et Maillard. Il avançait d'un pas régulier et affichait un air nonchalant, surveillant du coin de l'œil la bonne tenue du cortège. C'était Choderlos de Laclos.

Nicolas se souvint qu'il avait surpris au Palais-Royal le colloque tenu entre Maillard et l'élégant faiseur du duc d'Orléans. La conspiration apparaît au grand jour, se dit-il, les agents du duc ont pris en main l'émotion parisienne pour l'orienter dans le sens de leurs plans. Il alla droit sur Laclos qui esquissa un sourire à son approche.

— Monsieur de Laclos, lança Nicolas d'un ton courroucé, voilà donc votre œuvre !

— C'est l'œuvre du peuple de Paris provoqué par la Cour, rétorqua Laclos.

— Ce peuple que vous égarez ! riposta Nicolas. Ces pauvres femmes, dont vous et vos journaux avez tourné la tête, veulent maintenant brûler l'Hôtel de

Ville ! Vos agents déguisés sont des boutefeux de la plus haute nuisance.

Laclos le regarda les yeux écarquillés.

— De quoi me parlez-vous, commissaire ? C'est un nouveau roman ! Nous accompagnons les patriotes du faubourg Saint-Antoine, ni plus ni moins. Nous n'avons jamais envisagé de violenter la Commune, encore moins d'y mettre le feu. Il s'agit d'une supplique populaire au roi, non d'une émeute.

— Alors pourquoi avons-nous vu vos hommes déguisés forcer l'armurerie et mettre le feu à une tenture ?

— Des hommes déguisés ? Voilà bien une incongruité ! Vous avez la berlue, mon cher.

— Point du tout. Ces agents sont à l'œuvre, ils veulent que tout dégénère.

Laclos réfléchit puis s'avança.

— Je commence à comprendre le fin mot de l'affaire. Nous sommes tous deux en face d'une intrigue malfaisante. Ceux qui ont enlevé la princesse de Chimay sont ceux qui cherchent à allumer l'incendie. Ils poursuivent une autre fin que la nôtre. Nous n'assassinons personne et nous voulons canaliser la colère et non l'égarer dans des violences insensées.

Nicolas, soudain pensif, fut tenté de le croire. Il en avait désormais la preuve : une deuxième faction, dénuée de tout scrupule, agissait dans l'ombre. Ses menées aboutissaient aujourd'hui et ce n'était pas la faction d'Orléans.

— Je vous croirai, monsieur de Laclos, quand vous aurez parlé à la foule pour la calmer.

— Je ne parle à personne, je me contente d'observer. Quant à calmer ces pauvres femmes qui ont faim, c'est impossible sans leur donner un but. Que fait M. de La Fayette, va-t-il les recevoir ?

— Il est introuvable à cette heure.

— Cela ne se conçoit pas ! lâcha Laclos.

Pendant qu'ils conféraient, la foule du faubourg Saint-Antoine, femmes en tête, s'était massée à l'entrée de l'Hôtel de Ville, continuant de réclamer du pain, des armes et le recul de la Couronne. Les deux troupes de femmes avaient fait jonction. Plus de cinq mille personnes occupaient la Commune et la place de Grève, de plus en plus bruyantes et impatientes, intimidant les gardes nationaux qui n'en pouvaient mais, impuissants et soumis, plutôt d'accord, au fond, avec les demandes des émeutières. Ils avaient commencé à sonner le tocsin dont le sombre lamento roulait en écho sur la ville.

Une pluie drue commença de se déverser sur la foule, sans en entamer la farouche résolution. Trempées, hirsutes, grelottantes, avec leur bonnet tombant en serpillière sur leur crâne, les femmes marquaient une exaspération sans cesse grandissante. Nicolas, Laure et Bourdeau contemplaient le spectacle, impuissants et alarmés, certains que dans un moment l'affaire allait se changer en hideuse violence. Déjà des altercations naissaient avec les gardes nationaux qui s'efforçaient de contenir la colère populaire.

Laclos sembla comprendre le danger. Il leur dit d'attendre et se rapprocha de Maillard, qui tentait d'apaiser les émeutières autour de lui. Ils parlèrent quelques minutes. Il revint vers Nicolas.

— Il n'est qu'une issue. Nous allons emmener ces femmes à Versailles pour que le roi les reçoive et les rassure. Elles formeront une délégation, le roi leur parlera et elles rentreront chez elles. Mais il faudra des changements dans la conduite du gouvernement.

— Par exemple en appelant le duc à la lieutenance du royaume, répliqua Nicolas d'un ton sarcastique.

— Nous aviserons sur place, coupa Laclos.

Maillard s'élança en avant et monta sur un rebord de la façade, demandant le silence en écartant les bras qu'il levait et abaissait alternativement. La rumeur de la foule s'apaisa lentement. Il put parler.

— Mes amis, dit Maillard d'une voix forte, la Commune ne peut rien pour nous. Elle ne commande pas aux arrivages de grain et n'a pas d'influence sur la Couronne. Il n'est qu'un homme pour nous tirer d'affaire. C'est le roi !

À ces mots, la foule éclata en bruyantes acclamations.

— Mes amis, nous irons à Versailles tous ensemble, voir au château le boulanger, la boulangère et le petit mitron !

Les acclamations redoublèrent.

La formule est bien trouvée, se dit Nicolas, Laclos a dû mettre la main à ce texte bien frappé. Tout cela m'a l'air d'une trame de théâtre longuement mûrie.

La foule exultait malgré le froid et la pluie. Les cris montèrent sur la place : « À Versailles ! À Versailles ! Sus à Monsieur Veto ! L'Autrichienne devra nous entendre ! » Maillard attendit une minute, muet et immobile mais toujours perché sur son rebord. Puis il tendit le bras vers l'ouest dans une pose pathétique et cria de toutes ses forces :

— Mes amis, suivez-moi ! Pour le pain, pour l'Assemblée, pour la patrie, marchons !

Il sauta prestement de son piédestal de pierre, empoigna un drapeau qu'il prit à un garde national, fit battre tambour et fendit la foule à grandes enjambées vers le quai de la Mégisserie, suivi par un groupe de femmes à la mine farouche, qui entraînèrent peu à peu toute l'assemblée réunie sur la place. Il y avait là tous les métiers des faubourgs et des Halles, marchandes de rue, blanchisseuses, ouvrières, chambrières, couturières, serveuses ou filles de mauvaise vie, armées de fusils, de piques, de crocs de fer ou de couteaux fixés à bout de perches, auxquelles se mêlaient les ventres creux et les affamés du pavé parisien, tous tape-durs et prêts à la bagarre.

Le cortège criard longea la Seine, laissa les Tuileries sur sa droite et marcha vers Chaillot, Auteuil et l'octroi de Sèvres. Bien incapables d'enrayer ce mouvement impétueux, Nicolas, Laure et Bourdeau emboîtèrent le pas à la foule, prenant soin de rester proches de Laclos qui avançait avec un air satisfait. Au passage, cheminant devant le Grand Châtelet, des manifestantes s'emparèrent des deux canons qui en protégeaient l'entrée. Elles s'attelèrent aux deux pièces avec les cordes servant à les manœuvrer, tandis que l'une d'elles sautait sur l'affût et se juchait à califourchon sur le tube de fonte, les cuisses écartées dans une pose impudique.

Sans prise sur l'événement, Nicolas cherchait à l'anticiper. Il demanda à Laure d'acheter un cheval avant l'octroi et de galoper jusqu'à Versailles pour avertir la Cour. Elle quitta le cortège prestement après avoir embrassé son amant, convenant qu'ils se retrouveraient au château. Beaucoup de ces femmes, au vrai, n'avaient pas mangé depuis la veille et souffraient, le ventre vide et le corps épuisé. Elles marchaient néanmoins, confiantes dans la force du cortège, sûres que le roi les écouterait. « Le pauvre homme, disait-on, c'est un bon papa qui souffre des fautes de ses ministres et des extravagances de l'Autrichienne. »

À Chaillot, Auteuil, il fut ardu à Maillard de les empêcher de voler aux boutiques. Il s'y employa néanmoins, s'interposant quand on voulait molester un marchand, haranguant sans trêve les émeutières et cherchant à négocier contre argent des brocs de vin, envoyant sept hommes acheter aux boutiques ce qu'elles avaient de miches. À Sèvres, un garde national venu de la ville s'avança à cheval au-devant de la foule, mû par la curiosité. Il fut renversé, jeté à terre. On n'en avait pas après lui mais après son cheval, qui fut abattu d'un coup de masse et dépecé sur place. Les morceaux de viande furent répartis et grillés à un feu qu'on alluma à la hâte avant d'être engloutis avec avidité. On marcha encore sous la pluie, en chantant pour se donner du cœur, en grignotant quelque rapine prélevée au long du chemin. Au sortir du bois de Meudon, les premières désignaient aux suivantes une ville qui se profilait dans le lointain. « Voilà Versailles, disait-on, on y trouvera du pain. » Dans l'avenue de Paris, sur l'injonction de Maillard qui voulait montrer des intentions pacifiques, les femmes chantèrent l'air d'Henri IV, ce roi bon pour son peuple dont elles voulaient offrir l'exemple à Louis XVI. Les habitants de Versailles étaient sortis de chez eux et formaient une double haie de curieux qui contemplaient le spectacle avec un air bonhomme, rassérénés par ce cortège de femmes reprenant en chœur une chanson royaliste et plaisantant à rires gras avec eux.

Nicolas arpentait le cortège avec Bourdeau, en avant et en arrière, fouillant la foule du regard pour débusquer les hommes à perruque dont il redoutait les menées pernicieuses. Il ne les trouva point, se rassurant peu à peu en tablant que la manœuvre de Maillard avait empêché l'affrontement en place de Grève et déjoué leurs plans. On arriva enfin en vue du château dont la silhouette se dressait, sombre et trapue sous le ciel chargé, au sommet de la pente que faisait la place Royale. Il était protégé par la garde et le régiment de Flandre, qui s'étaient déployés sur l'ordre de Saint-Priest en avant des grilles, rangés en bataille, les uns à cheval, les autres à pied, le fusil posé droit devant eux, baïonnette au canon. Protection inutile : sous la direction de Maillard, le cortège s'arrêta devant la salle des Menus-Plaisirs où siégeait l'Assemblée nationale. La foule s'amassa sur l'avenue de Paris, devant l'entrée étroite marquée par un porche de pierre. Onze femmes suivirent Maillard pour aller parler aux députés. Nicolas suivit un peu en arrière, souhaitant se faufiler par la porte du public. Il cherchait toujours à comprendre où les femmes en colère voulaient aller pour courir ensuite au palais informer les chefs de la défense du roi. Il fallait savoir ce que les députés diraient. La partie menaçait d'être serrée, tant les esprits restaient échauffés malgré quatre heures de marche sous la pluie. La foule était armée et traînait toujours ses deux canons. La protestation pouvait dégénérer à tout moment, la plus grande vigilance s'imposait. Soucieux mais toujours aux aguets, il jeta un regard autour de lui. Soudain, voyant ce qu'il redoutait depuis le début, il sursauta et se plaqua contre un mur. À dix mètres de lui, marchant d'un pas pressé, l'œil aigu braqué sur les Menus-Plaisirs, Gensac venait de passer sans le voir. Nicolas le laissa disparaître et entra pour le surveiller. Mais à l'intérieur, il ne le vit plus. Gensac avait disparu par une autre porte ou bien avait tourné les talons sans entrer dans la salle de l'Assemblée. Ainsi la menace était toujours là. À côté des complices de Laclos qui voulaient porter le duc au pouvoir, une autre force, bien plus redoutable, agissait toujours en marge de la protestation. La partie continuait, subreptice et mortelle.

XVII

HÉSITATION

« La décision a besoin d'un esprit de maître ; et il est sans comparaison plus facile de faire ce qu'on est, que d'imiter ce qu'on n'est pas. »

Louis XIV

À la tribune se tenait un petit homme tiré à quatre épingles, aux lèvres minces, au regard froid et bleu, serré dans une redingote élégante et une écharpe de soie blanche qui lui montait autour du cou. C'était le député d'Arras, Maximilien de Robespierre, qui commençait de gagner un peu de notoriété pour des discours de dense argumentation dont, souvent, il ne prononçait pas le texte mais le faisait paraître dans les journaux patriotes. Cette fois il avait pris la parole de sa voix mécanique et haut perchée. En phrases définitives, il exhortait ses collègues à refuser tout de go les objections que le roi avait formulées contre les décrets de l'Assemblée nationale. « Si nous examinons la lettre du roi, disait-il, il n'y a plus de Constitution, il n'y a plus de droit d'en avoir une. » Sa raison glaciale et son ton coupant inquiétaient nombre de députés. Mais il fallait lui reconnaître une force logique hors du commun et une intransigeance patriotique qui forçait le respect. Après deux ou trois syllogismes du même acabit, il conclut son propos et revint s'asseoir à son banc sous les applaudissements de la gauche de la salle. Les quinze femmes en profitèrent pour bondir au milieu de l'hémicycle et apostropher Mounier, le président de l'Assemblée qui trônait à son bureau, lui aussi vêtu à la mode aristocratique, avec un visage aussi avenant, mobile, que celui de Robespierre était aigu et fermé. Assis non loin de là, Nicolas vit Mirabeau s'approcher de Mounier et l'entendit dire de sa voix grave soudain inquiète :

— Il y a dix mille femmes dehors. Paris marche sur l'Assemblée.

— Tant mieux, dit Mounier d'un ton sarcastique, nous serons plus vite en République.

Les femmes entouraient maintenant le bureau du président, menaçantes et vociférantes, tandis que les députés interloqués protestaient contre l'interruption illégale de la séance. « L'Assemblée doit voter des secours d'urgence pour Paris, disaient-elles, nous manquons de pain, nos enfants ont faim », « Il faut faire rendre gorge à Monsieur et Madame Veto », « Il faut lanterner les accapareurs ». Plantées devant le président, rouges, agitées, jetant des regards terribles alentour, elles promettaient de rester là tant que les députés n'auraient pas accédé à leurs demandes. Le ton montait et d'autres, plus vindicatives encore, interpellaient les nobles et les prélats de l'Assemblée, criant : « À bas la calotte ! À mort l'Autrichienne ! Les gardes du roi à la lanterne ! » Peu à peu, d'autres femmes entraient, occupaient les tribunes, s'asseyaient aux côtés des députés et circulaient dans les travées en criant à leur tour des invectives. Mirabeau s'éclipsa discrètement sous l'œil condescendant de Mounier, qui regardait avec un brin de mépris l'orateur du peuple déserter l'Assemblée quand ce peuple apparaissait. Il est vrai que Mirabeau avait quelques jours plus tôt prononcé un discours en faveur de ce veto que les Parisiennes rejetaient avec violence. Il ne tenait guère à se retrouver pris à partie.

Mounier les écouta pendant que plusieurs députés protestaient de leur banc contre cette intrusion – une intrusion de femmes, au surplus – qui leur paraissait un attentat inadmissible contre la représentation nationale. L'altercation dura plusieurs minutes, entre les femmes exaltées et un Mounier qui tâchait de garder sa contenance. Il les abreuva de bonnes paroles. En vain : elles exigeaient une adresse solennelle au roi et un vote en bonne et due forme. Maillard fit alors son entrée, engoncé dans son costume noir d'huissier, affichant un air impérieux, marchant à pas solennels et montrant une triste figure préoccupée.

Sans rien demander à Mounier qui restait court face aux femmes des Halles, il s'empara de la tribune et s'adressa directement à l'Assemblée. Il se lança dans un discours heurté que les députés n'osèrent pas interrompre en dépit de cette violation grossière de la procédure parlementaire. « Nous venons, dit-il, réclamer du pain et la punition des gardes du corps qui ont insulté la cocarde… Nous exigeons tout autant qu'on nomme les accapareurs, les meuniers avides et qu'on les arrête au plus vite. Nous sommes de bons patriotes ; nous avons sur notre route arraché les cocardes blanches… Je vais avoir le plaisir d'en déchirer une sous les yeux de l'Assemblée. Il faudra bien que tout le monde prenne la cocarde patriotique. »

Pendant ce temps, Mounier avait repris son sang-froid et arrêté une résolution. Il remercia Maillard et lui indiqua un banc où s'asseoir, faisant mine de le compter comme un orateur parmi d'autres. Puis il proposa à l'Assemblée de voter une adresse au roi qu'il porterait lui-même au château, accompagné d'une délégation de femmes. Le geste donnait aux députés une porte de sortie qui les tirerait de ce mauvais pas. Un bref débat s'ensuivit et, dans le soulagement général, on rédigea la motion qui fut votée par acclamation. Elle exprimait à la fois l'exigence du pain et celle de la sanction des décrets, réunissant dans la même supplique les demandes pratiques et politiques, ce qui parut habile à la majorité.

Emmenée par Mounier, la délégation se groupait sur l'avenue de Paris au sortir des Menus-Plaisirs, vite trempée par une pluie battante, tandis qu'on expliquait à la foule ce qui avait été décidé. Nicolas en profita pour courir vers le château tout proche, impatient d'affranchir le roi de l'orage qui se formait. Il montra ses passeports, traversa la ligne du régiment de Flandre déployé devant les grilles de la place d'Armes et monta d'un pas pressé vers la cour de Marbre. Découpé sur le ciel lourd de nuages, le château semblait un havre de paix à deux pas de l'effervescence versaillaise. Nicolas courut dans les couloirs, trouva Dreux-Brézé dans son bureau, attentif et inquiet. Il obtint aussitôt une audience et marcha vers le bureau du roi.

Louis XVI revenait comme chaque jour de la chasse et le reçut debout, avec son manteau brun dégoûtant d'eau et ses bottes crottées, exhalant une forte odeur de sueur chevaline.

— Quelles nouvelles m'apportez-vous, monsieur le marquis ? demanda-t-il en enlevant son manteau. Mme de Fitz-James m'a déjà prévenu de la procession de ces pauvres femmes de Paris. Hélas ! Si j'avais du pain, je n'attendrais pas qu'elles vinssent me le demander. Soyez bref, nous avons peu de temps, au vrai : j'ai mandé une réunion du Conseil dans dix minutes. Que dois-je savoir de plus ?

— Que ces femmes viennent maintenant vers vous en délégation avec Mounier, le président de l'Assemblée, qui porte une motion exigeant la sanction des décrets. Mais je dois aussi vous éclairer sur les complots en cours.

— J'en sais un, dit le roi. Il est ourdi par mon cousin Orléans aidé de cet écrivain licencieux nommé Choderlos de Laclos, tel que me l'a conté la princesse Laure, qui me sert avec beaucoup de vigueur et de fidélité.

— Il en est un autre, Sire, organisé par le marquis de Favras, secondé par des sbires sans foi ni loi, qui ne reculent devant aucune violence. Ce sont eux qui ont forcé les portes de l'Hôtel de Ville ce matin, Sire, et tenté de l'incendier.

— Diantre ! Ce sont donc des diables voués à mettre le feu dans le royaume. Favras, dites-vous ? Mais il est ici, excitant les mesures les plus extrêmes pour réprimer l'émeute. Vous le voyez en conspirateur ?

— Si fait, Majesté. C'est son calcul : il veut faire couler une rivière de sang entre vous et vos sujets.

— Mais je n'ai que des intentions pacifiques ! Mes ministres se déchirent en ma présence, je dois trancher ce nœud gordien. Mais je ne veux pas de sang. Je ne vois pas pourquoi je refuserais de recevoir cette délégation si elle reste dans les limites de la bienséance.

— Elle y restera, Sire.

— Très bien, monsieur le marquis, je dois changer de vêture avant d'aller au Conseil. Pouvez-vous m'y rejoindre ? Vous resterez en retrait, mais vos éclaircissements sur les intrigues en cours pourraient nous aider.

— Si vous le jugez utile, Sire.

Un léger sourire apparut sur le visage mélancolique de Louis XVI pendant qu'il se levait pour prendre congé.

— Mais je crois, Ranreuil, que Mme de Fitz-James souhaitait vous entretenir quelques minutes…

Nicolas rougit devant cette allusion démontrant la finesse du monarque, qui avait de toute évidence deviné l'inclination qui portait la princesse vers le commissaire. Il se retira à reculons tandis que le roi disparaissait vers ses appartements.

Laure se jeta dans ses bras dès qu'il sortit du salon d'angle. Dreux-Brézé observait la scène d'un œil ironique.

— J'ai affranchi le roi et la reine, dit-elle en lui prenant le bras pour faire quelques pas. Le roi hésite à partir et la reine ne veut pas s'enfuir sans lui. Ils ont tort. Il n'est qu'une issue pour sauver la Couronne : se retirer auprès des troupes les plus sûres et revenir en force rétablir l'ordre.

— Je ne sais, mon amie, répondit Nicolas. Si le roi s'enfuit, l'Assemblée pourrait fort bien désigner Orléans et lui confier les rênes du royaume. C'est tout le plan de votre ami Choderlos de Laclos. Je dois assister au Conseil dans cinq minutes. Une délégation de femmes arrive avec le président de l'Assemblée, Mounier. Les ministres doivent décider quelle attitude adopter.

— Il n'est qu'une attitude digne : partir et rallier l'armée royale. Charles V au temps des jacqueries, Mazarin et Anne d'Autriche à l'époque de la Fronde, Henri IV lui-même, ont reconquis leur royaume à la pointe de l'épée. Pourquoi Louis XVI ne ferait-il pas de même ? C'est l'honneur des Capétiens.

Nicolas n'était pas en situation d'engager une controverse historique avec Laure. Il coupa court.

— La discussion va débuter, mon amie, je dois rejoindre la salle du Conseil.

— Je vous accompagne.

Ils quittèrent l'antichambre du cabinet et se dirigèrent vers la galerie des Glaces. Ils traversèrent les chambres royales alignées dans l'aile nord et débouchèrent dans la vaste salle aux miroirs, ouverte sur le parc, où attendait une foule de courtisans anxieux des nouvelles. Une porte gardée donnait sur la salle du Conseil. Ils fendirent les groupes inquiets et Nicolas, laissant Laure dans la galerie, excipa de l'ordre royal pour pénétrer dans le cénacle du gouvernement. Là, autour d'une grande table rectangulaire couverte de velours vert, les ministres attendaient le roi, debout derrière les tabourets aux pieds croisés, où ils devaient prendre place. Trois lustres de cristal éclairés de bougies compensaient la triste lumière grise qui filtrait à travers les croisées. Une cheminée de marbre réchauffait la salle d'un feu qui flambait en craquant. Au fond de la salle, un buste de porphyre figurant Alexandre le Grand semblait observer la scène.

Revêtu de ses habits de jour, Louis XVI entra d'un pas pressé et s'assit dans le fauteuil qui occupait le petit côté de la table. Les ministres prirent place à leur tour sur leurs sièges incommodes, tandis que Nicolas restait debout adossé à une porte. À droite du souverain, Jacques Necker le principal ministre montrait une figure angoissée, tout comme Champion de Cicé et Lefranc de Pompignan, qui contrastait avec les visages déterminés de Breteuil, Saint-Priest, La Luzerne, du maréchal de Beauvau, de La Tour du Pin et des autres excellences du gouvernement. Au milieu de cet aréopage, Nicolas remarqua la présence du marquis de Favras, appelé au Conseil pour la circonstance.

— Messieurs, dit le roi, on m'avertit qu'une délégation venue de l'Assemblée demande audience. Elle est emmenée par Mounier, qui porte une adresse m'enjoignant de signer les décrets de l'Assemblée. J'attends vos avis pour prendre un parti.

— Sire, répondit aussitôt Necker, nous devons éviter tout heurt irréparable. La majorité de l'Assemblée est prête à un accommodement. Recevez ces femmes, qui demandent avant tout du pain. Apaisez leurs craintes et envoyez un convoi de vivres que nous pouvons organiser dans l'heure, le calme reviendra. Quant à l'Assemblée, je ne vois d'autre issue que l'acceptation des décrets, qui ménagent la Couronne tout en ordonnant des réformes qui sont une nécessité de l'époque.

Plusieurs ministres marquèrent aussitôt leur désaccord en dodelinant. Breteuil se fit leur porte-parole.

— Sire, cette concession serait une reddition. Il est encore temps de se dérober et de gagner l'abri de troupes fidèles. Partez avec la famille royale à Rambouillet, protégé par le régiment de Flandre.

Là vous pourrez aviser en sûreté, attendre la fin de l'émotion populaire et revenir en position de force, ou bien, si ces poissardes et ces manants assiègent Versailles, vous retirer à Metz où M. de Bouillé tient dans sa main l'armée royale. Vous prévoirez avec lui les moyens de rétablir la primauté de la Couronne.

— Les voies de salut sont prêtes, les berlines sont attelées, ajouta Saint-Priest qui répondait de la sécurité de la Cour. Quittez Versailles devant ces attentats inconcevables. On ne donne pas l'assaut à un château vide. Mettons la famille royale à l'abri à Rambouillet, sous la protection des chasseurs de Lorraine. Et vous, Sire, allez au-devant des femmes, entouré des gardes royaux et du régiment des Trois-Évêchés. Cela suffirait à effaroucher cette multitude indécise. Nous confierons le château royal à la municipalité de Versailles et à la garde nationale que commande le vice-amiral d'Estaing.

— Sire, coupa Necker, vous ne devez pas être un souverain de guerre civile. Ces femmes ont faim, donnez-leur ce qu'elles demandent. Quant à l'Assemblée, nous trouverons avec Mirabeau un moyen de sauvegarder l'autorité royale, à laquelle il tient. C'est en tout cas ce qu'il a dit en toute publicité. Il faut le prendre au mot.

— Mirabeau ? rétorqua Breteuil. Cette canaille perdue de vices ? Faut-il que le roi de France remette son sort entre les mains d'un tel brigand qui devrait être au cachot de Vincennes ?

— Au point où nous en sommes, dit Favras d'une voix pathétique, nous n'échapperons pas à une épreuve de force. Céder, c'est encourager l'émeute. Force doit rester au souverain légitime. Dispersons cette populace insolente, montrons où se trouvent la loi et l'ordre. Et mettons au pas cette assemblée de bourgeois bavards égarés par des fumées philosophiques !

— Monsieur de Favras, s'exclama le roi, je ne ferai pas tirer sur le peuple. Tirer sur des femmes ! Vous n'y pensez pas ! Là est mon siège et je ne le quitterai pas.

— Dans ce cas la monarchie est perdue, lança Favras.

Encouragé par la réaction de Louis XVI, Necker revint à la charge.

— C'est ici affaire de politique et non de sabres et de mousquets. Le roi a voulu les États pour réformer le royaume. Prenons la tête de cette réforme et le peuple se ralliera à la Couronne.

— Messieurs, reprit Louis XVI, j'ai sollicité pour ce Conseil l'avis du marquis de Ranreuil, qui me sert avec diligence et possède des informations dignes de votre intérêt. Souffrez que nous l'entendions. Marquis, faites-nous rapport de votre enquête.

— Merci, Sire, de m'admettre dans ce Conseil où je n'ai guère ma place. Nous avons suivi la piste d'un enlèvement et de plusieurs crimes insignes commis ces derniers jours. Votre police a conçu plusieurs hypothèses. Mais il en est une qui s'est imposée avec certitude : une faction dont le centre est au Palais-Royal a introduit ses agents dans le cortège des femmes. Son but est de provoquer la fuite de la famille royale pour favoriser un bouleversement du gouvernement et de porter le duc d'Orléans à la lieutenance générale du royaume.

Cette révélation mit les ministres au silence, tandis que Favras, des éclairs dans les yeux, voyait ses vues contredites par ce policier qui était à ses basques et dont Louis XVI faisait grand cas.

— Merci, monsieur de Ranreuil, dit le roi, j'ai pu vérifier vos dires et j'en atteste la véracité. Messieurs, il y a derrière les alarmes de la foule une intention maligne, qui veut m'imposer un cours dont je ne veux pas. Je sais les qualités de mon cousin, mais je connais aussi ses vices. Je ne le juge pas digne de tenir les rênes du royaume. Chacun ici peut me comprendre. J'ajoute qu'un roi fuyard n'est plus un roi. Je vous remercie pour ces avis, tous empreints de la fidélité à ma personne. Mais je veux avant tout éviter de verser le sang. C'est mon rôle de souverain que d'écouter les doléances de mes sujets dans le malheur. Je recevrai donc cette délégation, je procurerai à ces femmes le pain qu'elles réclament. Je confie à M. de Saint-Priest le soin de réunir les miches et les charrettes nécessaires dans les villages alentour. Quant aux décrets de l'Assemblée, je remets la décision à plus tard. Le Conseil sera de nouveau appelé en temps et en heure.

Tous se levèrent avec respect, comme il était de coutume quand le roi avait pris son parti. Louis XVI sortit dans la galerie et manda Dreux-Brézé qui reçut l'ordre d'accueillir la délégation en n'acceptant que Mounier et cinq femmes. Puis le roi, voyant Laure, rassuré par ce visage ami, lui intima de l'accompagner avec Nicolas pour l'entrevue, comme il l'avait fait au moment du banquet du régiment de Flandre. De toute évidence, le récit de Nicolas l'avait mis en vigilance et il souhaitait s'entourer de précautions en recevant les femmes en colère. Ils procédèrent vers le salon d'Hercule, plus solennel que le cabinet de travail, assez grand pour recevoir la délégation et disposer des gardes autour de la pièce.

Quand Louis XVI entra dans le salon, les femmes

des Halles se tordaient le cou pour admirer au plafond la plus grande toile d'Europe, *L'Apothéose d'Hercule*, l'œuvre de François Lemoyne achevée sous le roi Louis XV, qui ne comptait pas moins de cent quarante personnages mythologiques entourant le héros grec et fascinait pour cette raison les visiteurs. Mounier ôta son chapeau et les femmes soudain captivées par la présence du roi esquissèrent une maladroite révérence. Elles avaient encore les cheveux mouillés sous leurs bonnets détrempés et leurs robes, blanches pour la plupart, étaient maculées de taches de boue.

— Mes bonnes dames, déclara le roi, voulez-vous aller vers la cheminée où vous pourrez vous sécher et vous réchauffer ?

Il fit disposer son fauteuil devant le feu, invitant ses visiteuses à se répartir autour de lui. Mounier resta en arrière, le chapeau à la main.

— J'entends que vous avez des doléances à me présenter, s'enquit-il d'un ton aimable, quelle est celle qui voudra parler ?

— Louison, dit une des poissardes, tu es notre porte-parole. Parle donc !

La jeune rouquine que Nicolas avait remarquée le matin à l'Hôtel de Ville fit un pas en avant, pâle comme son corsage. Mais au moment où elle allait s'adresser au roi, l'émotion fut trop forte. Elle s'évanouit avec un regard éperdu et tomba d'un coup sur le sol. Louis XVI se leva avec empressement et chercha à la relever, aidé de deux gardes qui s'étaient précipités.

— Apportez un verre de vin pour cette jeune fille, dit le roi, et des boissons accompagnées de biscuits pour ces dames ! Il est vrai qu'elles ont marché depuis ce matin et je devine qu'elles n'ont guère eu le temps de dîner.

Louison retrouvait ses esprits grâce au vin qui rosissait ses joues. Elle reprit courage et parla au souverain.

— Sire, nous dînons peu, et parfois nous ne soupons pas non plus. Nous sommes venues vous demander le pain sans lequel nous ne pouvons nourrir nos enfants. Son prix est trop cher, les meuniers et les boulangers le gardent pour eux.

Le roi écouta leurs plaintes, formulées en un langage pathétique, encourageant les autres à se confier à leur tour. Quand elles eurent vidé leur sac, il promit avec force qu'on formerait un convoi avec le pain réquisitionné autour de Versailles et que les charrettes partiraient le soir même. Il dicta devant elles un ordre à Champion de Cicé, convoqué pour l'occasion. Il assura que l'approvisionnement serait désormais surveillé de près par des intendants qu'il nommerait à cet effet, et que les prix seraient relevés par des agents royaux et taxés dans le cas où ils deviendraient exorbitants. Une femme plus hardie parla des décrets de l'Assemblée et Mounier s'avança pour réclamer la sanction de la Déclaration et des décisions du 4 août, seule mesure, disait-il, à même d'apaiser la population parisienne, qui voulait du pain mais aussi la réforme du royaume. Le roi éluda les questions de Mounier en arguant que le Conseil devait encore examiner ce placet et prendre un parti sur les dispositions contenues dans les deux textes. Mounier répondit qu'il ne pouvait retourner à l'Assemblée, envahie par les femmes de Paris, sans une réponse du souverain. Il demanda à rester au château le temps que le Conseil s'assemble et se prononce, ce que le roi accepta d'un geste de distante résignation. Puis Louis XVI prit congé en annonçant qu'une berline pourrait raccompagner à Paris celles qui le souhaiteraient dans la délégation.

Les femmes s'avancèrent pour leur révérence au souverain. Le roi releva Louison et l'embrassa comme sa fille en lui souhaitant bon retour. La jeune fille, rouge comme ses bouquets de roses, se retira en tremblant de tous ses membres. Elles repartirent vers la place d'Armes accompagnées par des gardes, tout en lançant autour d'elles des regards fascinés sur les tentures, les meubles ouvragés, les tableaux majestueux, les lustres brillant d'une lumière orangée, les statues et les horloges compliquées qui ornaient les différents salons. Arrivées à la grille du château, elles rendirent compte à la foule. À peine avaient-elles fini de parler que plusieurs femmes commencèrent à les invectiver. On doutait qu'elles aient été entendues, on se défiait des promesses du roi, on les accusa même d'avoir été payées. Louison eut beau retourner ses poches pour montrer qu'elles étaient vides, la foule restait rétive et soupçonneuse. On criait à la trahison. Maillard s'était mêlé au premier rang des protestataires. Il s'avança et exigea d'un ton sans réplique que la délégation reparte vers le roi et revienne avec un ordre écrit qui attesterait de sa bonne foi. C'était le bon expédient : Louison et ses compagnes remontèrent vers le château et réapparurent quelques minutes plus tard avec un papier signé du roi. Alors le courroux des femmes s'apaisa et la foule se désunit pour trouver un abri qui la protège de la pluie et lui permette de passer la nuit au sec. Restait l'épineuse question des décrets, que le roi avait mise en suspens. Mounier quitta le salon d'Hercule et alla s'asseoir dans la galerie des Glaces, en face de la porte du Conseil, décidé à faire le siège du roi pour obtenir sa réponse.

Laure et Nicolas quittèrent le roi qui repartait vers ses appartements. Ils avançaient vers la cour de Marbre pour gagner la place d'Armes quand un courtisan voûté et marchant à petits pas les héla dans le couloir. Intrigués, ils le laissèrent s'approcher : c'était Sartine, l'ancien ministre et patron de Nicolas. De sa canne, le vieillard désigna un petit salon où ils s'installèrent tous trois.

— Madame, dit Sartine, je n'ai pas l'honneur de vous connaître mais je sais que vous servez la Couronne avec zèle. Permettez à un ancien lieutenant de police de partager avec vous deux ses déductions, qui pourront vous orienter.

— Parlez sans crainte, monsieur, assura Nicolas, Mme de Fitz-James est au fait de toute l'affaire.

— J'ai déjà entretenu Nicolas de mes soupçons, poursuivit Sartine, ils se sont renforcés depuis.

— Nous pensons maintenant comme vous, confessa Nicolas. Nous sommes en butte à deux complots et non un seul. Le second comprend des sbires mêlés au cortège et déguisés en femmes, qui tentent à toute occasion de susciter des violences. Ces assassins ont encore essayé de m'estourbir, c'est la raison du bras en écharpe que vous voyez. Votre intuition était juste : les pistes que nous avons mises au jour convergent, à travers Favras, vers le palais du Luxembourg.

— Et quel est, selon vous, le but du complot ?

— D'obliger le roi à choisir la fermeté, c'est-à-dire le sang, de manière à couper court à toute cette Révolution.

— Je le pensais aussi, mon ami, dit Sartine, mais je crains désormais bien pire.

— Qu'est-ce à dire, monsieur le comte ?

— Ce parti veut l'affrontement pour restaurer

l'autorité royale. Cela peut se comprendre et je ne suis pas loin de partager ces vues.

— Moi aussi, monsieur, lâcha Laure d'un air sombre.

— Mais le comte de Provence ne fait pas confiance à son frère, qu'il juge incapable de décision et impolitique. Favras en est aussi persuadé. Agit-il sur ordre, ou bien va-t-il plus loin que son maître ? Je ne sais. Je suppute, en tout cas, qu'il a formé le projet de garantir la couronne en changeant celui qui la porte.

— Par quel moyen ?

— Il n'y en a qu'un, mon ami, provoquer une succession. Favras est un enragé poudré, plein de sang-froid et de volonté. Je suspecte une machination criminelle. Louis XVI étant défaillant, le marquis veut le remplacer par son frère, qui serait régent du royaume en attendant la majorité du petit dauphin.

— Ce qui implique la mort du roi, conclut Nicolas pour mettre les points sur les i.

— Si fait, monsieur le commissaire. Je ne saurais prouver ce que j'avance, mais cela découle d'un raisonnement terriblement logique.

Nicolas pensa à Gensac qu'il avait entraperçu en pénétrant dans la salle des Menus-Plaisirs. La détermination assassine du chevalier en faisait le candidat idéal pour ce régicide perpétré au nom de la monarchie. Ainsi l'intrigue était bien plus ténébreuse qu'une simple action de provocation. C'est la vie même de Louis XVI qui était désormais en jeu dans cette partie mortelle.

— Avez-vous prévenu le roi ? Ou bien M. de Saint-Priest qui veille sur sa sûreté ?

— Oui, dit Sartine, mais le roi se refuse à envisager que son frère puisse nourrir d'aussi noirs desseins. Quant à Saint-Priest, il m'a juré qu'il aurait Favras à l'œil. C'est la raison pour laquelle ce marquis a été convié au Conseil. À des fins de surveillance. Mais vous en savez plus que le ministre, puisque vous avez débusqué l'assassin putatif. C'est pourquoi je vous parle.

— Nous voici investis d'une mission écrasante, résuma Nicolas.

— Vous êtes seuls à pouvoir l'accomplir, conclut Sartine d'un ton solennel.

Nicolas réfléchissait aussi vite qu'il le pouvait. Il reprit :

— Pour atteindre le roi, il faut entrer dans le château. C'est à cette heure impossible : les grilles sont solidement gardées. À moins que les assassins ne trouvent une faille dans cette défense.

— C'est pourquoi je vous ai hélés de la sorte. Vérifiez que la foule est bien tenue à l'extérieur. Tout est là, désormais.

Nicolas et Laure laissèrent Sartine et ses sinistres augures pour aller inspecter la protection du château, sentant sur leurs épaules le poids de la responsabilité qui leur incombait. Comme ils allaient sortir du château pour revenir sur la place d'Armes et prendre le pouls de la foule, toujours assemblée devant les gardes du corps et le régiment de Flandre, Bourdeau essoufflé entrait par la porte-fenêtre de la cour de Marbre.

— Que se passe-t-il, Pierre ? demanda Nicolas. Le roi vient d'organiser des livraisons de pain pour les Parisiens, les femmes sont reparties l'air satisfait.

— C'est un mieux, dit Bourdeau, mais la question des décrets agite tout le monde, sur la place et à l'Assemblée, qui est maintenant envahie par la foule. Tout a failli basculer il y a dix minutes.

Bourdeau conta comment un garde du corps à

cheval avait piqué des deux sur la foule et frappé du plat de son sabre un manifestant qui cherchait à entrer par la grille. Voyant cela, un garde national de Versailles a tiré sur lui et lui a cassé le bras.

— Nous avons eu toutes les peines du monde à empêcher les autres gardes du corps de charger. Nous sommes au bord d'un précipice. La moindre querelle peut se changer en massacre.

— Sont-ce les provocateurs de ce matin qui ont déclenché l'incident ? demanda Nicolas avec angoisse. Gensac est dans les parages, la menace est toujours là.

— Non, je ne crois pas. La foule est excitée, voilà tout, d'autant qu'il a cessé de pleuvoir. On a distribué du vin, ce qui n'arrange pas les affaires. Cette foule est versatile. Un moment elle crie « Vive le roi ! » et l'autre elle promet d'éventrer les gardes et de faire cuire les intestins de la reine.

— La Cour a reçu un message de M. de La Fayette, annonça Laure qui était restée dans les couloirs pendant l'entrevue royale avec les femmes de Paris. Il arrive par Meudon avec vingt mille gardes nationaux. Il écrit qu'il se fait fort de ramener l'ordre.

— Allons voir, dit Nicolas, il faut tenir jusqu'à l'arrivée de cette troupe. Ensuite le marquis prendra les choses en main.

Ils descendirent sur la place d'Armes toujours occupée. Le régiment de Flandre avait maintenu son cordon de sûreté le long des grilles, les femmes commençaient à s'établir devant le château, en attendant la réponse du roi à l'Assemblée. Elles disposaient des couvertures sur le pavé, ou bien se regroupaient autour des tréteaux montés à la hâte par la municipalité de Versailles, qui avait fait apporter des victuailles et des fûts de vin pour restaurer la foule. D'autres femmes étaient entrées dans les Grandes Écuries et s'étaient mêlées aux soldats de Flandre qui s'y étaient abrités contre la pluie. À force de libations, la licence s'était répandue dans la foule et les couples de rencontre se formaient dans les encoignures ou sous les bancs de l'Assemblée, émaillant le tableau de scènes peu décentes. La nuit était tombée et l'épuisement des Parisiennes commençait à se faire sentir. Certaines dormaient déjà, réfugiées sous les porches des maisons qui faisaient face au château. Les trois amis firent le tour de la place d'Armes, cherchant à débusquer les agents de Gensac déguisés en femmes ou à surprendre quelque détail qui indiquerait des intentions malignes. Tout se calmait peu à peu, tandis que les pichets de vin passaient de l'une à l'autre, rapidement vidés puis emplis de nouveau par les gardes nationaux de Versailles. Quelque peu éméchées, quatre femmes s'étaient rapprochées de la ligne de soldats qui gardaient la grille. Elles prenaient des poses aguicheuses, tâchant de les persuader de laisser la foule entrer au château. Les soldats résistaient mais contemplaient aussi ces bacchantes du peuple avec des regards concupiscents. L'une d'entre elles se démenait plus vivement, le buste serré dans un gilet qui ne cachait rien de ses formes rebondies. Coiffée d'un chapeau à larges bords, un sabre au côté, la jambe dénudée apparaissant entre les plis de sa jupe ajustée, elle tenait un discours piquant et licencieux qui captait l'attention des militaires.

— Je la connais, dit Bourdeau, elle était de tous les rassemblements de l'été. C'est Théroigne de Méricourt, une Liégeoise des plus effrontées, qui se pique de libertinage et de révolution.

— Voilà une faiblesse de la défense, commenta

Nicolas. Si ces femmes réussissent à séduire des soldats, ils sont capables de laisser passer la foule.

— Voilà le résultat des atermoiements que vous avez encouragés, déplora Laure avec humeur. On aurait chargé que nous serions tous tirés d'affaire à cette heure.

— Non, si le sang coule, la troupe risque de passer à l'émeute et le château sera envahi. De plus, La Fayette ne pourra plus commander ses troupes, qui en tiennent pour la Révolution. Il faut attendre son arrivée. C'est la seule chance.

Huit heures sonnaient aux clochers de Versailles, la foule s'était maintenant apaisée, l'Assemblée avait suspendu ses débats dans l'attente de la réponse du roi à Mounier et un semblant de sérénité flottait maintenant sur la vaste place d'Armes. Les groupes de femmes avaient allumé des feux ici et là, et se réchauffaient autour des flammes qui éclairaient leurs visages d'un rougeoiement fauve. La municipalité distribuait toujours le vin à volonté, perçant barrique après barrique. On entendait des chants avinés, des plaisanteries grasses, des discours prononcés d'une voix cassée et même des gémissements à la connotation plus sensuelle. Les soldats de la garde royale et du régiment de Flandre avaient maintenu leur cordon de sûreté, remplacés par roulement, assis contre les grilles ou somnolant sous leur cheval. Nicolas et Bourdeau avaient résolu de passer la nuit au milieu de la foule pour prévenir quelque menée vicieuse, tandis que Laure regagnait le château pour s'assurer que la reine était bien protégée d'une éventuelle intrusion. Les deux policiers s'étaient rapprochés des tréteaux municipaux pour obtenir un peu de nourriture et des pichets de vin qui leur permettraient de rester en éveil.

Ils s'assirent sur leur manteau non loin d'un groupe de femmes qui leur proposèrent avec grâce de se serrer autour du feu. Ainsi la conversation s'engagea. Bourdeau questionna l'une d'elles qui raconta volontiers son histoire. Elle s'était levée le matin à six heures pour attendre l'ouverture d'une boulangerie rue Coquillière, quand un cortège venu des Halles était passé à proximité. Son mari était artisan maçon. Il était tombé d'un échafaudage et s'était brisé la jambe. Il avait fallu sacrifier les économies du ménage pour payer un médecin qui avait réduit la fracture. Immobilisé, le maçon restait chez lui, ce qui privait sa famille de son revenu. Quelques pièces restaient dans la cassette domestique, que la femme ménageait avec soin. Elle n'achetait plus, depuis trois semaines, que du pain qu'elle tartinait de graisse pour nourrir ses trois enfants. Mais les prix s'étaient envolés et il avait fallu espacer les repas. Les enfants se couchaient le ventre creux et se réveillaient le matin en gémissant qu'ils avaient faim. La paroisse leur dispensait quelque secours, qui les nourrissait de loin en loin mais la vie du logis était devenue un enfer quotidien. Le plus âgé des bambins allait mendier tout le jour devant l'église Saint-Eustache mais revenait souvent bredouille, les familles du quartier connaissant aussi la rareté du pain.

— Alors, poursuivit-elle avec une sourde colère dans la voix, j'ai suivi le cortège qui criait qu'il irait chercher le pain auprès de la Commune. Puis cet homme en noir, Maillard, nous a dit qu'il fallait marcher sur Versailles pour voir le boulanger et la boulangère du royaume. C'est un héros de la Bastille, il sait ce qu'il fait !

— Et nous ne repartirons que si Monsieur Veto nous entend, ajouta une autre. Sinon gare !

— Le roi a fait atteler un convoi de miches, précisa Nicolas, n'est-ce pas une raison d'espérer ?

— Nous voulons en être sûres, dit une troisième. Mais il faut aussi des changements dans le royaume. Le roi doit écouter l'Assemblée et la petite mère Mirabeau. Sinon nous irons jusque chez lui demander nos droits.

— Et comment ferez-vous, la mère ? Les soldats gardent le château.

— Nous trouverons un expédient, reprit la première, il y a avec nous des gaillards décidés. Ils nous ont ouvert l'Hôtel de Ville et nous ont donné des armes. Ils peuvent recommencer.

Nicolas sursauta, voyant se dessiner l'offensive qu'il redoutait.

— Vous parlez de ces agents provocateurs déguisés en femmes ?

— Si fait, monseigneur, répondit-elle. Ils nous ont été utiles, ils peuvent l'être encore. D'ailleurs ils ont déjà tâté les défenses, je les ai vus tout à l'heure mirer les portes derrière les soldats. M'est avis qu'ils préparent leur coup. Nous verrons demain matin.

La nuit transformait chacun en silhouette anonyme, les femmes parlaient en confiance, croyant avoir affaire à deux chalands qui avaient fraternisé avec elles. Nicolas poussa son avantage.

— Il y a donc une entrée où nous pourrions passer ? demanda-t-il d'une voix détachée.

— Tout juste, là-bas, sur la droite de la grille.

— Voilà une entreprise hasardeuse, dit Bourdeau.

— Qui ne fait rien n'a rien, rétorqua la troisième femme, la plus décidée.

Craignant d'éveiller un soupçon, ils dévièrent la conversation sur l'Assemblée et les demandes au roi, dont les femmes étaient fort bien informées. Puis ils se retirèrent avec des remerciements, prétextant qu'ils voulaient trouver un abri pour la nuit. Ils allèrent droit à l'endroit indiqué par leurs interlocutrices. Dans la grille qui entourait le château, une porte ouvrait sur la place, avec une lourde serrure de métal, solidement gardée par des soldats de la garde royale. Ils furent rassurés. Puis Nicolas se souvint de la scène du matin à l'Hôtel de Ville, quand deux hommes déguisés avaient ouvert les portes de l'édifice avec des clés qu'ils avaient apportées. Le même stratagème était-il à l'œuvre devant le château ? Ils se firent connaître aux officiers et demandèrent qui détenait les clés de la porte. On leur répondit que le capitaine les gardait sur lui en permanence pour le cas où la troupe devrait se retirer derrière les grilles. Où était ce capitaine ? On ne le trouva pas mais on rapporta qu'il était passé auprès du poste de garde un quart d'heure plus tôt, pour aller ensuite éloigner des femmes qui tentaient d'aguicher les soldats. Il ne manquerait pas de revenir bientôt.

Ils allaient poursuivre leur recherche quand un roulement de tambours se fit entendre sur l'avenue de Paris qui débouchait en face du château, entre les Grandes Écuries et le relais de fiacres. C'étaient les gardes nationaux de La Fayette qui arrivaient de Paris en force, le général à leur tête. Nicolas laissa Bourdeau avec mission de vérifier la garde de la porte et de retrouver l'officier qui portait les clés. Il marcha vers la troupe nouvellement arrivée et se fit reconnaître par le marquis de La Fayette qui sauta de son cheval en l'apercevant, toujours vif et fringant malgré sa chevauchée de cinq lieues. Nicolas l'instruisit des événements de l'après-midi et lui décrivit l'arrangement de la défense, soulignant le danger principal, l'envahissement du château par la foule.

— Nous y parerons, mon cher, déclara La Fayette, mes soldats vont prendre position autour du château et prévenir toute manœuvre.

Pendant que les gardes parisiens se déployaient aux côtés du régiment de Flandre, La Fayette passa les grilles et monta au château accompagné de Nicolas. Voyant le marquis, un courtisan furieux lâcha sur son passage :

— Voilà Cromwell !

— Cromwell ne serait pas venu seul, rétorqua La Fayette.

Il entra dans le grand vestibule et demanda audience au roi. On l'attendait : il fut conduit aussitôt à son appartement. Nicolas patienta dans une antichambre. La Fayette ressortit vingt minutes plus tard.

— J'ai rassuré le roi, dit-il à Nicolas, vous pouvez calmer vos alarmes. Mes gardes entourent les grilles, personne ne peut plus pénétrer. Un nouveau Conseil a eu lieu. Le roi a finalement accepté de sanctionner les décrets, Mounier est reparti satisfait. Tout cela sera annoncé demain matin à l'Assemblée et à la foule. Nous pouvons aller nous coucher.

Il laissa Nicolas sur place et s'éloigna à pas rapides, laissant le policier un peu surpris de cette sereine promptitude. Puis il lui sembla que l'arrivée de quelque vingt mille gardes nationaux était propre à dissuader tous les attentats. Mais toujours la menace de Gensac, qui avait déjà donné la preuve de sa maléfique détermination, pesait sur les événements. Nicolas retrouva Bourdeau qui, lui, n'avait pas retrouvé l'officier porteur de clés. On supposa qu'il était allé conférer avec les officiers de La Fayette pour parfaire leur arrangement. Ils résolurent de passer la nuit à proximité de la porte gardée, étendant leur manteau sur le sol et prenant l'un après l'autre un tour de garde.

XVIII

INVASION

« C'est de ta peur que j'ai peur. »

William Shakespeare

Mardi 6 octobre 1789

Le coup de feu fit sursauter Nicolas. Il se leva d'un bond, réveillant du pied Bourdeau qui dormait à ses côtés. Il était six heures passées et les deux policiers avaient veillé alternativement toute la nuit, surveillant la grille du château, emmitouflés dans leur manteau, lorgnant d'un œil embrumé les alentours de la porte de fer gardée par les soldats. La place d'Armes était toujours occupée par des groupes de femmes blotties autour de feux mourants. Les autres dormaient dans les Grandes Écuries ou dans les cours des maisons de Versailles. Çà et là, quelques ivrognes braillaient des chants patriotiques.

La détonation venait de l'arrière. Ils se précipitèrent au jugé dans la nuit et arrivèrent devant l'entrée du dépôt de fiacres. Un corps était allongé en travers du porche ; on entendait un sourd gémissement dans l'obscurité. Nicolas se pencha sur l'homme qui gisait là, le relevant doucement par les épaules. Bourdeau craqua une allumette. C'était le capitaine des gardes, portant au front une blessure dont le sang lui inondait le visage.

— Ils m'ont pris les clés, raconta-t-il d'une voix faible, je venais me reposer après mon tour de garde, ils m'ont suivi et m'ont menacé. Comme je résistais, ils ont tiré à la tête. Ils sont repartis avec le trousseau.

— Nous sommes commissaires de police, dit Nicolas, nous allons vous faire soigner.

— Non, courez après eux, ils préparent un très mauvais coup. J'ai tâté ma blessure, elle m'a seulement écorché la peau. Allez-y !

Les deux policiers repartirent aussitôt vers la grille dont les pointes se dressaient sur un ciel que l'aube blanchissait. À vingt pas, ils virent deux silhouettes blondes qui s'affairaient autour de la serrure, tandis que des complices vêtus de noir, comme ils l'avaient fait la veille à l'Hôtel de Ville, tenaient les soldats en respect en brandissant leur pistolet. Un groupe de femmes attirées par ce remue-ménage les encourageaient de la voix, attendant de passer les grilles pour se lancer dans la cour du château.

Bourdeau et Nicolas arrivèrent trop tard. Avec un grincement sonore, la grille s'ouvrit et les femmes se précipitèrent à l'intérieur. Elles butèrent sur un cordon de gardes nationaux, dont l'un ajusta son mousquet en leur criant de s'arrêter. Un coup de feu retentit et le garde s'écroula. Les autres soldats reculèrent pour trouver un refuge au château. L'un d'eux ne fut pas assez rapide ; une femme blonde, dont les gestes virils trahissaient le déguisement, le rattrapa et lui passa un sabre au travers du corps. Aussitôt, un petit groupe d'émeutiers, un grand barbu en tête, curieusement vêtu d'un costume d'esclave antique, de toute évidence avinés, se mirent en devoir de lui couper la tête à l'aide d'un couteau de boucher. Les autres se barbouillèrent le visage de son sang. Le trophée macabre fut mis au bout d'une pique et le groupe courut à son tour vers le château, portant la perche sanglante comme un étendard. La foule s'était réveillée et c'était maintenant des centaines de femmes qui affluaient à travers l'ouverture de la grille, poussées à bout par le vin et la fatigue, hurlant des imprécations contre la reine : « Nous voulons couper sa tête, fricasser son cœur et son foie, et cela ne finira pas là ! »

Nicolas avait suivi les gardes nationaux qui battaient en retraite vers la cour de Marbre. Il cria de toutes ses forces : « Fermez les portes ! À moi la garde ! » Les soldats réagissaient lentement. Plus vifs, les émeutiers arrivèrent les premiers à la cour de Marbre. À droite commençaient les appartements du roi, à gauche ceux de la reine. Deux soldats apparurent sur la droite et mirent un genou à terre en braquant leurs mousquets sur les émeutiers qui arrivaient. À gauche, nulle défense. Nicolas se jeta de ce côté, suivi par la foule hurlante qui se détournait des soldats qui la tenaient en joue. Il monta l'escalier de la reine et arriva dans la salle des Gardes, toujours poursuivi. Il fila comme une flèche vers la porte suivante, qui donnait sur l'antichambre du Grand Couvert. Il l'ouvrit et referma derrière lui, poussant le verrou au nez des assaillants. Malgré son bras en écharpe, il s'adossa aux deux battants pendant que ses poursuivants donnaient de grands coups d'épaule pour se faire jour. Soudain, à l'autre bout de l'antichambre, deux femmes apparurent dont l'une tenait une lanterne à la main, montrant un visage effrayé. C'étaient Mme Augé, chambrière de la reine, et Laure de Fitz-James, qui tenait deux pistolets armés.

— Où est la reine ? hurla Nicolas, arc-bouté sur la porte.

Suivie d'une petite fille, une troisième femme entra, vêtue d'un casaquin de toile jaune et d'un jupon, les cheveux défaits, portant dans ses bras un enfant qui se cachait le visage contre sa poitrine. C'était Marie-Antoinette et ses deux enfants, brutalement tirés de leur lit. Les coups redoublèrent derrière Nicolas et le verrou commença de se détacher du chambranle.

— Fuyez, Madame, ils en ont après vous !

Poussée par Mme Augé, la reine disparut vers sa chambre où elle ouvrit une porte dérobée jouxtant son lit. « Mais que leur ai-je fait ? » demandait-elle. Un couloir conduisait, par un détour secret, à la chambre du roi. Dans la salle du Grand Couvert, Laure demeura sur place, ses deux pistolets braqués sur l'entrée. Nicolas fit signe à la jeune femme de rester où elle était. Puis d'un bond, il la rejoignit et lui prit un pistolet. La porte céda, Nicolas et Laure firent feu ensemble. Les deux assaillants avancèrent de quelques pas à l'intérieur de la pièce et tombèrent lourdement sur le sol. Voyant que Laure et Nicolas les tenaient toujours en joue, les femmes qui suivaient s'arrêtèrent net puis reculèrent avec un regard apeuré. Mais derrière elles, deux sbires se dressaient, qui tenaient eux aussi leur pistolet.

— Leurs armes sont déchargées ! cria l'un d'eux. Avancez, ils ne peuvent rien faire !

Les femmes se regardaient, interdites, hésitant entre deux partis, tandis que les assassins visaient les deux défenseurs. Dans un éclair, Nicolas se dit que sa carrière s'arrêtait là, par une mort honorable dans la défense de ses souverains. Hagarde, Laure contemplait crânement le sort qui l'attendait. Nicolas lui prit sa main libre, elle serra la sienne avec force, braquant son arme sur ses adversaires. Les deux sbires allaient tirer, le doigt crispé sur la détente, quand une salve retentit derrière eux. Ils tombèrent en avant, le front sur le parquet. Alors Bourdeau, suivi par une escouade de gardes royaux, apparut dans le chambranle, un pistolet fumant à la main. Les gardes se mirent en faction devant les appartements de la reine. Les trois amis se congratulèrent.

Le couple royal était maintenant en sûreté. Les femmes se répandaient dans le château en hurlant, quelques pillards s'emparaient des pendules et des statuettes, les soldats s'efforçaient de les tenir en respect, dirigés par des officiers qui criaient leurs ordres, le sabre à la main. De longues minutes se passèrent, sans qu'on sache si les assaillants avaient le dessus ou si les gardes les repoussaient. On entendit encore des coups de feu, les hurlements des blessés, les cris stridents des émeutières. Mais petit à petit, les renforts arrivèrent, fantassins du régiment de Flandre ou gardes nationaux venus de Paris avec La Fayette. Les émeutières intimidées par les mousquets refluèrent lentement à l'extérieur du château, dont les cours et le parc étaient maintenant encombrés d'une foule en colère.

Le temps s'écoula encore, tandis que Laure et Nicolas rejoignaient l'entourage des souverains. Puis le marquis de La Fayette arriva et se fraya un chemin jusqu'au roi.

— Sire, dit-il, mes gardes ont repris le contrôle du château. Vous êtes en sûreté.

— Il était temps, rétorqua le roi, où étiez-vous donc ? Ces insensés ont manqué d'écharper la reine. Voilà comme la garde nationale protège ses souverains !

— Sire, on vient de me prévenir, répondit le marquis – il omettait de préciser qu'il sommeillait comme un nouveau-né.

— Vous dormiez à poings fermés, lui jeta Breteuil. Vous êtes le général Morphée !

— Nous sommes là en force, répondit La Fayette, il n'y a plus rien à craindre.

Le roi attendit une heure, réconfortant la reine, caressant ses enfants, échangeant avec les proches de sa cour. Le petit dauphin jouait avec les cheveux de sa sœur en répétant par intervalles : « Maman, j'ai faim ! » On servit le déjeuner dans le salon de Vénus et Louis XVI, qui tenait par-dessus tout à ses habitudes, mangea de bon appétit pendant que la reine se remettait lentement de sa frayeur. Dehors, la foule grondait, prenait les gardes à partie, agitait ses piques et ses fourches. Soudain Mme Augé, qui observait les émeutières par la fenêtre, poussa un cri et recula vivement, pâle et frémissante. En contrebas, la tête coupée d'un garde brandie au bout d'une pique était soudain apparue, grimaçante et sanguinolente, comme le spectre de la révolte annonçant le destin sinistre des occupants du château.

— Mon ami, dit Marie-Antoinette au roi, nous ne pouvons rester plus longtemps ici. Partons pour Rambouillet où nous serons en sûreté.

— Vous avez raison, acquiesça le roi, je ne saurais vous exposer plus longtemps. Monsieur de Saint-Priest, monsieur d'Estaing, pouvez-vous prévoir un équipage et une escorte pour que nous quittions le château ? Nous passerons par le parc.

— Sire, je crains que cette issue nous soit fermée, répondit d'Estaing. La foule a bloqué les sorties.

— Nous sommes donc prisonniers ?

— Je le crains, Sire, dit Saint-Priest.

— Non, s'insurgea La Fayette, vous êtes libres si vous rassurez le peuple. Alors il retournera dans ses foyers. Sire, vous devez parler à la foule.

— Je ne sais, atermoya le roi. Vous me dites que la garde nationale protège le château. Réunissons le Conseil et délibérons.

Les ministres se retirèrent pour se rendre à la salle du Conseil. La reine regagna ses appartements sous escorte, accompagnée par Mme Augé et Laure, qui avait rechargé ses pistolets et les portait ostensiblement à la ceinture. Le roi disparut vers son cabinet de travail. Dehors, la foule continuait de crier, demandant que le roi vienne s'expliquer devant elle. Comme Louis XVI s'éloignait, on l'entendit maugréer : « Un roi fuyard ! Un roi fuyard ! »

Le Conseil dura longtemps, houleux, confus, amer. La Cour tanguait comme un esquif dans la tempête, incapable d'arrêter une ligne de conduite. Certains se berçaient du vain espoir de partir sous la protection des troupes, d'autres voulaient appeler au château l'Assemblée, dont l'arrivée calmerait le peuple ameuté, Favras et Breteuil exigeaient une action de force immédiate qui disperserait la foule et libérerait les accès du château. Avec Necker, La Fayette plaidait fiévreusement pour convaincre le roi d'apparaître au balcon de la cour de Marbre et de tenir un discours d'apaisement. Louis XVI balançait sans fin, donnant raison à chacun successivement. Finalement, le Conseil restant divisé et incertain, Louis XVI, dans un tête-à-tête, se laissa convaincre par le marquis, qui arguait de l'impossibilité de faire partir le peuple, à moins de déclencher une fusillade qui tournerait au massacre, sans même que les défenseurs soient assurés d'avoir le dessus.

Ayant pris son parti, le roi se dirigea vers la cour de Marbre avec la reine et ses deux enfants, conduit par La Fayette qui était le seul à proposer une action immédiate et sensée. Comme ils sortaient de la salle, Favras qui était resté dans la galerie des Glaces s'avança, rouge de colère.

— Mais faites donner la troupe ! cria-t-il très fort. L'insolence de cette populace a passé les bornes.

— Monsieur, répondit La Fayette, la garde nationale est une partie du peuple. Elle ne tirera pas sur ses égaux. D'ailleurs je ne saurais en donner l'ordre.

Favras ne se maîtrisait plus.

— Mais qu'est-ce qu'un général qui recule devant la bataille ? Marquis, non seulement vous dormez quand on attaque le roi mais vous êtes incapable de le défendre quand vous êtes éveillé.

— Monsieur, rétorqua La Fayette, en d'autres circonstances, je vous demanderais raison de votre impertinence.

— Quand il vous plaira, jeta Favras. Je ne crains rien d'un incapable.

Louis XVI fit un geste d'impatience.

— Il n'est plus temps de se quereller, dit-il alentour. J'irai parler au peuple.

— Il ne faut pas parler, vociféra Favras excédé, il faut tirer !

— Je n'ai point varié, coupa le roi, je ne ferai pas tirer sur mes sujets.

Favras dont les lèvres se tordaient de colère quitta les lieux comme une flèche, passa devant le roi et La Fayette, et fendit la foule des courtisans. Le voyant filer vers l'extérieur, Nicolas, qui attendait l'issue du Conseil dans la galerie des Glaces, conçut soudain un soupçon terrible. Il avait en tête l'avertissement sinistre de Sartine, qui lui avait parlé des ambitions de Monsieur et du seul moyen de les satisfaire. Favras avait-il décidé de recourir à cet ultime expédient ? Il fit signe à Bourdeau, les deux policiers se mirent discrètement à la suite de Favras, qui s'éloignait à grands pas.

— J'ai examiné les cadavres des provocateurs, apprit Nicolas à son ancien adjoint, celui de Gensac n'y est pas. Le chevalier est toujours avec la foule, rien n'est terminé.

Au bout de la galerie, Favras disparut. À cet instant, les deux policiers durent s'effacer : le roi passait avec La Fayette et leur suite. Nicolas comprit que Louis XVI allait vers le balcon qui donnait sur la cour de Marbre pour s'adresser à la foule. Le roi s'éloignant, Nicolas et Bourdeau pressèrent le pas pour tenter de retrouver Favras. Ils arrivèrent à un escalier encombré de courtisans. Un groupe remontait les marches, un autre les descendait, bloquant l'accès au niveau inférieur : ils allaient perdre la trace du ténébreux marquis. Exaspéré, Nicolas laissa Bourdeau se frayer un chemin et courut vers une fenêtre pour voir où leur gibier se dirigeait. Il l'aperçut en contrebas qui marchait à grands pas vers le jardin de l'est et le bosquet des Trois Fontaines. Arrivé devant les marches qui menaient au parterre, Favras descendit et s'arrêta au coin d'une longue balustrade de pierre. Nicolas allait se jeter dans l'escalier pour rattraper son retard, quand une silhouette sombre apparut aux côtés de Favras, entrant en conciliabule avec lui. C'était Gensac.

Le cœur battant soudain très fort, Nicolas voulut prévenir Bourdeau. Il ne le vit pas. Sans doute son adjoint était-il encore embarrassé par les courtisans qui allaient et venaient en groupes serrés dans l'escalier. Puis Bourdeau sortit en courant, cherchant Favras du regard. Au moment où Nicolas allait le héler, Gensac quitta Favras et prit la direction de la cour de Marbre. Nicolas eut un haut-le-corps en l'observant : le sbire portait sur son bras replié un long fusil de 1777 et une réserve de poudre en bandoulière. Un fusil de guerre que Nicolas connaissait : il équipait l'armée royale et pouvait faire mouche à cent mètres.

Ainsi le complot trouvait son aboutissement. Ulcéré de n'avoir pas eu gain de cause pour engendrer la sanglante répression qui aurait coupé Louis XVI de son peuple, Favras avait déclenché l'autre expédient de son plan. Se mêlant à la foule, Gensac, son sicaire qui avait maintes fois fait preuve de sa résolution, allait provoquer par un coup vicieux la succession qui placerait le comte de Provence sur le trône. Cynique calcul qui sacrifiait l'aîné pour sacrer le puîné, qui s'estimait plus à même de sauver la dynastie ; supérieure cruauté des raisonnements d'État.

De nombreux manifestants étaient armés : un

homme portant un fusil ne serait pas remarqué, il lui suffisait de se rapprocher du balcon, d'attendre l'apparition du roi à la fenêtre et de tirer sur lui à vingt pas, comme on fusille un mannequin à l'entraînement ; Gensac s'enfuirait dans la confusion et l'on croirait à l'action solitaire d'un révolutionnaire recru de haine contre la monarchie. Entre l'assassin et sa cible, il n'y avait plus que la vigilance de deux policiers lucides, mais qui risquaient fort, désormais, d'arriver trop tard.

Nicolas se rua dans l'escalier, écartant tout sur son passage, s'attirant les protestations des courtisans bousculés. Il tomba sur Bourdeau, qui n'avait pas vu Gensac.

— L'assassin est parti vers la cour de Marbre où le roi doit parler ! Il faut l'arrêter à tout prix.

Bourdeau tira son pistolet et se mit à courir derrière Nicolas. Ils longèrent l'aile nord, passèrent deux portes et débouchèrent dans la cour de Marbre où s'ouvrait le balcon du roi. Elle était emplie d'une foule agglutinée contenue par un cordon de gardes nationaux du marquis de La Fayette. Irascibles, ceux-ci leur refusèrent le passage, arguant des ordres reçus. Nicolas montra son passeport de policier, invoqua le danger d'un meurtre : rien n'y fit. Les gardes avaient des consignes formelles, il fallait maintenir hermétique le rempart humain qu'ils formaient entre la foule et le château. Du coin de l'œil, Nicolas aperçut la noire silhouette de Gensac qui progressait à coups de coude à travers l'assemblée compacte des manifestantes. L'assassin s'arrêta non loin de la façade.

Impuissant, en pleine altercation avec les gardes, Nicolas se dit que sa mission était sur le point d'échouer. Il était retenu sur le bord de la cour de Marbre, Gensac était en son milieu avec son fusil. Au cœur de cette assemblée furieuse, il serait facile au sbire de perpétrer son crime. À ce moment, une fenêtre s'ouvrit. Louis XVI apparut au balcon, flanqué du marquis de La Fayette qui se tenait un peu en retrait.

Surprise : cette foule, vengeresse l'instant d'avant, fut pétrifiée par l'apparition du monarque. Un silence respectueux s'établit, puis un cri unanime s'éleva, amplifié par les trois façades qui entouraient la cour de Marbre. « Vive le roi ! Vive le roi ! », bientôt suivi d'un deuxième : « Le roi à Paris ! Le roi à Paris ! » La foule reprenait le mot d'ordre avec une force croissante ; les gardes nationaux eux-mêmes, pris dans l'enthousiasme général, se mirent à l'unisson. Prisonnier des précautions de La Fayette, tenu en lisière de l'action, Nicolas observait la mort dans l'âme le destin s'accomplir. Il voyait Gensac serrer son fusil, déchirant la cartouche avec ses dents, versant un peu de poudre dans le bassinet, le reste dans le canon, introduisant la balle, puis le papier qui servait de bourre, tassant le tout avec une baguette, armant le chien, prêt à faire feu. D'un geste sûr, Gensac leva son fusil qu'il tenait fermement, levant le pouce pour assurer sa visée, pointant l'arme vers le balcon où le roi, surpris de cette acclamation, saluait la foule avec grâce.

Puis La Fayette s'effaça tandis que Louis XVI tendait ses bras à l'horizontale, ses paumes tournées vers le sol, pour demander le calme. Le silence s'installant, le roi, pris par cette atmosphère d'enthousiasme, dit d'une voix forte qu'il se rendrait à Paris au milieu de son peuple. Une folle acclamation lui répondit ;

les femmes hurlaient, les hommes brandissaient leur chapeau orné de cocardes tricolores au bout de leurs piques. Profitant de ce tumulte, de cette gesticulation, Gensac ajusta son pointage et crispa son doigt sur la détente.

Alors le miracle se produisit. Une femme des Halles, qui avait repris à pleine voix les cris de la foule, remarqua près d'elle ce tireur infiltré sur le point de commettre son acte.

— Que fais-tu donc ? demanda-t-elle.

Comprenant à l'air de Gensac qu'il était décidé à tirer, elle poussa des deux mains le fusil qui se détourna brusquement de sa cible. Gensac voulut écarter l'importune, mais la poissarde était de taille. Elle bouscula le sbire qui eut toutes les peines du monde à rester debout. Puis elle cria :

— À moi, mes amies, ce drôle veut estourbir notre bon papa !

Aussitôt plusieurs femmes entourèrent Gensac qui jetait alentour des regards éperdus, tandis que les cris de la foule continuaient, noyant la scène d'une cacophonie. Les femmes en furie le rouaient de coups de pied et de poing, irrésistibles dans leur colère ; il lâcha son fusil avec l'air d'une bête traquée et, voyant son coup manqué, leva les bras autour de sa tête, cherchant à se faire jour au milieu des manifestantes.

Les gardes qui retenaient Nicolas s'étaient tournés vers le balcon. Le roi avait reculé d'un pas en s'inclinant légèrement. Alors la reine apparut au balcon, tenant d'une main le petit dauphin et de l'autre sa fille intimidée. La Fayette s'avança, risquant en un geste sa popularité et même sa vie face à ce peuple qui haïssait Marie-Antoinette. Il ploya un genou et prit la main de la souveraine pour un baisemain symbolique. Alors, oubliant ses préventions contre l'« Autrichienne » – la dame du Collier, l'écervelée imbue de fêtes et de privilèges, la fausse fermière de Trianon – le peuple ne vit plus que la femme et la mère, rien de plus. On entendait : « Ah ! qu'elle est belle !… Quoi ! c'est là la reine ?… Comme elle caresse ses enfants !… »

Pendant ce temps, Gensac avait réussi à se ménager une fuite à travers la foule. Profitant de l'inattention des gardes, Nicolas et Bourdeau franchirent le cordon et se lancèrent à sa suite. Ils jouaient des coudes, poussant l'une, cognant la suivante, criant qu'ils étaient policiers de la Commune, hurlant : « À l'assassin ! » Mais Gensac avait de l'avance. Il atteignit une porte-fenêtre et disparut vers l'escalier qui menait aux petits appartements de la reine. Celle-ci était toujours au balcon avec le roi et La Fayette, hors d'atteinte de l'assassin. Mais le fugitif pouvait disparaître dans le labyrinthe des salons et des couloirs, et échapper une nouvelle fois à la police. Bourdeau et Nicolas parvinrent enfin à l'escalier. Ils le gravissaient quatre à quatre quand un coup de feu retentit. Ils accélérèrent encore et pénétrèrent en coup de vent dans une antichambre. Ils s'arrêtèrent. Gensac gisait sur le plancher verni, sa main droite sur son épaule dont le sang coulait. Au-dessus de lui, un genou sur sa poitrine, Laure de Fitz-James braquait son pistolet sur son front.

— Je suis restée dans le petit appartement pour attendre la reine, dit-elle aux deux policiers. Je l'ai vu entrer, il s'est jeté sur moi, mais j'avais mes armes. Je lui ai tiré une balle dans l'épaule et je l'ai maîtrisé. Cette fois, la partie est terminée pour le sieur de Gensac.

Admiratifs, les deux policiers félicitèrent Laure en riant.

— Les femmes du peuple ont prévenu le crime, une femme de la Cour a saisi le criminel ! s'exclama Bourdeau. C'est la journée des femmes !

XIX

IRONIE

« La surprise est l'épreuve du vrai courage. »

Aristote

Le roi et la reine partirent deux heures plus tard, escortés par La Fayette qui caracolait à la portière du carrosse. Cinq ou six mille femmes de Paris leur formaient un cortège à la fois impertinent et jovial, certaines portant des piques où elles avaient fiché des miches de pain. « Nous ramenons le boulanger, la boulangère et le petit mitron ! » criaient-elles. D'autres se rassuraient : « Nous aurons avec nous notre bon papa, qui a fait des erreurs, mais que nous pourrons corriger à Paris, loin de la Cour. » « L'Autrichienne cessera de l'égarer, nous y veillerons ! » Une centaine de députés s'étaient joints à ce fleuve populaire, des gardes nationaux, des courtisans fidèles, des dames de la Cour en cabriolet, des grands seigneurs à cheval et, en tête, Maillard et Hulin, les « vainqueurs de la Bastille », qui marchaient dans la boue, flanqués d'un boucher et d'un menuisier, chacun avec une pique portant une tête coupée. On vit un convoi de farine au sortir de la forêt de Meudon, ce qui était de bonne augure. « Avec notre roi, nous ne pouvons mourir de faim ! » crièrent-elles. Bourdeau avait raison. Ces journées d'automne étaient celles des femmes. Le 14 juillet les hommes avaient pris la Bastille ; le 6 octobre, les femmes avaient pris le roi.

À Paris, la foule se dispersa sans heurts ; Louis XVI reçut les clés de l'Hôtel de Ville des mains de Bailly ; il fut ensuite emmené aux Tuileries et installé dans un palais désert et décrépit, auquel il manquait jusqu'aux verres et aux couverts. Au prix d'une concession majeure, il s'était évadé de Versailles. Il était prisonnier de Paris.

Au soir, Laure, Nicolas et Bourdeau se retrouvèrent pour une joyeuse tablée chez Noblecourt. Avec force détails, ils contèrent au vieux magistrat le menu de leurs tribulations, plaisantant sans fin sur ces deux policiers qui avaient tout découvert mais qui n'avaient rien fait, laissant aux femmes de Paris et à celles de Versailles le dangereux privilège d'empêcher le meurtre. Pendant ce temps, Ramatuelle avait mitonné un de ses menus robustes et raffinés qui faisaient la joie des convives.

— J'ai connu des enquêtes plus sûres et plus pertinentes, dit Nicolas en souriant, son verre à la main. Nous nous sommes trompés sur la victime. Nous avons cru qu'il s'agissait de Choderlos de Laclos, enlevé par des révolutionnaires ou des sbires d'une faction de la Cour. Puis Laclos est apparu, il a fallu changer de théorie. Nous avons compris lentement qu'il y avait deux complots et non un seul, celui de la faction d'Orléans d'un côté, celui de Favras de l'autre. Nous avons pensé qu'Orléans manipulait la foule, alors qu'elle se mouvait seule. Laclos voulait provoquer la fuite du roi pour installer le duc comme lieutenant général. Mais le roi est resté et Orléans se retrouve le bec dans l'eau. Nous avons ensuite pensé que Favras voulait provoquer un bain de sang pour couper Louis XVI du peuple. Mais le roi ne voulait pas de violence. Alors le vrai complot s'est matérialisé : il s'agissait en fait de tuer le roi pour faire sauter la couronne sur la tête de son frère. Nous avons tenté d'arrêter l'assassin mais nous sommes arrivés trop tard. Nous avons été sauvés par un miracle : la foule, plus efficace, a empêché le crime et Laure a capturé la bête fauve. Bref, nous avons volé d'erreur en erreur jusqu'au succès final.

— Alors buvons aux femmes, qui ont réparé les errements des hommes, lança Bourdeau. À Laure de Fitz-James, la princesse intrépide, et aux femmes de Paris ! Elles ont sauvé le roi.

Ils levèrent leur verre en riant tandis que Laure rosissait sous les compliments.

— Mes enfants, dit Noblecourt, vous avez finalement réussi, mais le roi n'est pas sauvé. Au contraire. Cette populace a plus de jugeote que la Cour, c'est la grande leçon de ces journées. Elle a obtenu ce qu'elle voulait et qui lui donne son ascendant. Un peu de pain, qui lui est précieux, mais surtout l'installation du roi à Paris. À Versailles, il était hors d'atteinte. Aux Tuileries, il est à la merci des faubourgs. Il a été contraint par la foule d'accepter des décrets qui abaissent son trône et livrent le pouvoir à l'Assemblée. S'il tente de résister à l'avenir, les mêmes journées se reproduiront.

— C'est peut-être pire, ajouta Bourdeau. Nous avons assisté à la péroraison de ce d'Anton, qui est un démagogue redoutable. Ces districts élus quadrillent Paris et imposent leurs mots d'ordre. Ce n'est pas seulement le roi qui se retrouve sous leur influence. C'est aussi l'Assemblée. Grâce aux femmes qui ont envahi les Menus-Plaisirs, le peuple a pris le pli d'intervenir dans ses débats parlementaires. Sans lui, les députés sont impuissants, mais avec lui, ils sont sous l'emprise des journaux exagérés et des factions révolutionnaires. Les Cordeliers : voilà les nouveaux maîtres. Nous avons assisté à une journée historique, de celles qui voient le pouvoir changer de mains.

— Tout juste, mon cher Bourdeau, continua Noblecourt. Le roi est prisonnier de Paris et l'Assemblée le sera tout autant.

— Le roi dispose de sa garde, de sa liste civile, de ses partisans fidèles et de l'assentiment de tout le royaume, répondit Nicolas, qui voulait rester confiant dans l'avenir.

— Ce n'est plus le royaume qui décide, répliqua Noblecourt. C'est Paris.

— Voilà qui confirme mes sentiments, coupa Laure. Il fallait partir, aller à Rambouillet, et même à Metz, sous la protection des troupes sûres. Le roi doit reprendre sa liberté, puis reconquérir son royaume. Comme l'ont fait Charles V, Henri IV et Anne d'Autriche avec Mazarin pour Louis XIV.

— Le roi ne veut pas de guerre civile, dit Nicolas.

— Alors il perdra sa couronne, conclut Laure.

— Ce qui n'empêchera pas la guerre civile, ajouta Noblecourt. Tôt ou tard, les factions de l'Assemblée se déchireront. Elles ne sont d'accord sur rien, sinon sur leur volonté de prendre le pouvoir.

— Le roi garde des moyens d'agir, se récria Nicolas. Au fond, le peuple veut le garder sur le trône.

— Il pourra agir s'il quitte Paris, insista Laure. Le devoir de ses fidèles, aujourd'hui, c'est de préparer sa fuite.

— Ce serait une déclaration de guerre, dit Bourdeau, qui approuvait les efforts de Mirabeau et de La Fayette en faveur d'un compromis entre les députés et la Cour.

— Je crains, mes enfants, qu'il ne soit trop tard. Nous sommes dans un conte d'Aladin : le génie de la populace est sorti de la lampe. Il n'y rentrera plus. Mais laissons là ces sinistres présages. Savourons un instant de félicité. Pour les gens de notre monde, ils vont devenir rares.

Le dîner se termina en abondantes libations et innombrables éclats de rire. À minuit, chacun se retira. Nicolas vint gratter à la porte de Laure qui s'ouvrit aussitôt et cette journée agitée fut prolongée par une nuit qui le fut tout autant.

Le lendemain, Favras fut arrêté par Bourdeau et ses exempts. Il était revenu de Versailles pour rassembler des affaires et prendre la fuite à l'étranger. Les policiers le saisirent au sortir de son hôtel et l'enfermèrent au Châtelet, non loin de la cellule de Gensac. Entre-temps, Nicolas avait passé un marché avec Gensac : il aurait la vie sauve s'il dévoilait toutes les ramifications du complot. Le sbire stipendié ne se fit pas prier. Il dénonça les complices et donna tous les détails sur le rôle de Favras, qui avait fait de son hôtel de la rue de Poitiers l'état-major de l'entreprise maléfique et prodigué son argent pour recruter une petite troupe de conspirateurs. L'interruption des livraisons de farine sur la Seine était son idée, tout comme les déguisements féminins qui avaient servi aux agents provocateurs.

Le marquis fut interrogé à son tour. Travaillait-il pour le comte de Provence, comme maints indices le suggéraient ? Le frère du roi l'avait-il missionné ou bien agissait-il en dehors de ses consignes ? Monsieur avait-il voulu la mort de Louis XVI pour s'emparer du trône ? Favras ne répondit à aucune question, érigeant son mutisme comme une muraille infranchissable entre le comte de Provence et les conspirateurs. Il fut condamné et exécuté. Une bizarrerie, toutefois, attira l'attention de Nicolas. Jusqu'au dernier instant, le marquis interrogea fébrilement les juges et les bourreaux, demandant si un messager n'était pas venu porter un pli au tribunal ou à la police. Puis il monta sur l'échafaud sans mot dire.

Plus tard, Sartine éclaira Nicolas sur ce détail étrange. En fait, le comte de Provence avait envoyé un émissaire à Favras dans sa cellule du Châtelet. En échange de son silence sur cet aspect de l'affaire, il lui avait promis solennellement que le frère du roi obtiendrait sa grâce. Favras avait respecté ce pacte, pris tout sur lui et cru jusqu'au dernier moment que sa peine serait commuée. D'où ses incessantes questions à ses juges et à ses bourreaux. Homme d'honneur en dépit de ses turpitudes, il avait tenu parole jusqu'au supplice. Quand la nouvelle de son exécution fut divulguée, le comte de Provence était dans son salon du Luxembourg au milieu de sa petite cour.

— Favras a-t-il dit quelque chose ? demanda-t-il.

— Non, Monseigneur, lui répondit un courtisan.

— Fort bien, conclut Monsieur. Alors allons dîner.

Le marquis fut interrogé à son tour. Travaillait-il pour le comte de Provence, comme certains indices le suggéraient ? Le frère du roi l'avait-il missionné ou bien agissait-il en dehors de ses consignes ? Monsieur avait-il voulu la mort de Louis XVI pour s'emparer du trône ? Favras ne répondit à aucune question, opposant son mutisme comme une muraille infranchissable entre le comte de Provence et les conspirateurs. Il fut condamné et exécuté. Une bizarrerie, toutefois, attira l'attention de Nicolas. Jusqu'au dernier instant, le marquis interrogea fébrilement les juges et les bourreaux, demandant si un messager n'était pas venu porter un pli au tribunal ou à la prison. Puis il mourut sur l'échafaud sans rien dire.

Plus tard, Sartine éclaira Nicolas sur ce détail étrange. En fait, le comte de Provence avait envoyé un émissaire à Favras dans sa cellule au Châtelet. En échange de son silence sur son appui de l'affaire, il lui avait promis solennellement que le frère du roi obtiendrait sa grâce. Favras avait respecté le pacte, pris tout au long de son procès [illegible] que sa peine serait commuée. [illegible] questions à ses juges et à ses bourreaux. [illegible] honneur en dépit de ses turpitudes. Il avait tenu parole jusqu'au supplice. Quand la nouvelle de son exécution fut divulguée, le comte de Provence était dans son salon du Luxembourg au milieu de sa petite cour.

— Favras a-t-il dit quelque chose ? demanda-t-il.

— Non, Monseigneur, lui répondit un courtisan.

— Fort bien, conclut Monsieur. Alors allons dîner.

NOTES

I

1. Une foule bruyante et vulgaire.

2. Le district est une subdivision des villes ou des départements. Il a été remplacé par la section après 1790, puis, en 1800, par l'arrondissement. Le district formait circonscription électorale et comprenait une assemblée locale élue chargée depuis juillet d'administrer le quartier. Cette assemblée déléguait des représentants à la Commune de Paris.

3. Qui sera plus tard le roi Charles X, succédant à Louis XVIII.

4. On déjeunait le matin, on dînait vers trois heures, on soupait après neuf heures.

III

1. Nom familier donné à la police.

IV

1. « Avaler son chapeau » : le retirer pour le mettre bas à bout de bras, dans un geste de respect et de soumission. Le placer en quelque sorte « vers l'aval », et non « le manger », comme on le croit parfois à tort.

VII

1. Monsieur, frère puîné du roi, le futur Louis XVIII.

2. Nouvelle-France : nom donné aux conquêtes françaises effectuées à partir de la vallée du Saint-Laurent, un immense territoire allant du Nouveau-Brunswick jusqu'au Manitoba. Après la défaite de Montcalm à Québec, la France signa le traité de Paris de 1763 et dut céder à l'Angleterre la plupart des terres coloniales du Canada actuel et du nord des États-Unis.

X

1. Le « secret du roi » désigne le service de renseignements mis sur pied par Louis XV pour prévenir et déconcerter les ennemis de la monarchie française et qu'il dirigeait en personne d'une petite pièce secrète du château. De Broglie, Sartine, le chevalier d'Éon en furent les protagonistes les plus connus.

2. Le comte d'Artois est le plus jeune frère de Louis XVI, qui entrera dans l'histoire sous le nom de Charles X. Après la mort du petit Louis XVII, « l'enfant du Temple », le comte de Provence sera Louis XVIII à la chute de l'Empire.

3. Depuis Louis XIII, il était de tradition, dans la monarchie française, d'appeler « Monsieur » le frère du roi le plus âgé.

XI

1. Voir *Le Prince de Cochinchine*, 10/18, n° 5392.

XII

1. Surnom affectueux donné à Mirabeau par le petit peuple de Paris.

2. Voir *Le Sang des farines*, 10/18, n° 3960.

TABLE DES MATIÈRES

10/18

Qu'avez-vous pensé de ce livre ?

Partagez votre avis sur vos réseaux sociaux
avec les # suivants :

#passionlecture
#1andelecture1018
#éditions1018

et tentez de remporter **1 an de lecture***.

Retrouvez-nous sur les réseaux sociaux
et découvrez tous nos conseils de lecture :

editions1018 Editions 10-18 Editions 10/18

*** voir modalités sur la page https://un-an-de-lecture-10-18.lisez.com/**

#lisez! engagé
Pour plus d'information :
www.lisez.com
Imprimé sur du papier issu de forêts gérées durablement.

10/18 – 92 avenue de France, 75013 PARIS

Imprimé en France par CPI

N° d'impression : 2070672
X08011/02